W0222471

CAMILLE, SOLEIL LEVANT

DU MÊME AUTEUR

CHEZ LE MÊME ÉDITEUR

La Forge au Loup, 2001, nouvelle édition 2015
La Cour aux paons, 2002, nouvelle édition 2011
Le Bois de lune, 2003, nouvelle édition 2015
Le Maître ardoisier, 2004
Les Tisserands de la Licorne, 2005, nouvelle édition 2023
Le Vent de l'aube, 2006, nouvelle édition 2019
Les Chemins de garance, 2007, nouvelle édition 2017
La Figuière en héritage, 2008, nouvelle édition 2014
La Nuit de l'amandier, 2009, nouvelle édition 2021
La Combe aux Oliviers, 2010, nouvelle édition 2024
Les Bateliers du Rhône, 2012
La Maison du Cap, 2016
Édition collector *La Combe aux Oliviers* suivi de *La Nuit de l'amandier*, 2017
À travers la nuit et le vent, 2018
La Fontaine aux Violettes, 2019
La Maison de Charlotte, 2020
Les Héritières de La Salamandre, 2021
Le Jardin des Cyprès, 2022
La Roche au Loup, 2022
La Maison de Violette, 2023

CHEZ RTL ÉDITIONS

Les Dames du Sud, 1986

AUX ÉDITIONS OMNIBUS

Les Dames de Meuse, 2012
Romans de ma Provence, 2014
La Provence comme ils l'ont aimée, 2019

AUX ÉDITIONS CALMANN-LÉVY

Le Moulin des Sources, 2010
Le Mas des tilleuls, 2011
La Grange de Rochebrune, 2013
Retour au pays bleu, 2013
Le Fils maudit, 2014
Les Sentiers de l'exil, 2015
Les roses sont éternelles, 2016
Le Maître du Castellar, 2017
Édition collector *En Provence*, 2018
Édition collector *Retour en Provence*, 2019
Le Secret de Belle Épine, 2019
Pour oublier la nuit, 2021

Françoise Bourdon

CAMILLE, SOLEIL LEVANT

Roman

TERRES DE FRANCE

Les Presses de la Cité

Le Code de la propriété intellectuelle n'autorisant, aux termes des paragraphes 2 et 3 de l'article L. 122-5, d'une part, que les « copies ou reproductions strictement réservées à l'usage privé du copiste et non destinées à une utilisation collective » et, d'autre part, sous réserve du nom de l'auteur et de la source, que les « analyses et les courtes citations justifiées par le caractère critique, polémique, pédagogique, scientifique ou d'information », toute représentation ou reproduction intégrale ou partielle, faite sans le consentement de l'auteur ou de ses ayants droit ou ayants cause, est illicite (article L. 122-4). Cette représentation ou reproduction, par quelque procédé que ce soit, constituerait donc une contrefaçon sanctionnée par les articles L. 335-2 et suivants du Code de la propriété intellectuelle.

© Les Presses de la Cité, 2024
92, avenue de France – 75013 Paris
ISBN 978-2-258-19561-5
Dépôt légal : octobre 2024

À Maman,
passionnée comme moi
par les peintres impressionnistes.
Pour toujours.

LIVRE I

Camille

1

Le peuple au collier de misère
Sera-t-il donc toujours rivé ?
Jusques à quand les gens de guerre
Tiendront-ils le haut du pavé ?
Jusques à quand la sainte clique
Nous croira-t-elle un vil bétail ?
À quand enfin la République
de la justice et du travail ?

La Semaine sanglante,
Jean-Baptiste CLÉMENT

Montmartre, 1867

Camille aurait donné n'importe quoi pour ne pas retourner s'enfermer dans la boutique qui empestait la sueur et aller chercher la fraîcheur du côté de l'allée des Brouillards.

Mais Madame Clémence était impitoyable : pas question de s'échapper, fût-ce pour une heure. Elle exigeait de ses cinq lingères assiduité et travail soigné.

Camille avait horreur de s'occuper du linge d'autrui. Et encore… elle s'estimait chanceuse de ne pas être une lavandière.

Ces fortes femmes, connues pour leur hardiesse et leur franc-parler, travaillaient le corps à demi immergé dans un baquet sur les bateaux-lavoirs. Douze heures par jour, elles battaient le linge, le savonnaient, le tordaient, l'essoraient. Percluses de rhumatismes, le dos cassé, elles vieillissaient avant l'âge et étaient exposées aux maladies à force de manipuler du linge non désinfecté.

Madame Clémence était fière de proclamer : « Chez moi, on fait dans le beau linge », ce qui suscitait des moues chez ses employées.

Au terme de trois ans d'apprentissage, celles-ci amidonnaient et repassaient dessous, chemises en soie, bonnets tuyautés. Elles avaient appris chez leur patronne le fameux « plissé à l'ongle » et prenaient soin de leurs ongles longs d'un bon centimètre.

Estelle, la tante de Camille qui l'avait en partie élevée, se moquait gentiment d'elle.

« Toi, ma belle, on voit tout de suite que tu n'as jamais travaillé la terre ! »

Marchande des quatre-saisons, Estelle vendait sur le marché de la rue Ordener les fruits et légumes produits par les jardiniers de la Butte. Levée dès l'aube, elle ne ménageait pas sa peine tout en gardant sa belle humeur.

Sœur cadette de la mère de Camille, Estelle ne s'était jamais mariée. Ce qui ne l'avait pas empêchée de se mettre en ménage avec un bougnat qui lui avait volé ses économies. Depuis, elle professait un mépris certain pour les grands sentiments. Forte en gueule, Estelle était réputée pour la qualité de ses produits comme pour son sens de la répartie.

Le cœur de Camille se serra. Estelle était morte l'hiver passé, renversée par un fiacre. Le jour de son enterrement, ils étaient nombreux à suivre le corbillard des pauvres jusqu'au cimetière de Montmartre.

Depuis, Camille vivait seule dans le petit appartement d'Estelle, situé sous les toits rue Saint-Denis. Sa tante lui manquait toujours autant, même si la jeune fille s'efforçait de ne pas le laisser voir.

« Je n'aime pas les faces de carême ! » lançait Madame Clémence lorsqu'une de ses employées avait trop de soucis pour sourire.

Et les soucis étaient légion, alors qu'on criait misère et qu'on se demandait de quoi le lendemain serait fait. Aussi, pour oublier, les filles fréquentaient-elles les bals, le dimanche. On les laissait entrer gratis au Château-Rouge ou à l'Élysée-Montmartre. De toute manière, les personnes du beau sexe payaient toujours moins que les hommes. Les patrons des bals y trouvaient leur intérêt, sachant que les jeunes filles à la beauté du diable attiraient du monde.

Les demoiselles, vêtues avec soin, dansaient jusqu'à l'épuisement, pour oublier les journées interminables à l'atelier, la faim, les logements surpeuplés.

Camille s'y rendait, elle aussi. Elle arrangeait sa toilette d'un ruban, d'une ceinture de couleur, laçait ses bottines et se coiffait en chignon. Ses cheveux couleur feuille d'automne lui avaient valu des quolibets depuis l'enfance. On l'appelait « la rouquine », on lui lançait qu'elle sentait mauvais ou bien qu'elle était une sorcière...

« Ne les écoute pas, lui répétait sa mère. Tes cheveux sont ta plus jolie parure. »

Marthe Lenoir était ravissante et tendre. Couturière, elle ne s'était jamais mariée avec le père de Camille. Un mystère entourait ce dernier. Marthe se fermait lorsque Camille la questionnait à son sujet.

« Il est parti avant ta naissance, et c'est aussi bien ainsi », répondait-elle d'un ton définitif.

Il lui avait fallu tout de même une bonne dose de courage pour élever seule sa petite fille. Heureusement, c'était à Montmartre, où les filles-mères et les couples illégitimes choquaient moins que dans les beaux quartiers.

Camille, pour sa part, avait plus souffert de sa couleur de cheveux que de son statut de bâtarde.

Marthe ne s'était pas mise en ménage avec un autre homme, n'avait pas imposé de beau-père à sa fille. Elle passait ses journées à coudre près de la fenêtre, en compagnie du chat Griset qui jouait avec ses bobines de fil.

Lorsqu'elle était morte, huit ans auparavant, d'une fluxion de poitrine, le monde de Camille s'était écroulé. Sa mère et elle avaient toujours vécu dans une profonde harmonie. La fillette de neuf ans avait longtemps sangloté, la nuit, espérant, attendant un miracle. La vision de Marthe sur son lit de mort avait hanté les cauchemars de Camille. Plus jamais sa mère ne la serrerait contre elle, ne couvrirait son visage de baisers…

Sans Estelle, elle aurait échoué à l'orphelinat, qui inspirait tant de crainte aux enfants. Au lieu de quoi, elle avait grandi entourée de l'affection bourrue de sa tante, qui l'avait incitée à étudier chez les sœurs de la rue Lepic. Celles-ci lui avaient donné le goût de la lecture et des études. Études que la jeune fille aurait aimé poursuivre mais il fallait bien travailler, Estelle peinant à payer le loyer.

L'apprentissage, puis l'embauche chez Madame Clémence ne correspondaient pas vraiment aux rêves de Camille mais… le moyen de faire autrement ?

Depuis qu'elle avait eu l'occasion de suivre chez les sœurs des cours de dessin, Camille désirait apprendre, toujours plus, en ce domaine. Comme si une petite lingère avait pu espérer devenir peintre ! Femme peintre, de surcroît, à une époque où peu d'options s'offraient aux jeunes femmes. Ouvrière, mère de famille, lorette… le choix était limité. Si en 1865, la peintre Rosa Bonheur avait reçu les insignes de chevalier dans l'ordre de la Légion d'honneur des mains de l'impératrice Eugénie avec ces mots : « Enfin, vous voilà chevalier. Je suis tout heureuse d'être la marraine de la première femme artiste qui reçoive cette haute distinction », son cas demeurait une exception.

La voix aiguë de Madame Clémence fit sursauter Camille alors qu'elle pénétrait dans l'atelier avec deux minutes de retard.

— Tu te crois où ? l'interpella sa patronne. Tu n'as pas besoin de travailler, on dirait ?

Grande, massive, les cheveux teints en blond, le teint couperosé, elle en imposait.

Camille prit un air contrit.

— Je suis désolée, Madame Clémence.

Celle-ci bougonna avant de lui désigner d'un geste impérieux la table, les fers et un panier entier de linge délicat. Camille se mit au travail sans protester. Son amie Augustine riait sous cape.

— Tu viendras, demain ? questionna-t-elle à mi-voix dès que leur patronne eut tourné les talons.

Camille répondit tout en repassant un caraco tuyauté qui exigeait de l'attention et du savoir-faire :

— Je ne sais pas encore.

C'était vrai. Elle n'était pas certaine de désirer aller danser. Elle aurait à coup sûr préféré se rendre du côté des fortifs afin de réaliser quelques croquis. Mais elle n'avait presque plus de papier. Elle détestait devoir compter pour tout. Elle aurait tant aimé…

Perdue dans ses pensées, elle faillit laisser son fer quelques secondes de trop sur le tissu délicat. Vite, elle le retira, se pencha. La catastrophe avait été évitée de justesse !

Le carillon de la boutique tinta. Augustine se démonta le cou pour regarder qui y pénétrait. Elle chuchota à l'adresse de Camille :

« On dirait bien un homme. Grand, avec ça. Il apporte des blouses. Qu'en dis-tu, Camille ? De l'ouvrage en plus. C'est bon pour notre paie ! »

La jeune fille ne répondit pas. Qu'aurait-elle pu dire ? Qu'elle supportait de moins en moins son travail à l'atelier ?

Augustine, qui n'avait pas d'autres ambitions, n'aurait pas compris.

D'ailleurs, Camille savait bien que ses rêves ne la mèneraient nulle part. Quel avenir aurait-elle pu espérer en cette année 1867, à dix-sept ans, sans famille et sans argent ?

2

1867

Situés au 72, boulevard Rochechouart, les trois bâtiments de l'Élysée-Montmartre impressionnaient les passants par leur architecture « moderne ». Un escalier de chêne clair, sous une marquise de verre, menait à une salle somptueuse de mille mètres carrés, à la hauteur sous plafond époustouflante, cernée de galeries latérales.

La taille cambrée, la tête légèrement penchée, Augustine releva ses jupons d'une main preste et donna un coup de talon sur le parquet de chêne massif. Les premières mesures de la musique du chahut-cancan retentirent, suscitant les cris de l'assistance.

Augustine s'élança en faisant bruisser ses jupons. Elle adorait ce moment où elle était le centre de l'attention. Grande, bien faite, elle savait que son corps constituait son meilleur atout. Lorsqu'elle dansait, on ne remarquait pas ses cheveux trop fins d'un blond pâle ni ses traits lourds.

Camille, qui se tenait au bord de la piste, l'admirait sans réserve. Elle-même n'aurait jamais eu le cran de s'exhiber ainsi mais elle était heureuse pour son amie dont la joie était manifeste. Augustine était douée et ne résistait pas à la musique entraînante du chahut-cancan. D'autres filles la rejoignirent pour, quelques minutes plus tard, se laisser tomber sur le parquet en faisant le grand écart. Quelques années auparavant, une certaine Rigolboche avait été la première à lancer ses jambes gainées de noir vers le ciel en retroussant ses jupes. Augustine réussissait avec brio la « tulipe orageuse », une forme de cancan ainsi nommée car sa jupe prenait la forme du calice d'une tulipe quand la jeune fille levait sa jambe à la hauteur de l'œil. On les applaudit chaudement. Dès qu'elles eurent quitté la piste, l'orchestre, installé sur un rocher artificiel agrémenté de cascades, attaqua une valse.

Edmond, le boulanger de la rue Saint-Rustique, ancienne rue Notre-Dame, en profita pour inviter Camille. Tous deux se connaissaient depuis l'enfance et leur relation était fondée sur la complicité et l'amitié. Edmond lui laissait entendre qu'il aimerait l'épouser mais Camille faisait la sourde oreille, car ses sentiments pour lui n'avaient aucune ambiguïté.

Tout en dansant, il lui désigna d'un signe de tête plusieurs personnes élégantes.

— Regarde ! Les bourgeois s'encanaillent.

Pour beaucoup, Montmartre, surnommé « le maquis », demeurait une zone de non-droit. Les plus pauvres s'y étaient installés, hors les murs, car les loyers comme l'alcool y étaient moins chers qu'à Paris. Toute une population hétéroclite y vivait, parfois de rapines.

Camille, qui était née sur la butte, aimait son village, à l'atmosphère chaleureuse.

— Ils viennent pour le chahut, répondit-elle, et aussi parce qu'ils pensent y trouver des filles faciles.

Nombreuses en effet étaient les lorettes[1], pierreuses[2] et autres prostituées qui venaient au bal pour alpaguer leurs clients.

Edmond ironisa.

— Ils ne te connaissent pas !

Elle lui administra une bourrade. Tous deux éclatèrent de rire et Camille manqua un pas. Essoufflée, elle s'immobilisa en bordure de piste. La tête lui tournait.

— Reste là, je vais te chercher un rafraîchissement, suggéra Edmond.

Elle opina du chef. Elle se sentait encore chancelante. Certainement parce qu'elle n'avait pas déjeuné, se dit-elle. Elle n'avait plus un sou vaillant depuis deux jours. Son loyer avait été augmenté et elle s'inquiétait de sa situation précaire.

---

1. Jeunes femmes élégantes vivant de leur relation avec des hommes.

2. Prostituées de bas étage.

Elle se mordit les lèvres. Pas question pour elle de gémir sur son sort ou de recourir à de quelconques expédients.

« Notre droiture, c'est notre sens de l'honneur », affirmait Estelle, avec cette honnêteté propre aux petites gens.

Il était si facile de se retrouver dans le ruisseau. Quelques-unes de ses camarades se prostituaient à l'occasion et certaines sombraient vite dans la déchéance.

Aussi se raidit-elle lorsqu'un inconnu s'inclina devant elle.

— Mademoiselle, accepteriez-vous de poser pour moi ?

Interloquée, elle le considéra d'abord sans répondre. Il était grand, de belle stature, et sa barbe châtain faisait ressortir le gris de ses yeux.

Un homme séduisant, pensa Camille.

Ce qui ne l'empêcha pas de répondre froidement :

— Poser ? Comment cela ?

Elle connaissait, naturellement, le marché des modèles, qui se tenait chaque lundi matin autour de la fontaine place Pigalle, mais n'aurait jamais eu l'idée d'y participer.

Son interlocuteur expliqua :

— Je suis peintre. Antoine Fouque, pour vous servir. Et j'ai vraiment envie que vous posiez pour moi. Mon atelier se situe rue de la Paix, dans le quartier des Batignolles, au numéro 26. J'y travaille chaque jour.

Camille ne trouvait pas ses mots. Elle, modèle ?

— Je ne poserai jamais nue, articula-t-elle enfin.

Un sourire moqueur éclaira le visage du peintre.

— Ce n'est pas au programme ! Une robe verte et un chat blanc vous attendent à mon atelier. Cela vous convient-il ?

— Je verrai, déclara-t-elle.

Edmond la rejoignait. Il portait un verre légèrement embué.

— J'ai trouvé de la citronnade, Camille ! lança-t-il.

Elle le remercia, saisit le verre. Sa main tremblait légèrement, ce qui l'agaça. Le peintre s'inclina à nouveau.

— Rappelez-vous : je vous attends, fit-il.

Edmond fronça les sourcils et posa une main de propriétaire sur le bras de Camille. Celle-ci lui confia :

— Figure-toi qu'il désire me faire poser pour lui. Je suis lingère, pas modèle !

Le regard d'Edmond s'assombrit.

— Il n'en est pas question ! Tu sais comment sont ces soi-disant artistes : ils ne respectent pas leur modèle et sont couverts de dettes.

— On dirait que tu ne les portes pas dans ton cœur.

— J'ai mes raisons.

Son visage fermé aurait dû la dissuader de chercher à en savoir davantage mais elle insista :

— Tu peux me les confier.

— Je n'en ai pas envie.

Ils s'affrontèrent du regard. Le premier, Edmond abaissa sa garde.

— Je t'en parlerai quand ce sera le moment, d'accord ?

Elle se contenta de cette réponse parce qu'elle n'avait pas envie de se quereller avec lui.

Ils dansèrent encore ensemble jusqu'à tard puis il la raccompagna le long des rues étroites et sombres. Les roses parfumaient la soirée d'été. Ils s'arrêtèrent devant l'immeuble de deux étages où logeait Camille, sous les toits.

— À bientôt, fit Edmond, se penchant pour l'embrasser sur la joue.

Elle gravit les deux étages d'un pas vif avant de pousser la porte de son logis.

Ce soir-là, Camille se sentait différente. Un peu barbouillée bien qu'elle n'ait rien mangé. La proposition du peintre lui avait fait miroiter d'autres perspectives. Une échappatoire à l'atelier de Madame Clémence…

*

Tout de même, pensa Camille, ça ne me coûte rien d'aller voir.

Elle n'avait pas oublié l'adresse donnée par le peintre, à l'Élysée-Montmartre, y avait songé toute la semaine, d'autant plus que la patronne avait houspillé ses employées sans relâche à cause d'un retard.

Les filles, sur les nerfs, se querellaient pour une vétille et Augustine avait menacé de rendre son tablier.

Aussi, ce dimanche, les pas de Camille l'avaient-ils portée vers le quartier des Batignolles, niché entre Monceau et les Épinettes.

Estelle lui avait raconté que, jadis, le territoire des Batignolles, recouvert d'une grande forêt, était utilisé comme réserve de chasse par les rois mérovingiens et les seigneurs. Peu à peu, la forêt avait été remplacée par des terres agricoles pour nourrir la population de Paris. Estelle s'était animée pour expliquer que Paris s'était doté de plusieurs enceintes, dont le mur des Fermiers généraux afin de réprimer les fraudes concernant les marchandises entrant dans la capitale soumises à une taxe. Au XIXe siècle, le hameau des Batignolles, situé en dehors de Paris, n'était pas soumis à la taxe sur les vins. Plusieurs cabarets et guinguettes en avaient donc profité pour s'y installer.

Camille aimait l'idée que les habitants de Montmartre comme ceux des Batignolles constituaient un monde à part, différent de celui des Parisiens. Elle s'aventurait rarement de l'autre côté de la barrière des Fermiers généraux. C'était pour elle un autre univers.

Après une bonne demi-heure de marche, elle s'arrêta devant le 26 de la rue de la Paix, leva les yeux. Elle remarqua de hautes fenêtres, des rideaux de velours sombre.

Le soleil éclaboussait la pierre de taille de l'immeuble, la caressant de lumière blonde. Sans ce soleil insolent, elle aurait certainement passé son chemin. Mais elle avait le temps, on était dimanche, et elle avait envie d'en savoir un peu plus sur un peintre nommé Antoine Fouque.

Elle avait frappé à la porte.

3

— Camille ! Vous avez encore bougé ! Décidément, on voit bien que vous n'êtes pas un modèle professionnel !

Elle rougit sous la critique du peintre. Il n'avait pas tort, elle n'avait pas l'habitude de poser mais, après tout, n'était-ce pas lui qui était venu la chercher ? Elle le lui fit remarquer, et il reconnut :

— J'avais besoin d'une fille avec votre couleur de cheveux. Elle est si rare. Un blond vénitien comme au temps de la Renaissance.

La Renaissance ? Elle ignorait de quoi il voulait parler mais il devait s'agir d'un compliment. Elle se promit d'aller se renseigner chez le père Teigen, un bouquiniste installé place Clichy. En attendant, elle se garda bien de le questionner car il l'intimidait.

D'abord, son atelier était beaucoup plus vaste que le logement de la jeune fille. Elle avait réprimé un « Oh ! » stupéfait le premier jour où elle y était entrée. La pièce, immense, recevait la lumière grâce à ses hautes fenêtres. Des rideaux de velours sombre permettaient de l'occulter au besoin. Le chevalet, les boîtes de peinture, les pinceaux posés sur un tabouret, le piano, le sofa grenat et le poêle constituaient un décor à la fois disparate et bohème. Le poêle était fort utile pour éviter que les modèles ne meurent de froid durant les longues séances de pose.

En le voyant peindre, Camille avait éprouvé une bouffée d'envie. Comment Antoine Fouque parvenait-il à être aussi manifestement à l'aise avec ses pinceaux, sa toile et sa palette ? Elle aurait tant aimé pouvoir suivre son exemple ! Ce devait être passionnant, à la différence de son travail de lingère qui l'exaspérait de plus en plus.

Elle observa le peintre à la dérobée. Il l'attirait, c'était évident, tout en sachant qu'il n'était pas pour elle. Ou, plutôt, qu'elle n'était pas faite pour lui. Ils appartenaient à des univers si différents ! Lui, l'artiste qui réalisait ses rêves, et elle... Elle ne rêvait plus depuis longtemps, parce qu'elle savait que ce n'était pas raisonnable. La preuve : elle n'osait pas claquer la porte de l'atelier de Madame Clémence et venait poser chez Antoine le dimanche ou le soir, après le travail. Il lui avait expliqué dès le premier jour qu'il ne pouvait pas la payer les dix francs réglementaires de la séance de pose, seulement six. Certes, son père lui envoyait une pension mensuelle mais le loyer de l'atelier en engloutissait une bonne partie.

Les toiles, les couleurs, le bois pour le poêle... tout coûtait cher. De même que ses costumes, fabriqués par un tailleur de la rue de Rennes. Antoine aimait à porter beau. On l'avait assez moqué, à son arrivée du Languedoc, à cause de son accent occitan et de ses habits démodés pour qu'il se pique désormais d'élégance.

Édouard Manet était son modèle. Toujours tiré à quatre épingles, d'humeur charmante, promenant sa silhouette élancée sur les boulevards, l'artiste était le chef de file des peintres parisiens.

Cependant, Antoine ne possédait pas ses moyens et ses toiles n'avaient pas encore su séduire un marchand de tableaux influent comme Durand-Ruel.

Il peignait, donc, avec obstination, se persuadant qu'un jour, la gloire lui sourirait.

Il avait fréquenté l'atelier Gleyre, un professeur original qui ne se séparait pas d'un petit singe perché sur son épaule. Monsieur Gleyre était bienveillant, un personnage atypique, prêt à donner sa chemise pour venir en aide à son prochain. L'un de ses anciens élèves prétendait qu'il libérait les souris prisonnières des tapettes posées par sa femme de ménage. Antoine était conscient de devoir encore effectuer nombre de progrès pour soutenir la comparaison avec des artistes comme Claude Monet ou Frédéric Bazille dont il était presque le voisin, en Languedoc, ce qui les avait rapprochés. Il était l'aîné d'Antoine de trois bonnes années et la maturité de son art forçait son admiration.

Parfois, Antoine s'interrogeait quant à son talent. Chaque toile constituait pour lui un nouveau défi, ainsi qu'une occasion de se torturer. Pourquoi ne pas avoir représenté plus nettement cette silhouette, au second plan ? Pourquoi ne pas avoir reproduit plus fidèlement le mauve-orangé du coucher de soleil ?

Il décocha un coup d'œil agacé à son modèle. Certes, elle était ravissante avec ses cheveux d'or bruni, sa peau laiteuse et ses yeux vert pâle mais il la sentait piaffer d'impatience. Cette fille était terriblement vivante, à des années-lumière de certains modèles à l'attitude compassée. La robe verte qu'il lui avait fait passer correspondait exactement à la teinte de ses yeux et elle le considérait d'un air chargé de défi. C'était une rebelle, qui le faisait penser aux quatre superbes huiles de Courbet consacrées à Jo, la belle Irlandaise.

Antoine souffrait de ne pas parvenir à s'affranchir de l'influence de ses aînés. Il avait de l'ambition, beaucoup d'ambition, qui lui rongeait l'âme.

La fille était jolie, se dit-il à nouveau. Une petite lingère, inculte et timide. S'il savait y faire, il ne tarderait pas à la culbuter sur le sofa. Cette perspective le dérida.

— Ne bougez pas ! répéta-t-il.

Elle lui jeta un regard implorant.

— J'ai des fourmis dans les jambes.

— Un vrai modèle peut rester immobile durant des heures.

— Je ne suis pas un vrai modèle ! répliqua-t-elle avec humeur. C'est bien pour ça que vous ne me payez pas dix francs la séance, d'ailleurs !

Tête de mule, en plus ! pensa-t-il, amusé.

En vrai, elle était plus que jolie. Belle. Et, même si elle n'était pas un modèle parfait, elle l'inspirait.

Il devait s'attacher à restituer les reflets moirés de la robe, ainsi que la couleur de ses yeux, vert absinthe.

Il imagina l'eau « étonnant » la « fée verte » dans le verre spécial, telle qu'on la servait sur le boulevard des Italiens chez Tortoni ou au Café Anglais, et il eut la sensation de humer les arômes si particuliers de l'absinthe.

Il se sentit tout de suite mieux. Prêt à travailler jusqu'au bout de la nuit.

4

1867

Il l'appelait « mademoiselle Camille » alors qu'Antoine ne mentionnait même pas son prénom. Elle lui donnait du « monsieur » et appréciait sa courtoisie. Frédéric Bazille était un artiste et un gentilhomme. Séduisant avec sa haute taille, son collier de barbe brune, son attitude avec les modèles était dénuée de toute ambiguïté.

Camille prenait goût aux séances de pose chez lui. Contrairement à Antoine, il ne semblait pas être constamment tourmenté. Il avait proposé à Camille de poser pour lui après l'avoir rencontrée dans l'atelier de la rue de la Paix.

« Je suis certain que votre peau prend merveilleusement la lumière », lui avait-il dit.

Elle n'avait pas hésité longtemps avant de quitter Madame Clémence. Elle ne supportait plus sa vie de lingère. Parce que le bruit avait couru qu'elle posait le dimanche, deux de ses camarades se moquaient d'elle en la surnommant « la princesse » et leur patronne lui confiait les tâches les plus ingrates. Elle avait craqué.

Aussi avait-elle éprouvé un sentiment de libération le jour où elle avait quitté l'atelier.

« Tu ne mettras pas longtemps à te retrouver sur le ruban[1] ! » lui avait lancé méchamment Madame Clémence.

Sachant, comme la plupart des habitants de Montmartre, que la lingère avait été une pierreuse à vingt ans et avait pu acquérir son commerce grâce à un riche protecteur, Camille lui avait répondu avec insolence : « Je ne vous ressemble pas, madame ! »

Son amie Augustine lui avait adressé un clin d'œil complice.

Elles se retrouvaient désormais le dimanche midi, place du Tertre ou rue des Saules, et se tenaient informées des changements survenus dans leur vie.

Si Camille avait toujours de la peine à joindre les deux bouts, son travail de modèle lui plaisait. De plus, grâce au bouche-à-oreille, d'autres peintres la sollicitaient. Montmartre était un grand village et tout le monde se connaissait chez les artistes. Ami de Frédéric Bazille, Édouard Manet lui avait proposé lui aussi des séances de pose. Il l'impressionnait, c'était un véritable homme du monde. Il portait chapeau haut de forme en taupé lustré, veston ajusté, pantalons clairs et gants de peau de chamois.

---

1. Nom donné alors au trottoir.

« Méfie-toi de monsieur Manet », lui avait conseillé la belle Victorine, le modèle préféré du peintre. L'*Olympia*, si critiquée, c'était elle. Tout comme la jeune femme nue, assise en compagnie de deux hommes habillés dans *Le Déjeuner sur l'herbe*. « Tu te retrouves dans son lit sans même t'en rendre compte. Il a la manière, le bougre ! » s'amusait le modèle au teint très clair, à la chevelure flamboyante.

Camille avait souri.

« Je sais me défendre. »

De plus, elle n'avait pas envie de reproduire le schéma familial. Née de père inconnu, elle s'était longtemps cherché une figure masculine de substitution. Pas question pour elle de devenir à son tour fille-mère ! De toute façon, à trente-cinq ans, Manet était trop vieux pour elle ! Et marié. Non, décidément, elle lui préférait Antoine. Antoine qui n'était jamais satisfait de lui et reprochait souvent à Camille sa trop grande vivacité.

— Assommez-moi ! lui répondit-elle un soir, excédée.

Elle avait dû rester immobile durant plus de six heures et sa jambe droite, repliée sous elle, la faisait souffrir.

Il se mit à rire.

— Ne me tentez pas ! Allez-y, marchez un peu, sinon nous ne ferons plus rien de bon.

— Nous ? se moqua-t-elle. Je ne suis pas peintre, moi !

Même si elle aurait aimé s'attaquer à la toile, elle n'oserait jamais l'avouer à quiconque. Une petite lingère… quelle farce ! Camille avait conscience de ses lacunes.

Depuis qu'elle fréquentait l'atelier de Bazille, cependant, elle éprouvait le désir d'apprendre. Elle lui avait demandé la permission de lui emprunter des livres, ce qu'il lui avait accordé volontiers. Elle lisait tout, avec une prédilection pour les ouvrages de Victor Hugo. Bazille en discutait parfois avec elle, elle admirait sa culture. Il avait arrêté ses études de médecine par passion pour la peinture et ce mot, passion, parlait à Camille. Elle avait le sentiment d'être devenue une autre depuis qu'elle fréquentait « ses » peintres, comme disait Augustine, avec une pointe de jalousie. Une autre Camille, caressant de nouveaux rêves…

Elle sourit, et Antoine se méprit sur le sens de ce sourire.

— La séance n'est pas terminée, lui dit-il d'un ton froid. Allez, on reprend.

Elle s'exécuta sans protester. Pendant qu'il choisissait ses couleurs avec soin, elle observait le décor de l'atelier. On s'y sentait bien, sans doute parce qu'il y avait de l'espace.

Elle replia sa jambe gauche sous elle, resta le buste bien droit.

C'était un conseil prodigué par Victorine : mémoriser sa position et la reprendre comme si de rien n'était après chaque pause.

« C'est ça qu'ils aiment chez nous, lui avait-elle expliqué. L'habitude. Le modèle se charge des détails pratiques et le grand peintre se consacre à son art. »

Elle riait, et ses joues se coloraient. Elle avait ajouté, sérieuse soudain : « En fin de compte, c'est nous qui tirons les ficelles, mais ils ne l'admettront jamais. »

Camille songeait à ces confidences, en se contraignant à l'immobilité. Antoine soliloquait.

Elle se demanda tout à trac s'il embrassait bien, et rougit. Elle avait l'impression qu'il la considérait comme l'un des meubles de la pièce, et non comme une jolie jeune femme.

Tous les modèles réagissaient-ils ainsi ?

★

Épuisé, Antoine abandonna palette et pinceaux sur une chaise et se détourna de la toile.

C'était toujours la même chose ! Il espérait restituer ce qu'il éprouvait sans jamais y parvenir. À se demander s'il possédait une once de talent !

Pourtant, Dieu savait qu'il aimait peindre !

Il enfonça son chapeau sur la tête et se dirigea vers la porte.

— C'est terminé ? questionna une petite voix dans son dos.

Surpris, il se retourna, aperçut Camille qui n'avait pas quitté la pose.

— Seigneur ! Je vous avais complètement oubliée !

Elle lui décocha un regard blessé.

Gêné, il reprit, très vite :

— Oui, bien sûr, vous pouvez rentrer chez vous, mon petit. À moins que… se ravisa-t-il, désirez-vous m'accompagner ? Je me rends chez Guerbois.

Camille n'hésita pas.

— Je viens avec vous. Je suis presque prête.

Malgré ses jambes engourdies, elle sauta du sofa, courut se changer derrière le paravent, réapparut vêtue d'une jupe noire et d'une veste spencer rouge. Ses cheveux, attachés sur la nuque, encadraient de friselis son ravissant visage en forme de cœur. Elle était belle, et en avait conscience.

Sous le charme, il lui tendit la main.

— Nous allons rejoindre mes amis Bazille et Manet. Vous verrez, l'atmosphère est fort sympathique.

Elle connaissait de nom le café, situé 11, grand-rue des Batignolles, tout à côté du marchand de couleurs Hennequin. Cette proximité avait dû attirer les artistes vers le « bouchon » agrémenté d'un jardin et d'une tonnelle.

Désormais, plusieurs jeunes peintres se réunissaient le vendredi soir dans la première salle du Guerbois, autour de deux tables.

Manet et Bazille étaient déjà installés à leur place habituelle quand Camille y pénétra à la suite d'Antoine. Tous deux se levèrent pour saluer la jeune fille qui rougit de plaisir. Elle était sensible à leurs marques de galanterie qui la changeaient des habitudes plus que rustiques des Montmartrois. Manet buvait une absinthe, Bazille un bock. Camille et Antoine l'imitèrent. Elle aimait le pétillant de la bière ainsi que son parfum de houblon qui vous piquait légèrement le nez. C'était la seule boisson alcoolisée qu'elle se permettait. Assise parmi les peintres, elle avait le sentiment de faire partie de leur monde. Ce n'était pas vrai, bien sûr, mais cette impression lui faisait chaud au cœur.

Elle les écouta évoquer le Salon, ce fameux Salon de Paris qui focalisait tous leurs espoirs. En effet, celui-ci était alors le seul lieu où ils pouvaient exposer et vendre leurs œuvres. Être accepté par le Salon faisait de vous un artiste reconnu… à la condition que vous vous cantonniez à une conception académique de la peinture. Les « maîtres » se formaient à l'École des Beaux-Arts, présentaient le concours de Rome avant d'être admis au Salon et d'obtenir des médailles. Viendrait ensuite le professorat, puis l'élection à l'Académie des Beaux-Arts. Une carrière toute tracée… qui récompensait plus l'académisme et l'entregent que le talent.

C'était contre cette pratique que les jeunes artistes s'insurgeaient. Eux réclamaient plus de vie, revendiquaient le droit de « coller » au plus près de la réalité, et ne supportaient pas les peintres traditionnels comme Cabanel ou Meissonier.

Ce soir-là, si elle ne comprit pas tout, Camille perçut les motivations de ses compagnons. Elle aussi avait envie de représenter ce qu'elle ressentait mais… personne ne le lui avait appris, jamais.

Antoine critiquait ouvertement Monet. Selon lui, le peintre venu de Normandie passait son temps à se lamenter plutôt qu'à peindre. Bazille le remit vivement à sa place.

— Peut-être, mais c'est le meilleur d'entre nous et je ne souffre pas qu'on dise du mal de mon ami.

Antoine, vexé, s'enferma dans un silence boudeur, ce qui amusa Camille. Elle ne connaissait pas encore Monet mais avait déjà entendu parler de son talent.

Ces jeunes gens avaient beaucoup de chance, se dit-elle. Peu lui importait. Elle apprenait à leurs côtés.

5

1867

— Ma parole ! Tu deviens un vrai bas-bleu !

Augustine fit claquer sa langue d'un ton réprobateur en découvrant son amie plongée dans un livre. Installée sur un banc dans le parc des Buttes-Chaumont ouvert au public depuis avril, Camille goûtait tout particulièrement la quiétude du lieu.

— Peste ! reprit-elle. Que lis-tu donc avec tant d'intérêt ?

Camille releva la tête.

— *Les Misérables*, de monsieur Hugo. Monsieur Bazille me l'a prêté en me le recommandant. Si tu savais… c'est passionnant.

— C'est ça, ta vie, maintenant ? Lire des bouquins en te tournant les pouces ?

Camille rougit.

— Ça me plaît. J'aurais aimé continuer à étudier. C'était impossible mais…

Elle s'interrompit. Elle était certaine que, malgré l'amitié les unissant, Augustine ne pouvait pas la comprendre. Elle, c'était la danse qui la passionnait. Camille aspirait à autre chose. Vibrer grâce à l'art… Il lui semblait qu'en compagnie de ses peintres, son goût se formait, s'aiguisait. Elle ne se contentait plus d'admirer leurs œuvres, elle apprenait à regarder.

Elle referma son livre.

— Tu m'accompagnes chez Léon ? suggéra-t-elle. Je ne travaille pas aujourd'hui, mes peintres sont partis à la campagne peindre « sur le motif ».

— Tes peintres ? ironisa Augustine. Ils comptent vraiment tant que ça ?

— Bien sûr.

Son amie esquissa une moue.

— Nous n'appartenons pas au même monde. Passer ses journées un pinceau à la main… tu te rends compte ? Je ne connais personne qui pourrait se le permettre.

— Ce sont des artistes, glissa Camille.

Cette fois, Augustine lui tourna ostensiblement le dos.

— Artistes, artistes… mais aussi feignants ! Va voir Léon si tu veux, moi, je préfère aller danser. À l'Élysée-Montmartre, j'oublie tout le reste.

Camille n'insista pas. Elle avait conscience du fait que leurs chemins commençaient à se séparer. Augustine et elle avaient fréquenté la même école puis suivi le même apprentissage chez Madame

Clémence. À la différence de Camille, cependant, Augustine n'aimait pas la lecture et s'ennuyait à l'école. Elle manquait souvent, préférant jouer dans le « maquis ». Celui-ci, situé entre les rues Lepic et Caulaincourt, s'était constitué au XIXe siècle. Il s'agissait de terrains vagues, refuge d'une population marginale. Petites gens, artistes sans le sou, bohémiens, cohabitaient dans des cabanes de bric et de broc.

De son côté, la jeune fille continuait de se cultiver. Sa tante lisait elle aussi beaucoup, des livres d'occasion achetés chez le père Teigen. Celui-ci conseillait Camille. Il lui avait recommandé *Candide* de Voltaire, le théâtre de Racine et *La Légende des siècles.*

Victor Hugo était son héros, son dieu. Elle aimait à passer du temps chez le vieil homme passionné de lecture, qui lui racontait à l'occasion ses combats en 1848, puis en décembre 1851. Comme son ami Léon, il abhorrait l'empereur qu'il appelait « Napoléon le Petit ». Il lui reprochait notamment d'avoir trahi la République en restaurant l'Empire.

« Il nous a bien bernés », marmonnait-il, rappelant que le coup d'État du 2 décembre 1851 avait étouffé dans l'œuf le rêve républicain.

Elle descendit d'un bon pas vers le faubourg Saint-Antoine, non loin de la Bastille, dont elle avait toujours aimé l'atmosphère chaleureuse. On y travaillait dur, depuis des siècles.

Léon habitait chez son père, qui l'avait formé au métier d'ébéniste. Placide Goron n'avait cessé de manier la gouge et le rabot pour ne pas perdre la main. Même si sa vue avait baissé, il réalisait encore des sculptures sur bois d'une finesse remarquable. Les Goron père et fils vivaient seuls depuis le décès de la mère, dix ans auparavant. Leur statut d'orphelins avait rapproché Léon et Camille.

Elle rejoignit ses amis, occupés à tapisser deux sièges Restauration, dans la cour pavée de leur logement.

De nombreux passages, auxquels on accédait par des portes cochères, offraient un poumon d'oxygène aux artisans, ébénistes, tapissiers, doreurs sur bois… Ceux-ci travaillaient dehors dès que le temps le permettait.

Camille embrassa Léon et Placide, qui l'accueillirent avec chaleur.

— Il y a longtemps, mon petit, déclara sobrement Placide.

Trapu, le visage et les mains burinés, l'ébéniste était reconnu comme un artisan hors pair.

« Le vieux Goron a des mains en or », louait son patron, vendeur de meubles. Ce qui ne l'empêchait pas de le payer une misère, sans commune mesure avec la qualité de son travail. Les Goron survivaient tout juste, malgré d'interminables journées de travail.

Camille admira la chaise Restauration recouverte d'un velours bouton-d'or.

— C'est gai. Lumineux, apprécia-t-elle.

Léon se redressa. Visage ouvert, yeux clairs en partie dissimulés par de petites lunettes rondes, mains fines, il avait du charme, malgré une claudication consécutive à une mauvaise fracture.

— Il faut bien mettre un peu de soleil dans notre existence. Tu poses toujours ?

La jeune fille opina du chef.

— Oui, et ça me plaît. J'admire tant leur talent !

— Ne les admire pas trop, lui conseilla Placide d'un ton grave. Ces gens-là n'ont guère de respect pour nous autres, les plus pauvres.

— Oh, ils ne viennent pas tous de la bourgeoisie ! protesta Camille.

Elle leur cita Auguste Renoir, fils de tailleur et lui-même apprenti dans un atelier de porcelaine dès l'âge de treize ans. Ce qui ne convainquit pas le père de Léon.

— Une exception ! Crois-moi, ils ne savent pas ce que c'est de crever de faim.

Confuse, elle sentit ses joues s'empourprer au souvenir des repas copieux livrés chez Bazille comme chez Antoine. Fils de parents fortunés, ils ne menaient pas vraiment la vie de bohème. L'un comme l'autre ne payaient pas quinze sous par jour pour s'offrir « le repas du rapin », composé d'un mauvais ragoût chiche en viande. Quant à Manet, qui vivait sur un grand pied, il rémunérait bien ses modèles.

— Vous avez peut-être raison, admit-elle.

Elle était partagée, entre deux mondes. La boutique de Madame Clémence lui paraissait déjà bien loin.

— Un petit jus ? proposa Placide.

Le café était une véritable institution chez les Goron. La cafetière, en terre culottée, se tenait en permanence sur le coin du fourneau.

— Laisse, je m'en occupe, fit Léon en se levant.

Camille le rejoignit dans la salle impeccablement rangée, sous prétexte de l'aider. En fait, elle désirait lui parler d'Antoine Fouque.

Il l'écouta patiemment tout en servant le café dans des sortes de gobelets en terre. Quand elle eut terminé, il soupira.

— Tu crois vraiment qu'un peintre issu de la bourgeoisie peut s'intéresser à une petite lingère ?

— Je ne suis plus lingère ! protesta Camille, vexée.

— Modèle, ça ne doit pas être mieux pour ses parents. Tu penses bien qu'ils souhaitent le marier à une fille qui a du bien ! Ça se passe comme ça, dans leur milieu, ma petite Camille.

Il ne faisait que confirmer ce qu'elle redoutait. D'ailleurs, pourquoi s'emballer ? Concentré sur sa toile, Antoine ne lui adressait pas de compliments.

Elle rompit les chiens.

— Ne fais pas attention à ce que je raconte. Tiens, je vais porter son jus à ton père. Il a l'air bien, non ?

Elle éprouvait le besoin de parler, vite, de tout et de rien, pour tenter de lui faire oublier ses confidences.

Même si elle savait que Léon n'oubliait jamais rien.

Ils passèrent l'après-midi à deviser, de l'Exposition universelle qui se tenait sur le Champ-de-Mars à cette nouveauté technologique dont tout le monde parlait, l'ascenseur, inventé par l'Américain Otis.

— Si tu veux, je t'emmène dimanche prochain, suggéra Léon.

Elle accepta avec joie. Elle avait tant envie de découvrir cette fameuse Exposition dont on faisait grand cas !

— Vous avez raison, les enfants, approuva le père Goron. Le progrès nous sauvera… peut-être.

Camille refusa de prêter attention à la réticence contenue dans sa dernière phrase.

Sa vie allait changer. Avec toute la fougue de sa jeunesse, elle le désirait ardemment.

6

1867

Bras dessus, bras dessous, ils avaient déambulé sous un franc soleil d'été dans les allées du Champ-de-Mars, se promenant devant des pavillons éphémères représentant quarante et un pays.

Léon était fier d'accompagner Camille. Elle rayonnait dans une robe claire. Quelques mèches couleur d'or bruni s'échappaient de son petit chapeau ivoire coquettement incliné sur le côté. La jeune fille avait longuement admiré les trésors présentés dans les pavillons égyptiens, à commencer par l'image de la reine Amnéritis taillée dans un bloc d'albâtre et les bijoux de la reine Aah-Hotep de la XVIIe dynastie.

Cependant, elle avait secoué la tête avec insouciance quand Léon lui avait demandé si elle rêvait de porter un jour de tels bijoux.

« Pour quoi faire ? J'aurais trop peur de les perdre ! »

Il aimait chez elle sa simplicité de ton comme d'allure.

Tous deux s'étaient attardés devant les constructions installées par les colonies de l'empire français, Maroc, Tunisie, Algérie, et Camille avait pris quelques croquis du pavillon mauresque sur le carnet dont elle ne se séparait pas.

« Tu as du talent », avait glissé Léon, la faisant rougir.

Du talent, elle ? Non, elle s'amusait, pour le plaisir. Elle n'avait jamais suivi de cours, à l'exception de ceux dispensés à l'école de la rue Lepic, et n'imaginait pas pouvoir le faire un jour.

Parce qu'elle savait que son ami en mourait d'envie, elle l'avait accompagné dans la visite de la Galerie des Machines, dédiée aux grues, métiers à tisser, machines-outils, marteaux-pilons, locomotives.

Léon en était ressorti pensif. Comment, se demandait-il, pourraient-ils sauvegarder leur savoir-faire dans le Faubourg alors que le monde autour d'eux était en plein bouleversement ? Il lisait le nouveau journal, *La Rue,* que Jules Vallès venait de créer, fréquentait une association prônant l'égalité des classes et la restauration de la république mais songeait souvent qu'il s'agissait pour le moment de belles utopies.

Léon rêvait d'un monde meilleur dans lequel le travail serait rétribué à sa juste valeur. Il se demandait aussi ce qu'il adviendrait des artisans et des petits métiers qui faisaient vivre Paris.

— Je te trouve bien silencieux, fit remarquer Camille.

Il esquissa une moue.

— Je réfléchissais à tout ce progrès en marche. Notre pays est en pleine évolution. Y trouverons-nous notre place ?

Elle poussa un soupir éloquent.

— Je ne me suis pas posé la question. Et, je l'avoue, ça ne m'a même pas effleuré l'esprit ! Oh, Léon ! Je n'y connais rien, n'est-ce pas ?

— Continue de lire, lui suggéra-t-il. C'est primordial.

Camille hocha la tête.

— N'aie crainte, je lis tout ce que je peux. C'est ma façon de m'instruire.

Elle pouvait se confier à Léon, elle savait qu'il ne la trahirait jamais. Augustine, elle, ne la comprendrait pas forcément. Leurs chemins s'étaient déjà trop éloignés.

Il lui offrit une glace qu'ils savourèrent tout en marchant. Pour Camille cette journée était merveilleuse. Ils regagnèrent le Faubourg à pas lents, échangeant encore à propos de tout ce qu'ils avaient vu. Placide Goron dormait déjà. Camille s'esquiva sans bruit, refusant que Léon la ramène à Montmartre. Elle se sentait légère et joyeuse, et avait envie de prolonger cette sensation.

Elle rentra en chantonnant et, après avoir bu un verre d'eau, reprit son carnet pour peaufiner le croquis du pavillon mauresque qui l'avait séduite. De nouveau, le désir de dessiner et de peindre était là, prégnant.

★

— Si nous nous esquivions, pensez-vous qu'ils s'en apercevraient ? chuchota Camille à l'oreille d'Alexandrine Méley.

Toutes deux avaient pris place, comme chaque vendredi soir, au café Guerbois, là où l'équipe des Batignolles tenait salon. Il y avait là Manet, Renoir, Sisley, Degas, Antoine, Bazille mais aussi l'écrivain Zola, ami des peintres qu'il défendait dans des chroniques passionnées. Grande et belle femme brune de vingt-huit ans, Alexandrine posait pour Manet et partageait la vie de Zola. Ancienne lingère, comme Camille, elle l'impressionnait par son allure, son élégance et son esprit acéré. Zola et elle formaient un couple uni.

Alexandrine marqua une hésitation.

— Zola, oui, certainement. Quant aux autres… je n'en mettrais pas ma main au feu !

Presque malgré elle, le regard de Camille fila vers Antoine qui discutait avec Manet.

Alexandrine la mit en garde.

— Défiez-vous des peintres, leur art passera toujours en premier.

— Mais je vis entourée de peintres ! se récria Camille en riant.

Elle aimait l'atmosphère du Guerbois, où l'on refaisait le monde. Quelques mois auparavant, elle n'aurait jamais osé imaginer côtoyer des artistes comme Bazille ou Manet. Antoine était à part, bien sûr, parce que c'était Antoine mais aussi parce qu'elle pressentait qu'il ne possédait pas le talent de ses amis.

Elle osa alors demander à Alexandrine :

— Dites-moi… vous paraissez si à l'aise. Comment faites-vous, alors que… ?

Confuse, elle s'interrompit. L'œil rieur, Alexandrine termina à sa place :

— Alors que je suis à l'origine une petite lingère, comme vous ? C'est très simple : du jour où j'ai choisi de me consacrer à Émile, j'ai appris. Sans relâche. J'ai lu, j'ai écouté les conversations, je me suis intéressée à tout ce qui l'intéresse. Et je poursuis ma tâche, tout en déchargeant Émile des questions d'intendance. C'est de cela qu'un artiste a besoin : une épouse qui s'occupe de tout pour lui.

Camille garda un silence prudent. Cette conversation était allée beaucoup plus loin qu'elle ne l'aurait désiré et l'embarrassait. D'ailleurs, comme Léon le lui avait fait remarquer, imaginait-elle un peintre épousant un modèle ? Zola et Alexandrine n'étaient pas mariés, bien que la jeune femme ait beaucoup plus d'assurance que Camille.

Alexandrine lui tapota la main, comme pour lui signifier que cela n'avait pas d'importance. Cette jeune femme était réellement surprenante ! pensa Camille, admirative.

À côté d'elles, Renoir et Bazille discutaient des mérites respectifs des pastels et des couleurs.

Le broyage des pigments représentait une opération primordiale. Adepte de l'huile de lin ou bien de résines comme l'ambre, chacun défendait la méthode utilisée afin d'obtenir le meilleur rendu.

Dans l'atelier de la rue de la Paix, Camille étudiait toujours avec attention la façon dont Antoine procédait. Elle engrangeait ces observations, pensant que, plus tard, elles lui seraient peut-être utiles.

Elle but un peu de bière, réprima une grimace. Elle était trop amère.

La conversation dévia sur le Salon, ce fameux Salon auquel tous rêvaient de participer.

Elle les enviait, ces jeunes rapins qui avaient eu la chance de suivre des cours et peignaient, même s'ils rencontraient nombre de difficultés.

Elle les enviait parce qu'ils étaient libres de créer.

7

1868

Il avait deviné dès le premier soir, au bal de l'Élysée-Montmartre, que sa peau prendrait divinement la lumière. Allongé au-dessus d'elle, il la caressait, tout en élaborant dans sa tête les couleurs à utiliser pour un rendu parfait. Une peau laiteuse, avec une pointe de rose et de nacre. Un défi pour un peintre.

Il plongea dans ses yeux d'un vert presque transparent. Le portrait qu'il avait fait d'elle laissait à désirer. Il pouvait l'améliorer à condition qu'elle joue le jeu et s'offre à lui sans réticence.

Les rapports entre les peintres et leurs modèles étaient parfois ambigus. Certains, comme Manet, avaient besoin de séduire. D'autres, Bazille en tête, ne considéraient leur modèle qu'en sujet. Enfin, les éternels désargentés, à l'instar de Monet, faisaient poser leur compagne.

Antoine n'appartenait à aucune de ces catégories. Il cherchait la perfection et, pour ce faire, désirait capter la lumière du corps ondulant sous le sien. Camille était belle. Rayonnante. Il voyait comme ses amis l'observaient à la dérobée, lorsqu'ils venaient lui rendre visite dans son atelier ou qu'elle l'accompagnait au café Guerbois. Elle savait si bien les écouter. Monet et ses jérémiades perpétuelles, Bazille et ses projets ambitieux, Zola et ses envolées littéraires, Manet et son obsession du Salon.

Comme Camille, Renoir écoutait beaucoup. Antoine se demandait parfois quelle était sa place dans leur groupe. Il était le plus jeune et avait la chance d'être soutenu par son père, mais avait-il seulement du talent ? C'était la source de ses interrogations comme de son mal-être.

Camille gémit sous ses caresses. Elle était pour lui une partenaire sensuelle et excitante. Éprise, de surcroît, ce qui ne gâtait rien.

Antoine la prit sans douceur excessive. Il lui en voulait de ne pas être l'Autre. La bellissime, comme il l'avait surnommée.

— Reste… souffla-t-elle alors qu'il se levait déjà.

Elle était irrésistible et émouvante, dans le désordre des draps froissés, sa chevelure de flamme répandue sur l'oreiller.

Il secoua la tête.

— Je dois travailler. Toi aussi, d'ailleurs. Rhabille-toi vite pendant que je prépare mes couleurs.

Elle hésita quelques instants avant de s'exécuter. Pourquoi Antoine ne lui manifestait-il pas plus de tendresse ? Elle l'avait aimé dès leur première séance de pose, rêvant qu'il la caresse comme il caressait la toile de ses pinceaux. Elle aimait sa silhouette mince et élancée, ses yeux gris, sa barbe châtain comme ce demi-sourire esquissé lorsqu'il était satisfait de son travail. Elle l'aimait.

Elle enfila son caraco, son corset, la jupe rouge et le boléro noir qu'elle portait pour sa nouvelle œuvre, se recoiffa avec les doigts et se pinça les joues. Lorsqu'elle sortit de la chambre, située à l'étage, et se pencha au-dessus de la rambarde, elle eut la surprise de découvrir une silhouette féminine au rez-de-chaussée.

Très élégante, l'inconnue était vêtue d'une toilette couleur lilas et un chapeau de velours violet. Camille entendait sa voix, grave et légèrement voilée, sans comprendre ce qu'elle disait. Elle crut saisir les mots « exposition » et « marchand d'art », et pensa qu'il s'agissait d'une cliente.

Elle savait en effet que la plupart des peintres du Guerbois réalisaient les portraits de femmes en vue pour s'en sortir. Ou plutôt non, de dames, corrigea-t-elle mentalement.

Parce qu'elle ne voyait pas pour quelle raison elle serait restée plantée en haut des marches, elle commença à descendre. Elle comprit qu'elle aurait dû s'abstenir en croisant le regard assombri d'Antoine. Ce qui ne l'empêcha pas de poursuivre.

La visiteuse dirigea alors son regard vers elle, un sourcil levé.

C'était une femme d'une beauté parfaite, presque irréelle, avec son teint très clair, à peine rehaussé de rose, ses grands yeux bleu foncé, sa bouche pulpeuse.

Antoine esquissa un geste de la main, comme pour signifier que Camille n'avait pas d'importance.

— Vous pouvez partir, lui dit-il sans la regarder, comme s'il s'était adressé à une domestique. La séance de pose est terminée.

Une bouffée de colère submergea Camille. Elle aurait voulu le souffleter, l'insulter même, mais la présence de l'élégante la tétanisait.

Elle se contenta donc de les toiser l'un et l'autre avant de leur tourner le dos et de sortir dans la rue.

Le soleil faisait chanter les couleurs de l'étal de la marchande des quatre-saisons, une vieille femme affublée d'un prénom d'impératrice, Théodora.

Camille courut vers le Faubourg comme on se sauve.

Elle se sentait trahie. Pis encore, piétinée.

*

— N'oublie jamais ça, petite !

Placide Goron agita sous le nez de Camille un exemplaire du *Siècle* en date de décembre 1851.

— Il y a dix-sept ans, il a fait tirer sur les manifestants opposés à son coup d'État. Je le sais, j'y étais ! Des ouvriers, des artisans, des instituteurs, tous attachés à notre République. Lui, Napoléon le

Petit, notre « Badinguet », ne pensait qu'à s'emparer du pouvoir et à rétablir l'empire.

— Je sais, acquiesça tristement Camille.

Elle considérait le vieil homme comme un oncle, elle qui n'avait pas connu son père. Il lui avait appris à s'intéresser à l'histoire de son pays et lui faisait prendre conscience des atteintes à la liberté.

— Tu vois, reprit-il, Badinguet a beau lâcher du lest en libérant la presse, il ne pourra jamais me faire oublier qu'il nous a trahis, nous, les ouvriers. Ah ! Il a eu beau jeu d'écrire *Extinction du paupérisme* ! Par la suite, il a retourné sa veste ! Sacrément.

Camille lui tapota la main.

— Monsieur Placide, j'aime votre enthousiasme ! Avec vous, il me semble comprendre un peu mieux ce qui se passe dans notre pays.

— À la bonne heure ! Les Françaises doivent s'intéresser elles aussi à la politique. Tu devrais lire les articles de Clément dans *La Réforme*.

— Clément ? répéta-t-elle. Il me semble que Léon m'a déjà parlé de lui.

— Le contraire serait étonnant ! Léon boit ses paroles dès qu'il en a l'occasion. C'est un homme bien, qui défend les ouvriers. Imagines-tu ? Fils d'un minotier fortuné, il aurait pu vivre comme un bourgeois. Et c'est un Montmartrois ! Or, pour rester fidèle à ses idées, il a préféré quitter sa famille dès l'âge de quatorze ans pour devenir garnisseur de cuivre, un métier fort peu intéressant. Heureusement, il a vite collaboré à des journaux socialistes.

Auprès de son vieil ami, Camille retrouvait peu à peu son calme. Elle était arrivée dans la cour du faubourg Saint-Antoine dans un état d'agitation extrême. Tout au long du chemin, elle avait maudit Antoine. Comment avait-il pu lui infliger pareille humiliation ? Sortant à peine de ses bras, il l'avait ignorée, rejetée même, pour faire la roue devant cette Parisienne trop élégante et trop sûre d'elle. Quel mufle !

Léon, rentrant d'une livraison, s'étonna de trouver la jeune fille dans leur cour.

— Quelle bonne surprise, Camille ! Mais… tu ne devais pas poser toute la journée ?

— Je t'expliquerai, fit-elle, le visage fermé.

Léon enchaîna :

— Je suis content que tu sois venue. Je voulais justement te demander ton avis au sujet de ces décorations. Père estime que je m'écarte trop des modèles traditionnels.

Elle biaisa.

— Je n'ai pas l'intention de me mettre à dos l'un de vous deux !

Placide soupira en levant les yeux au ciel.

— Ce n'est pas grave, petite. Je sais bien que la jeunesse est encline à innover. Donne ton opinion sans crainte, je ne t'en tiendrai pas rigueur.

Rassérénée, elle étudia avec attention les croquis de son ami, qu'elle jugea particulièrement réussis.

Léon s'était inspiré de la mythologie grecque et faisait évoluer ses personnages à l'ombre de colonnes ioniennes ou doriques.

— J'aime beaucoup, déclara-t-elle, sincère.

Le visage de Léon s'illumina.

— C'est vrai ? Voilà qui m'encourage à persévérer. Tu restes souper avec nous ?

Elle accepta car elle redoutait le moment où elle se retrouverait seule chez elle avec sa peine.

8

1868

Elle s'appelait Valérie Cazeaux-Postel. Âgée de vingt et un ans, elle avait épousé un banquier après avoir été la débutante la plus en vue de l'année. N'avait-elle pas été invitée à danser par l'empereur en personne ?

Elle était belle, d'une beauté souveraine, hiératique, et avait le pouvoir des nantis.

Elle recevait le mercredi dans les salons de son vaste appartement situé près du jardin du Luxembourg.

Alfred Cazeaux-Postel, son mari, qui n'avait pas encore réalisé qu'elle avait accepté de l'épouser, lui vouait une dévotion sans faille. Elle se laissait adorer, comme si cela allait de soi. Le beau monde se pressait chez elle, les frères Goncourt, les Daudet, Guy de Maupassant, et jusqu'à Gustave Flaubert.

On évoquait les derniers ouvrages parus, les spectacles qu'il fallait avoir vus, les peintres en vogue. *La Belle Hélène*, d'Offenbach, ralliait tous les suffrages tandis que l'on émettait un « Tsst tsst » réprobateur dès que la conversation bifurquait sur une jeune comédienne nommée Sarah Bernhardt, renvoyée deux ans auparavant de la Comédie-Française pour avoir giflé une sociétaire.

Valérie désirait plus encore. Qu'on la considère comme l'héritière de la princesse Mathilde, par exemple, et qu'elle bénéficie du même rayonnement. Pour ce faire, elle devait se patiner un peu, et protéger des artistes.

Le jeune Antoine Fouque était intéressant sur ce plan. Encore inconnu, mais ambitieux, il pouvait lui réserver une bonne surprise.

Valérie esquissa un sourire tout en tapotant ses bandeaux. Pauline, sa femme de chambre, recula d'un pas.

— Quelle toilette désirez-vous porter pour le dîner, Madame ?

Valérie fronça les sourcils.

— Ma nouvelle robe n'a pas été livrée ?

Pauline rougit.

— Je l'ignore, Madame. Dois-je aller me renseigner ?

Sa maîtresse la congédia d'un geste impatient de la main.

— Faites vite ! Pensez-vous donc que je vais porter une toilette pour la seconde fois ? Vous déraisonnez, ma fille !

Pauline fila, les joues empourprées. La peste soit de cette femme trop gâtée ! pensa-t-elle.

Malgré son emploi de femme de chambre, elle peinait à s'en sortir. Certes, elle était logée et nourrie mais, comme elle payait chaque mois la pension pour sa fille placée en nourrice, elle ne pouvait se permettre aucune fantaisie. Elle dissimulait sa condition de fille-mère, qui aurait provoqué son renvoi. Elle ne voyait sa petite Alice qu'une fois par mois. Elle lui apportait gâteaux et rubans, comme pour se faire pardonner son absence.

Elle rêvait de pouvoir s'installer à son compte, comme lingère ou couturière, et de reprendre Alice près d'elle, tout en se disant que ce n'était pas réaliste. Elle ne parviendrait jamais à économiser assez. À moins qu'elle ne se fasse épouser par un artisan ou un commerçant ?

À vingt-cinq ans, Pauline était jolie. Un minois chiffonné, un petit nez retroussé, de grands yeux gris. Cependant, qui voudrait d'une fille-mère ? Le père d'Alice, un ferrailleur nommé Arsène, l'avait jetée à la rue dès qu'elle lui avait appris sa grossesse. Pauline en avait gardé une certaine défiance vis-à-vis de la gent masculine. Ce qu'elle observait à l'office l'encourageait en ce sens.

La gouvernante, Madame Cornélie, ne laissait rien passer aux domestiques mais elle était juste. En revanche, le cocher et les valets s'entendaient à harceler les petites bonnes et la fille de cuisine tandis que le jeune frère de monsieur Cazeaux-

Postel exerçait un droit de cuissage sur les nouvelles embauchées.

Prévenue par Madame Cornélie à son arrivée, Pauline l'avait giflé à sa première tentative et avait menacé d'aller se plaindre au maître de maison. Cela avait suffi à calmer les ardeurs de l'étudiant mais uniquement parce qu'il n'avait pas l'habitude qu'on lui résistât.

La jeune femme se cogna à Suzanne, la petite bonne, qui portait un paquet oblong.

— C'est pour Madame, souffla-t-elle.

— Alléluia ! Donne, je vais le lui porter immédiatement.

Dans sa chambre, Valérie se fit habiller tout en exprimant sa mauvaise humeur. Comment un créateur de mode tel que Worth pouvait-il manquer à ce point de sérieux ? Elle avait failli ne pas pouvoir porter cette toilette ! Dieu merci, la robe, en faille ivoire, rubans et corsage de satin violet, et entre-deux de dentelle, lui allait à la perfection. Elle s'observa avec complaisance dans la psyché, admirant sa peau nacrée, l'éclat de ses yeux, la finesse de sa silhouette.

Derrière elle, Pauline lui tendit ses gants et son éventail plié en dentelle de Chantilly.

Valérie sortit de sa chambre sans un regard. Pauline poussa un soupir de soulagement et rangea les vêtements éparpillés sur le lit. Valérie l'exaspérait et l'humiliait sans même en avoir conscience. Leurs univers étaient si différents qu'elle en éprouvait le tournis.

Elle mit en ordre la chambre, fit la couverture après avoir sorti la chemise de nuit en batiste et dentelle de sa maîtresse.

Elle irait grignoter un morceau en cuisine puis remonterait dans la lingerie où elle avait des travaux de couture à terminer. Madame ne supportait pas de voir ses domestiques inactives. Pauline coudrait, broderait, en attendant le retour de Madame. Elle l'aiderait alors à ôter sa robe, tresserait ses cheveux pour la nuit, lui apporterait sa tasse de thé avant de pouvoir s'éclipser.

Une fois réfugiée dans sa chambre, elle s'effondrerait sur son lit et sombrerait dans un profond sommeil jusqu'au lendemain matin.

Certains jours, elle se disait qu'elle devrait abandonner cette existence pour vivre avec Alice.

Mais comment pourrait-elle assurer leur subsistance ? C'était l'éternel problème.

⋆

Valérie Cazeaux-Postel examina la table nappée de lin damassé, la vaisselle en porcelaine de Sèvres, les verres en cristal de Baccarat, les surtouts de fleurs de chez Lachaume, et esquissa un sourire satisfait. Madame Cornélie, une nouvelle fois, avait veillé à ce que tout fût parfait.

Son époux lui adressa un petit signe de la main, l'air de dire : « Bravo, ma chère ! » et elle se détourna. Il pouvait se montrer si commun, parfois !

Cependant, il avait quelques excuses. Quand on connaissait sa mère… Madame Cazeaux-Postel, « Madame mère », comme l'appelaient les domestiques, avait été épousée à la sortie du couvent pour sa dot, plus qu'intéressante. Jeune fille ingénue, elle avait été livrée en pâture à un noceur de vingt ans son aîné qui, non content de lui avoir transmis une maladie honteuse, s'était toujours évertué à la traiter comme une personne de peu d'importance. Il était mort à soixante ans d'épectase dans les bras d'une prostituée, et Alfred, âgé d'à peine vingt-deux ans, avait dû battre le rappel des relations familiales pour étouffer le scandale.

Dieu merci, à peine veuve, Madame mère, aussi peu douée pour l'art de la conversation que pour la mode, s'était retirée en Normandie, si bien que dès son mariage, Valérie avait été la seule à diriger la maison.

Elle se porta à la rencontre des premiers invités, le dos bien droit et le menton levé.

Son dîner serait parfait, comme d'habitude.

9

1868

— Épargne-moi ce sourire moqueur, grommela Antoine. Tu dois reprendre la pose exacte, comme n'importe quel modèle le ferait.

— Parce que je suis n'importe quel modèle ? répliqua Camille, sans se départir de ce fameux sourire.

Elle avait été contrainte de reprendre les séances, Antoine menaçant de ne pas lui régler son dû si elle s'obstinait dans son refus, mais était bien décidée à lui faire payer sa goujaterie.

Consultée, Augustine avait conseillé de « faire lanterner » le peintre. Cependant, Camille se demandait s'il s'en rendrait seulement compte. N'était-il pas ridiculement béat en présence de sa visiteuse ? Camille aurait volontiers arraché les yeux de celle qui se croyait issue de la cuisse de Jupiter, pas moins.

Depuis qu'elle était revenue dans l'atelier de la rue La Condamine, nouvellement baptisée ainsi, Antoine et elle se battaient froid. Heureusement, Bazille l'avait retenue pour les trois semaines à venir. Avec lui, il n'y avait point d'ambiguïté. Il avait besoin d'elle pour figurer une jeune fille au piano et il tenait à lui faire porter, lui aussi, une robe de couleur verte. Quel manque d'imagination ! Camille avait envie de leur rappeler que le noir et aussi le rouge seyaient à son teint.

Elle jeta un regard sombre à Antoine. Elle lui en voulait toujours autant de son comportement la semaine passée et n'avait pas l'intention de le lui pardonner.

Ce qui ne l'empêcherait pas d'aller danser, le prochain dimanche, avec Edmond. Il avait insisté pour qu'elle l'accompagne, et elle avait besoin de se changer les idées. Ils rejoindraient Augustine à l'Élysée-Montmartre.

Ce projet l'aidait à supporter l'atmosphère tendue régnant dans l'atelier.

L'arrivée d'Édouard Manet leur procura une diversion bienvenue. Il cherchait partout son modèle, Victorine Meurent. L'avaient-ils vue ?

Antoine secoua la tête. Victorine et lui ne s'entendaient pas. Ou, plutôt, tous deux s'ignoraient. Camille salua timidement le peintre qui l'impressionnait toujours.

— Êtes-vous allé voir du côté des Batignolles, chez Hennequin ? Je crois savoir que Victorine rêve de peindre, elle aussi, et…

— Tout le monde rêve de peindre, coupa Antoine, mais une femme… Pour moi, ça a quelque chose de choquant.

— Quelle idée ! lança étourdiment Camille.

Les deux hommes se tournèrent vers elle. Elle rougit.

— Je veux dire… nous, les femmes, avons aussi le droit de créer. À moins que cela ne vous choque, messieurs ?

Tous deux se récrièrent. Non, naturellement, d'ailleurs il existait des cours pour les dames et elles étaient plusieurs à venir copier les maîtres dans les salles du Louvre.

Manet mentionna une certaine Berthe Morisot, issue de la haute bourgeoisie, qui avait beaucoup de talent.

Elle, au moins, pouvait s'offrir des cours, des toiles et des couleurs, songea Camille avec une amertume qui ne lui ressemblait pas. Elle se reprocha aussitôt cette pensée. Hors de question pour elle de sortir de son rôle ou de leur confier ses aspirations ! Elle pressentait qu'Antoine ne la comprendrait pas et ne la soutiendrait pas.

Manet remit son chapeau sur sa tête.

— Je vais voir si je mets la main sur Victorine. Merci, Camille. À vendredi, Fouque.

Un silence lourd retomba dès que le peintre eut quitté l'atelier.

Au bout d'un long moment, Antoine toussota.

— Je suis désolé, Camille, déclara-t-il enfin. Pour l'autre jour… ma seule excuse est que je serais lancé si j'avais la chance de faire le portrait de madame Cazeaux-Postel.

Elle fit la moue.

— N'a-t-elle pas besoin d'un artiste plus... connu ?

Il soupira.

— C'est possible, oui. Cependant, j'ai le droit de rêver.

Camille ne répondit rien. Elle était toujours blessée. Elle n'avait pas l'intention de lui demander ce qu'elle représentait pour lui. Leur situation était classique : pour un Manet qui avait épousé Suzanne, une pianiste hollandaise, Monet vivait avec Camille Doncieux, Renoir avec Lise Tréhot, Zola avec Alexandrine Méley. Toutes trois étaient modèles, comme Camille. À croire qu'on n'épousait pas les modèles ! Leur profession stigmatisait les jeunes femmes.

Ce point ne tourmentait pas Camille. Orpheline, elle se souciait peu de devenir une jeune personne respectable. Non, elle avait besoin de se savoir aimée. Cependant, pas question pour elle de mendier compliments ou grandes déclarations auprès d'Antoine !

Il continua donc de peindre dans un silence de cathédrale tandis qu'elle se demandait ce qui la différenciait de Valérie Cazeaux-Postel. Aussi accueillit-elle avec soulagement la fin de la séance de pose. Elle se changea derrière le paravent puis quitta l'atelier sur un « Bonne soirée ! » désinvolte.

Il faisait encore très doux. L'air fleurait la rose. Des roses lourdes, largement épanouies, exhalant un parfum de pêche mûre.

Sur une impulsion, Camille se dirigea vers la place du Tertre.

Elle aimait l'atmosphère bon enfant régnant à Montmartre, connaissait la plupart des commerçants. C'était tout un monde qui s'agitait autour d'elle. La porteuse de pain, tirant sa carriole à bras, le rémouleur se déplaçant avec sa petite charrette et annonçant à chaque coin de rue : « Rémouleur ! Repasse couteaux ! Repasse ciseaux ! », la vendeuse d'arlequins, proposant des assiettes composées avec les restes des repas servis la veille dans les restaurants ou les grandes maisons, lui étaient familiers depuis l'enfance.

Née à Montmartre, elle ne s'imaginait pas vivre ailleurs, même si Placide et Léon lui vantaient régulièrement leur cher Faubourg.

Elle s'arrêta chez Jeanne, la mercière qui était amie avec sa mère, devisa avec elle avant de choisir un ruban de velours noir pour orner son cou. Victorine avait posé ainsi pour l'*Olympia* de Manet et Camille trouvait que ce ruban lui donnait un chic fou.

— Alors comme ça, t'es modèle, à présent ? fit Jeanne.

Âgée d'une cinquantaine d'années, elle était une figure du quartier et n'hésitait pas à venir en aide à ceux qui étaient dans le besoin. Les cheveux grisonnants sous un bonnet tuyauté, le visage souriant, elle avait sur son comptoir un bocal en verre rempli de bonbons.

Étant enfant, Camille se rappelait avoir pioché dedans en ayant l'impression qu'il était inépuisable.

Comme le bonheur ressenti auprès de sa mère.

Une ombre voila son regard.

— Ça te plaît, le métier de modèle ? reprit Jeanne. Remarque, tu es assez mignonne pour ça mais, c'est bizarre, je t'aurais vue plus dans l'action. Un modèle, ça reste passif, comme un bel objet. Ça ne te ressemble pas vraiment.

— En tout cas, ça me plaît mieux que lingère !

— C'est déjà un progrès, donc.

Jeanne poursuivit :

— Suis ta route, petite. Et n'oublie jamais : les rêves sont faits pour être réalisés.

— Pourquoi me dis-tu ça, Jeanne ?

La mercière répondit par une pirouette :

— Parce que tu es à l'aube de ta vie, pardi ! Ainsi qu'à l'heure des choix.

Camille devait penser souvent à cette conversation. Comme si Jeanne s'était fait le porte-parole de sa mère.

Rêver, agir… à dix-huit ans, tout était encore possible.

Et peindre, un jour prochain.

10

1870

L'année avait pourtant bien commencé. À vingt ans, Camille était devenue un modèle recherché. Elle avait gagné en assurance, appris, au fil des mois, à mettre son corps en valeur. Les membres du club du Guerbois continuaient à la faire travailler.

« Elle donne une force incandescente à la toile », disait d'elle Manet.

Il lui avait demandé de poser pour lui à deux reprises après le départ soudain de Victorine Meurent pour les États-Unis.

Victorine était un feu follet qui ne supportait pas de se sentir à l'attache. Camille la comprenait. Si elle avait eu suffisamment d'argent, serait-elle partie, elle aussi ? Non, bien sûr, à cause d'Antoine.

Ses relations avec le peintre languedocien étaient contrastées. Il affirmait ne pas pouvoir se passer d'elle tout en se languissant toujours pour Valérie

Cazeaux-Postel. Quand celle-ci se présentait à l'atelier, Camille partait sans mot dire. Antoine aurait aimé que les deux jeunes femmes vivent en bonne intelligence.

« Pourquoi pas coucher dans le même lit ? » lui avait lancé Camille un jour où elle était particulièrement furieuse.

Il avait eu l'outrecuidance d'en rire.

« Hé hé ! Je te prendrais bien au mot ! »

Elle l'avait souffleté ce jour-là. Tous deux avaient basculé sur le sofa. Antoine l'avait embrassée, un baiser au goût de sang, en lui mordant la lèvre. Elle avait tenté de le repousser, pour finalement lui céder, en nouant les jambes autour de son bassin. Elle le détestait… sans pouvoir se refuser à lui. Elle savait que cet amour était vénéneux, au même titre que la drogue dont usaient artistes et poètes comme un certain Charles Baudelaire, ami de Manet, mort trois ans auparavant. Pourquoi diable ne parvenait-elle pas à le quitter ?

Il ne l'aimait pas, ne l'aimerait jamais. Il aimait une seule femme, Valérie. Il l'aimait et la vénérait, alors qu'elle devait avoir plusieurs amants.

La malchance des filles comme Camille, nées pratiquement dans le ruisseau… On leur attribuait tous les vices alors que de riches bourgeoises telle Valérie, élevées dans la soie et le velours, étaient parées de toutes les vertus.

Elle s'était levée et, rassemblant le peu de dignité qui lui restait, avait lancé :

« Désormais, vous vous débrouillerez sans moi. Demandez donc à l'objet de vos soupirs de poser pour vous ! »

Le regard gris s'était fait lame d'acier.

« Je ne puis courtiser une femme mariée, vous le savez fort bien. Cessez de faire l'enfant, Camille, et revenez dès demain. J'ai besoin de vous. »

Et moi ? pensa-t-elle. Se rend-il compte de ce qu'il me fait subir ?

Elle avait patienté, pourtant, au cours des deux dernières années, en vain. S'était répété qu'il finirait bien par l'aimer, tout en mesurant la cruauté de cette réflexion.

N'était-elle pas digne d'être aimée ? Désirable ? Edmond, qui s'était instauré son chevalier servant depuis longtemps, lui avait proposé le mariage à plusieurs reprises, propositions qu'elle avait déclinées en lui rappelant qu'il était pour elle seulement un excellent ami. De son côté, Léon lui conseillait de « ne pas perdre son temps avec son barbouilleur ».

« Il n'est pas de notre monde », avait-il insisté.

C'était comique, quand on y réfléchissait : les gens du peuple se défiaient des bourgeois.

Oh, comme elle s'en voulait d'avoir cédé aussi facilement à Antoine ! Dès le jour de leur première rencontre, elle était tombée sous son charme. Depuis deux ans qu'elle était sa maîtresse, elle aimait sa prestance, se troublait sous le poids de son regard. Pourtant, en même temps, il faisait preuve à son égard d'une certaine cruauté. Elle était toujours trop vive, trop spontanée, pas assez « grande dame ». De quoi donner des complexes à l'ancienne petite lingère... Heureusement, toujours bienveillants et soucieux d'elle, Augustine, Edmond, Placide et Léon la réconfortaient.

Prenant exemple sur Alexandrine Méley, Camille lisait, se cultivait. Tout l'intéressait, à commencer par les œuvres de « ses » peintres. Elle suivait avec passion les tribulations de Manet, Renoir, Monet ou Bazille.

En février, Manet avait giflé le journaliste Duranty pour quelques phrases écrites sur deux de ses tableaux. Les deux hommes résolurent que seul un duel pourrait régler ce litige. Mais, inexpérimentés l'un et l'autre, ils arrêtèrent le combat à la première égratignure.

Renoir s'apprêtait à exposer deux de ses toiles au Salon tant convoité.

Monet, chuchotait Alexandrine, s'était enfin décidé à épouser sa compagne, la douce Camille. Leur fils Jean fêterait ses trois ans en août.

Bazille, qui regagnerait comme chaque été le domaine familial de Méric, près de Montpellier, non content de se passionner pour l'opéra et la musique, s'intéressait depuis peu à la pratique de l'eau-forte[1].

Sans parti pris, avec une objectivité qui lui faisait honneur, elle jugeait leurs œuvres supérieures à celles d'Antoine.

1. Procédé de gravure en taille-douce sur une plaque métallique.

Lui, piétinait. Il gâchait beaucoup de toiles, s'exaspérait, et son humeur s'en ressentait. Était-ce pour cette raison qu'il devenait de plus en plus difficile à vivre ?

Pour sa part, Camille ressentait le besoin de se protéger.

« Tu perds ton temps, ma belle, lui avait dit Alexandrine. Ton Antoine n'est pas franc du collier. Il se sert de toi. »

Et Camille avait pris de la distance avec son amant.

Elle admirait toujours Alexandrine Méley. Celle-ci venait moins souvent au café Guerbois depuis que Zola, sa mère et elle-même avaient emménagé dans un pavillon aux Batignolles.

Parfaite maîtresse de maison, Alexandrine cuisinait, cousait, brodait, tenant la maison avec le talent d'une gouvernante aguerrie. À son invitation, Camille lui rendait visite de temps à autre. Elles devisaient comme les deux amies qu'elles n'étaient pas tout à fait, mais cela permettait à Camille d'avoir des nouvelles fraîches d'Antoine.

« Sans l'argent de son père, il aurait dû retourner chez lui depuis longtemps », affirmait Alexandrine avec la franchise qui la caractérisait.

« Mon Émile a toujours dû se débrouiller seul », ajoutait-elle avec une pointe de fierté.

Zola intimidait toujours Camille. Chaque fois qu'elle le voyait, elle avait l'impression qu'il l'étudiait avec l'attention d'un entomologiste. Se retrouverait-elle un jour dans l'un de ses romans ? L'idée même l'amusait.

En tout cas, les conseils avisés d'Alexandrine confortaient Camille dans l'idée qu'elle avait bien fait de cesser de voir Antoine.

Bazille, Monet et Renoir, toujours très proches, ne mentionnaient que rarement son nom en sa présence et l'invitaient à venir les rejoindre au café Guerbois alors que son ancien amant s'en abstenait de plus en plus.

« Il fréquente les gens de la haute, avait glissé un jour Renoir. Toujours cette obsession pour madame Cazeaux-Postel. Il s'y brûlera les ailes. »

Il reprochait à Antoine de devenir un peintre mondain. Était-ce pour cette raison que ce dernier boudait les réunions de ses amis et leurs éternelles discussions sur le rôle de l'art ?

Camille releva la tête. Elle devait tirer un trait sur ses souvenirs. Après tout, à vingt ans, elle pouvait fort bien vivre sans histoire d'amour.

Placide et Léon avaient entrepris de faire son éducation politique. À les entendre, le Second Empire vivait ses derniers mois. Des affaires aussi scandaleuses que le procès du meurtrier du jeune journaliste Victor Noir avaient entaché l'image du régime, l'opinion grondait et, en coulisse, les partis d'opposition fourbissaient leurs armes. La condamnation de Rochefort à six mois de prison avait attisé les braises. Les obsèques de Victor Noir avaient attiré à Neuilly-sur-Seine plus de cent mille personnes.

La semaine suivante, Placide avait demandé à Camille d'aller porter de sa part des documents chez une demoiselle Michel, institutrice à Montmartre. Le dévouement de l'enseignante, qui donnait des cours le jour, instruisait des ouvriers le soir tout en allant secourir ceux qui étaient dans le besoin, et refaisait le monde aux côtés des militants Varlin, Millière ou Théophile Ferré, avait forcé l'admiration de la jeune femme.

Mademoiselle Michel – « Appelez-moi Louise », avait-elle suggéré à Camille –, sans être jolie, avait du charisme. Un regard sombre, fiévreux, un visage ascétique, une mise des plus simples. Âgée d'environ quarante ans, elle était vive et dynamique.

« Revenez quand vous voudrez, avait-elle ajouté.

— Avec plaisir », avait acquiescé le jeune modèle.

N'était-ce pas curieux ? Elle se découvrait en sécurité auprès de Louise Michel et pressentait que celle-ci l'aiderait à réaliser ses rêves.

11

1870

— Et maintenant ? lança Camille à Léon sur un ton chargé de défi.

Depuis le mois de juillet, les événements s'étaient précipités. La France avait fondu sur le chiffon rouge agité par le chancelier Bismarck et déclaré la guerre à la Prusse. Au terme d'une campagne catastrophique, Napoléon III avait abdiqué à Sedan le 2 septembre et la république avait été proclamée deux jours plus tard.

L'empereur prisonnier, l'impératrice en fuite en compagnie du prince héritier, le pays s'était retrouvé seul face à l'ennemi. Car, c'était l'évidence, Bismarck ne ferait pas de cadeau à la France.

Ses troupes continuaient de marcher vers Paris tandis qu'Adolphe Thiers, en mission diplomatique, tentait de gagner les gouvernements étrangers à la cause française. Sans succès, d'ailleurs.

Léon poussa un énorme soupir, retira ses lunettes rondes qu'il essuya, lentement. Sa mauvaise vue ne lui avait pas permis d'être mobilisé. Décision inique à ses yeux, qui le faisait enrager. Que diable ! Il se sentait tout à fait capable de défendre la République les armes à la main, même s'il était plus à l'aise avec sa gouge et son ciseau à bois qu'avec un chassepot.

— Je suis certain que les Prussiens vont assiéger Paris, répondit-il enfin après un long silence. Malgré les rodomontades de Badinguet, nous n'étions pas préparés à cette guerre. Bismarck a fort bien manœuvré.

— Assiéger Paris ? répéta Camille, qui avait blêmi. Il s'est déjà passé tant de choses en si peu de temps… La défaite à Sedan, la chute de l'Empire. T'ai-je dit que Bazille s'était engagé ? Ça me fait de la peine pour lui. Il a toujours été si bienveillant. Durant des années, il a hébergé Monet et Renoir, les a soutenus financièrement. Bazille est un véritable chevalier et je ne parviens pas à l'imaginer dans la boue, risquant à tout moment d'être blessé ou, pis encore, tué.

— Et les autres peintres ? Que font-ils ?

— Les Batignolles sont devenues bien calmes. Certains sont partis se mettre au vert, à commencer par Antoine, en Normandie. Monet s'est exilé à Londres, Renoir a été mobilisé, Sisley, l'Anglais, est resté mais il n'a pas un sou vaillant, Manet a pris le large, lui aussi. Les artistes ont peu de goût pour les armes…

— Et toi ? Tu n'as pas envie de fuir Paris ?

— Moi ?

Camille ne chercha pas à dissimuler sa stupeur.

— Je suis née ici, j'y ai toujours vécu. Même si je vais avoir de la peine à travailler, je reste à Paris. Après tout, je peux toujours redevenir lingère !

Léon secoua la tête.

— Ne dis pas de sottises ! Tu détestais ce métier.

— Il faut que je puisse payer mon loyer.

— Je te préviens si j'entends parler d'un travail.

— Merci, Léon. Je file. J'ai rendez-vous chez mademoiselle Michel.

— Salue-la pour moi.

Le regard de Camille s'assombrit dès qu'elle eut quitté Léon et son père. Elle avait beau crâner, elle savait au fond d'elle-même qu'elle ne parviendrait pas à survivre cet hiver si elle ne décrochait pas un nouveau travail.

Elle dut sonner à plusieurs portes avant de retrouver Louise Michel.

L'institutrice paraissait animée d'un enthousiasme contagieux. Elle s'appuyait sur un fusil de belle taille.

— Seigneur ! s'étonna Camille. Sauriez-vous donc vous servir de cette arme ?

— Un ami m'a appris, répondit Louise. Vous devriez en faire autant, mon petit. Bientôt, tous les habitants auront à cœur de défendre Paris assiégé.

— Vous aussi ?

Camille rougit sous le regard acéré de Louise puis expliqua :

— Léon Goron, mon ami d'enfance, que vous connaissez, vient de me tenir le même discours.

— C'est évident ! lança Louise d'un ton sans réplique. Certes, nous avons enfin la république mais celle-ci est menacée, à l'extérieur par Bismarck, à l'intérieur par Thiers. Nous n'avons rien à attendre de bon de ce personnage. Cette vieille chouette est prête à tout pour exercer le pouvoir.

— Je comprends peu de chose à la politique, risqua Camille.

— Vous vous habituerez ! Nous, les Françaises, avons les mêmes droits que ces messieurs, bien qu'ils s'efforcent de nous faire croire le contraire.

Le discours de Louise trouvait un écho favorable chez Camille. Après tout, pourquoi ne suivrait-elle pas des cours de peinture comme Victorine ? À cause de l'argent. On en revenait toujours là.

L'institutrice lui conseilla d'aller se présenter dans les bonnes maisons du faubourg Saint-Germain.

— On y recherche du personnel, expliqua-t-elle. Terrorisées par les Prussiens, de nombreuses petites bonnes ont couru se réfugier chez leurs parents. Ce serait une solution temporaire.

Après l'avoir remerciée, Camille fila. Le soir même, elle débutait son service chez les Villars, une famille du Faubourg. Même si elle aurait préféré, et de loin, poursuivre son activité de modèle, son poste était plus varié que celui de lingère.

Elle devait faire la couverture, servir à table, débarrasser et laver la vaisselle, allumer les feux, aider la vieille madame Villars à regagner sa chambre, la coucher. Trois générations vivaient sous le même toit : madame Villars mère, son fils Pascal et sa bru, et leurs trois enfants, âgés de six à douze ans. « Des terreurs », prétendait Madeleine, la petite bonne préposée à leur service. Camille les aimait bien, ces enfants, et allait parfois jouer avec eux dans la cour de l'hôtel particulier. Cependant, il ne fallait pas se faire prendre par Jérôme, le majordome plus guindé qu'un balai, toujours prompt à relever le moindre manquement à la politesse comme au savoir-vivre.

On l'avait accueillie aimablement. La jeune madame Villars, passionnée de lecture, se retirait souvent dans la bibliothèque. Son époux, banquier, passait en coup de vent avant de s'enfermer dans son bureau. Les enfants étaient finalement les plus diserts, avec la vieille dame, atteinte de démence sénile. La maisonnée était un brin étrange, mais cela ne dérangeait pas Camille. Elle s'efforçait d'oublier Antoine en travaillant avec ardeur.

De lui, point de lettres ni de signe de vie. N'aurait-il pas pu s'engager, comme Bazille ? Parfois, la nuit, elle cherchait son corps dans l'étroit lit en fer qu'elle occupait chez les Villars, alors même qu'ils n'avaient jamais partagé une nuit entière ensemble. C'était bien la preuve, se disait-elle, qu'elle avait été pour lui seulement une passade.

Des peintres comme Renoir, Sisley, Monet ou Cézanne, un écrivain comme Zola, étaient fidèles à leur compagne. Ils l'aimaient, constata-t-elle avec un pincement au cœur.

Lorsqu'elle rentrait à Montmartre le dimanche pour son jour de congé, elle s'étonnait de découvrir son village, son quartier, presque inchangé sous les couleurs automnales.

Louise Michel arpentait les rues et réclamait de l'argent pour financer la défense de Montmartre, son quartier. À sa place, Camille en aurait éprouvé de la honte mais Louise ne se laissait pas arrêter par ce genre de contingence. Estimant qu'ils avaient besoin de tout, elle sillonnait le quartier, vêtue de noir, les cheveux tirés en arrière. Ses yeux sombres étincelaient.

« Bientôt, nous serons libres », affirmait-elle avec une conviction contagieuse.

Camille n'osait y croire. Réfugiée chez les Villars, elle s'y était aménagé une sorte de cocon. Comme si elle devait récupérer des forces afin d'affronter, plus tard, de nouvelles épreuves.

12

Janvier 1871

Un froid de gueux faisait peser sur Paris une étreinte glaciale. La neige, tombée en abondance quelques jours auparavant, n'avait pas fondu et formait des amas grisâtres repoussés à coups de pelle. Les files d'attente s'étiraient devant les magasins d'alimentation. Emmitouflée dans un châle, les pieds gelés dans les galoches qu'elle portait par-dessus ses souliers, Camille s'efforçait de ne pas penser à la faim qui lui tordait l'estomac. Toute couleur semblait avoir déserté la capitale.

Les Parisiens avaient cru qu'ils tiendraient bon face aux Prussiens, qu'ils mettraient rapidement fin à ce maudit siège. Or, rien ne s'était déroulé comme ils l'avaient espéré. Après avoir puisé dans leurs réserves sans parcimonie, ils se trouvaient démunis. Les prix des denrées alimentaires avaient flambé et les plus pauvres mouraient de faim.

Camille avait perdu son emploi chez les Villars. Ceux-ci, en effet, effrayés par les premiers bombardements, s'étaient réfugiés dans une demeure que madame mère possédait en Bretagne et avaient réduit leur train de maison.

Depuis début janvier, la jeune femme peinait de plus en plus à joindre les deux bouts. La faim la tenaillait et les difficultés accrues pour se chauffer n'arrangeaient pas la situation. Contrainte d'effectuer des travaux de couture pour survivre, elle souffrait sans relâche du froid par ce terrible hiver. La température descendait régulièrement à -12 degrés. Le matin, elle se réveillait dans des draps glacés bien qu'elle se fût couchée tout habillée, après avoir superposé sur son lit châles et cape.

Il fallait briser la glace pour obtenir de l'eau à la fontaine de la cour. Elle la chauffait sur son fourneau qui fonctionnait seulement une paire d'heures par jour, vu le manque de charbon.

Elle buvait deux bols de café, grignotait un quignon de pain, puis attaquait son travail pour profiter de la lumière du jour. Elle se rendait à midi chez Placide et Léon, chez qui elle avait table ouverte. C'était pour elle l'occasion de constater à quel point Paris avait changé. Partout, des files d'attente interminables…

Des panneaux d'affichage recommandaient la viande de cheval, le ragoût de chat, le mets raffiné que constituait la trompe d'éléphant… provoquant chez la jeune femme d'horribles nausées.

Des voyous avaient abattu sauvagement les animaux du Jardin des Plantes, dont les éléphants Castor et Pollux. Ceux-ci étaient proposés à la vente, comme les rats que l'on vendait place de l'Hôtel-de-Ville.

Écœurée, Camille avait assisté une fois à un spectacle lamentable, et s'était enfuie. Sur le marché aux rats, ceux-ci étaient vendus vivants entre dix et quinze sous pièce. Le vendeur, armé d'une baguette, poussait le rat choisi vers une autre cage où se trouvait un bouledogue. Celui-ci étranglait le rat, en prenant bien garde, car il était dressé, de ne pas le croquer.

Elle avait l'impression que le monde dans lequel elle avait été élevée sombrait. Le soir, alors que les obus zébraient le ciel, elle se recroquevillait dans son lit, terrifiée. Même si elle refusait de se l'avouer, elle se demandait alors où Antoine était, ce qu'il faisait. Il lui manquait, bien qu'elle ait compris ne pas compter pour lui. Ce constat lui était encore douloureux.

Elle soupira. Antoine Fouque appartenait au passé, tout comme ses souvenirs de modèle. Cette époque-là reviendrait-elle un jour ? Elle n'osait l'espérer.

Un coup frappé à sa porte la fit sursauter. Elle se leva, alla ouvrir. Augustine se tenait sur le seuil. Ses yeux brillaient dans son visage émacié.

— J'apporte du lapin ! lui annonça-t-elle. Du vrai de vrai ! On se le partage ?

— Où l'as-tu trouvé ?

Augustine se mit à rire.

— C'est un secret ! On ne mourra pas encore de faim cette fois-ci.

Son amie avait perdu ses belles couleurs. Elle n'allait plus danser le dimanche à l'Élysée-Montmartre. Il n'y avait plus de bal. Leur existence leur paraissait dénuée de sens comme d'espoir.

Cependant, toutes deux prirent sur elles pour se comporter comme avant. Camille prépara le lapin, le fit mijoter avec des herbes, de vieux oignons piqués de clous de girofle, une carotte racornie coupée en morceaux, et un fond de vin blanc.

Augustine saliva en humant les arômes.

— Bon sang ! Tu vas attirer tous les locataires de l'immeuble avec ce fumet ! Oh, Camille, il me tarde tant de revoir Jules !

Ils s'étaient rencontrés à l'Élysée-Montmartre et s'étaient fiancés juste avant sa mobilisation. Jules se battait dans les rangs de l'Armée de l'Est, sous le commandement du général Bourbaki. Augustine n'en savait pas plus.

Malgré le froid, malgré les obus qui continuaient de tomber avec une régularité de métronome, les deux amies se régalèrent avec le lapin jusqu'à s'en lécher les doigts. Camille repoussa sa chaise avec un petit soupir d'aise.

— Seigneur ! Je crois que j'ai trop mangé ou, plutôt, que mon estomac n'a plus l'habitude ! Merci, ma belle, d'avoir partagé ce lapin avec moi.

— Comment faire autrement ? Je n'ai jamais su cuisiner ! Ma mère me répétait qu'aucun homme ne m'épouserait.

— Jules l'a fait mentir.

— À condition qu'il revienne !

— Il t'aime, glissa Camille. Il reviendra.

Pour sa part, elle refusait d'évoquer Antoine.

— Eh bien, après ce festin, je vais reprendre ma couture ! lança-t-elle.

— Fais voir…

Augustine s'empara de l'ouvrage en cours, rangé dans un panier. Elle émit un petit sifflement d'admiration en découvrant la blouse en batiste ornée de jours et d'entre-deux de dentelle.

— Eh bien dis donc ! s'écria-t-elle. Je ne te savais pas si douée ! Ç'aurait été vraiment dommage de continuer à turbiner chez la mère Clémence !

— Que devient-elle ?

— De plus en plus mauvaise ! Une vraie teigne ! Dame ! Avec les théâtres fermés, le beau monde parti se réfugier en Normandie, on manque d'ouvrage. Ça lui tape sur le système, à la vieille ! Elle menace de virer la moitié des filles et elle est capable de le faire. Rien que pour montrer que c'est toujours elle qui commande !

— De toute manière, je ne retournerai jamais chez elle. Elle me le ferait payer trop cher.

Augustine esquissa un sourire teinté de mélancolie.

— Nous autres, on sait bien qu'on ne peut jamais dire « jamais » ! Nous sommes du mauvais côté, toi et moi. Celui des exploités. Et ça, guerre ou pas guerre, crois-moi, ça n'est pas près de changer !

Camille garda un silence prudent. Augustine avait raison, mais elle ne l'admettrait pour rien au monde. Question de fierté…

Dès qu'Augustine eut tourné les talons, Camille glissa son ouvrage dans un sac en tapisserie, et fila rejoindre Léon.

Elle avait besoin d'échanger ses impressions avec son ami. Lui seul, lui semblait-il, la comprenait et partageait ses craintes.

13

Mars 1871

Chaque semaine, Camille se déplaçait jusqu'à l'atelier de la rue La Condamine, dont elle avait gardé la clé. Elle balayait, dépoussiérait, aérait, arrosait les plantes vertes. Elle entretenait le logis d'Antoine dans l'attente de son retour. N'était-ce pas stupide ? Il ne se rendrait même pas compte de ses efforts tant il était distrait. Sauf, bien entendu, si madame Cazeaux-Postel avait fait irruption dans son atelier ! En son honneur, il se serait jeté sous ses pieds… Amusée par cette pensée, Camille réprima un sourire ironique.

Fidèle au programme qu'elle s'était elle-même imposé, elle procéda à un nettoyage soigné. Sa tâche terminée, elle monta au premier étage, donna un coup de plumeau sur la commode et le chevet. Le vide de la pièce lui poigna le cœur. Malgré ce qu'elle affirmait haut et fort, elle n'était pas encore guérie.

La nouvelle du décès de Bazille, survenu en novembre à Beaune-la-Rolande, dans le Loiret, avait consterné tous ses amis. Touché au bras et au ventre, il était tombé en tentant de protéger des femmes et des enfants. Cher Bazille, il n'avait pas encore vingt-neuf ans…

Depuis, Camille effectuait un détour pour ne pas passer devant l'atelier de ce dernier. Son père avait fait vider son logement, rapatrier ses meubles et ses toiles. Les amis les plus proches du peintre avaient déserté Paris. Antoine ne s'était pas manifesté.

« Ce bougre de Fouque aurait-il la peur au ventre ? » se gaussait Léon.

Partout, les esprits s'échauffaient contre les dernières mesures prises par l'Assemblée. En effet, le gouvernement de Thiers avait décidé de retirer aux révolutionnaires parisiens leurs armes et leurs canons.

Victor Hugo, le célèbre exilé, de retour à Paris dès le 5 septembre, avait démissionné de l'Assemblée le 8 mars. Deux jours plus tard, par 461 voix contre 104, l'Assemblée décidait d'aller s'installer à Versailles avec les troupes régulières. Cette affaire avait un furieux goût d'Ancien Régime, estimait Léon.

Camille jeta un dernier coup d'œil à la chambre avant de redescendre. Elle secoua son plumeau dans l'arrière-cour, le rangea dans le placard prévu à cet effet et alla se laver les mains au point d'eau. Ce faisant, elle songeait qu'elle devrait confier les clés de l'atelier au patron du Guerbois et ne plus y revenir. Il lui fallait oublier Antoine.

Elle tressaillit en entendant un bruit dans l'atelier. Intriguée, elle avança de trois pas, se figea en apercevant une silhouette sombre sur le seuil.

— Qui est là ? lança-t-elle avec force.

Un éclat de rire lui répondit.

— Camille ? C'est bien toi ! Seigneur ! Tu es plus maigre qu'un chat écorché !

Il marcha sur elle. De plus près, elle remarqua que lui ne paraissait pas avoir souffert de la faim. Sa mine était florissante, il n'avait pas perdu de poids.

— Nous avons été soumis par les Prussiens à un régime spécial, laissa-t-elle tomber froidement.

— Voilà pourquoi je suis parti ! ironisa-t-il.

— Et pourquoi donc être revenu, dans ce cas ?

— L'Assemblée a annulé le moratoire sur les loyers. Il fallait bien que je revienne régler mon dû, sous peine d'être expulsé. J'ai rapporté quelques toiles, d'ailleurs. Le ciel de Normandie est particulièrement inspirant.

Brusquement, la colère submergea Camille.

— Vous avez mangé à votre faim, je présume ? N'avez pas subi de bombardements ni souffert du froid ? À Paris, dès le mois de décembre, les plus faibles ont été nombreux à mourir. Mais vous, pendant ce temps, vous étiez en sécurité à Étretat. Espèce de… planqué !

Elle leva la main comme pour le souffleter. À cet instant, elle le détestait.

Il saisit la main de Camille et la dévisagea d'un œil gourmand.

— Je t'ai manqué, n'est-ce pas, ma belle ? Tu peux bien le reconnaître, nous sommes suffisamment proches, toi et moi. D'ailleurs, il fut une époque où tu me tutoyais, si je ne me trompe pas…

— Je n'en ai plus envie, répliqua Camille, se sentant puérile.

Bouleversée par ce retour inattendu de son amant, elle était perdue. Il perçut son trouble, en profita pour l'attirer contre lui. Elle s'émut de cette proximité ou, plutôt, son corps, le traître, s'en émut. Elle avait aimé ses caresses, comme ses baisers et le contact de leurs peaux.

Poussant son avantage, il l'embrassa avec fièvre puis l'entraîna dans l'atelier avant de la basculer sur le sofa où elle avait si souvent pris la pose. Fébriles, ses mains firent glisser sa jupe, caressèrent le haut de ses cuisses là où la chair tendre n'était plus protégée par les bas. Elle réprima un gémissement. Elle ne voulait pas, elle ne l'aimait plus, elle se l'était promis, juré, durant toutes ces nuits sans sommeil où elle l'avait cherché. Cependant, c'était compter sans la chaleur qui lui montait dans le ventre, sans cette délicieuse sensation de revivre, enfin. Lâchant prise, elle s'accrocha à son cou. Elle aperçut son sourire triomphant alors qu'il pénétrait en elle, mais elle refusa d'y prêter attention, toute à la jouissance qui la submergeait.

Plus tard, se dit-elle, j'y penserai plus tard.

Plus tard, précisément, après l'amour, il se rajusta alors qu'elle flottait encore dans un état d'apesanteur. Il n'eut pas un mot tendre pour elle, s'enquit simplement du devenir des membres de la « bande du Guerbois ».

Ulcérée, elle se redressa, se rhabilla à la hâte. Un goût amer emplit sa bouche. Que croyait-elle donc ? Rien n'avait changé. Elle se maudissait de sa faiblesse, de son orgueil piétiné. N'était-elle à ses yeux qu'une pauvre fille dont il usait sans avoir besoin d'être attentionné ? Une pauvre fille, en fait, assez sotte pour venir faire le ménage dans son atelier ! Résolue soudain, elle se leva, alla chercher sur le piano la clé qu'elle possédait, la lui tendit.

— Prenez, dit-elle, glaciale. Je n'en aurai plus besoin.

Elle lut le doute et l'incompréhension sur son visage.

— Que t'arrive-t-il ? protesta-t-il. C'était bon de nous retrouver.

— C'est terminé ! trancha-t-elle. J'ai besoin d'un homme qui m'aime, moi, Camille, et non de quelqu'un qui a juste besoin de baiser.

Il soutint son regard sans ciller.

— C'est ce que tu cherches ? De grandes déclarations, des violons ? Le mariage, même, peut-être ? Pauvre insensée ! Que ferais-je d'une traîne-misère comme toi ? Ma famille a d'autres ambitions pour moi et moi aussi, d'ailleurs !

Glacée jusqu'à l'âme, Camille le laissa vociférer sans mot dire. Comment, se demandait-elle, avaient-ils pu être si proches une demi-heure auparavant, alors qu'il la méprisait si ouvertement ?

Elle s'enveloppa de sa pèlerine, se dirigea vers la porte.

— Adieu, fit-elle au moment de franchir le seuil de l'atelier.

Son amour bafoué, elle éprouvait un horrible sentiment de mal-être. Comme si elle n'avait plus eu de raison de vivre.

14

Mars 1871

— Ils n'auront pas nos canons ! lança Léon avec fougue.

Depuis plusieurs jours, l'atmosphère de la capitale était devenue pesante. L'Assemblée légiférait à tout va, tentant d'empêcher les rassemblements populaires, interdisant six journaux comme *Le Cri du peuple* créé par Jules Vallès ou *Le Père Duchesne* d'Eugène Vermersch.

Thiers ne l'avait pas caché : il n'avait qu'un but, « soumettre Paris ». Or le peuple parisien ne pouvait supporter monsieur Thiers, coupable pour lui de servir le comte de Paris[1] et, plus encore, d'être intraitable. On le caricaturait, le surnommait le foutriquet, le général Tom Pouce ou encore l'infâme vieillard.

1. Prétendant orléaniste au trône de France, revenu en 1871.

Récupérer les deux cent soixante et onze canons de la Garde nationale faisait partie de son plan. Dans ce but, le gouvernement avait préparé une action d'envergure. La division Susbielle, comprenant quatre mille hommes, prendrait Montmartre, où étaient rassemblés les canons les plus importants.

La division Faron, six mille hommes, s'emparerait de Belleville tandis que la division Maud'huy occuperait la Bastille, tenant ainsi sous son feu le faubourg Saint-Antoine réputé prompt à s'enflammer.

Dès six heures du matin, le 18 mars, le général Lecomte était maître de Montmartre. Cependant, l'exécution de ce plan fut vite battue en brèche par l'action de quelques femmes et de gardes nationaux qui invectivèrent la troupe en lui ordonnant de laisser sur place « leurs » canons.

Alerté par un coursier que Camille lui avait envoyé, Léon fonça à Montmartre. Lorsqu'il atteignit la butte, le peuple de Paris et la troupe s'affrontaient du regard. Il rejoignit Camille, en première ligne, comme il s'y attendait. Elle avait pris place au côté d'une grande femme maigre qu'il reconnut comme étant Louise Michel, l'institutrice que son père admirait et avec qui il correspondait.

Celle-ci lança d'une voix forte et assurée aux soldats :

— Vous n'oserez pas tirer sur nous ! Nous sommes le peuple de Paris, tout comme vous, celui qui a tant souffert pendant le siège.

Derrière elle, des femmes, des enfants faisaient chorus. Des gardes nationaux arboraient un visage farouche et tenaient fermement leur chassepot.

Le cœur de Camille se serra. La situation risquait de dégénérer à tout moment, pouvant entraîner un horrible carnage.

Pourtant, elle reprit espoir en constatant que nombre de soldats mettaient la crosse en l'air. Un « Bravo ! » gigantesque courut parmi la foule, suivi d'un : « Vous êtes des nôtres, les amis ! »

À dix heures trente, la situation avait basculé. Le peuple parisien avait sauvé ses canons.

— Nous pouvons le faire ! s'écria Léon, au comble de la joie. Nous avons tenu la troupe en échec !

Il fit tournoyer Camille dans ses bras. À cet instant, elle éprouva une griserie si intense qu'elle se sentit perdue. Était-ce donc cela, le sentiment de la victoire ? Elle remarqua pourtant qu'on emmenait le général Lecomte en direction du Château Rouge, rue de Clignancourt. Partout dans la ville, on battait la générale. Le visage de Louise s'éclaira.

— Enfin ! s'exclama-t-elle.

Les gamins envoyés aux nouvelles racontaient que les insurgés occupaient carrefours et grands boulevards. Les soldats de l'armée régulière s'étaient égaillés dans la ville, rapportant à qui voulait les entendre comment ils avaient mis la crosse en l'air et refusé de tirer sur la foule.

— Que va faire Thiers, à présent ? s'inquiéta Placide, qui avait rejoint son fils, non sans mal parmi la foule.

— Que veux-tu qu'il fasse ? Il a perdu la partie, voilà tout !

Le vieil ébéniste secoua la tête.

— L'homme est rusé. Vicieux, même. Il ne laissera pas passer cette offense.

Pour le moment, les Parisiens grossissaient les rangs des émeutiers. C'était comme un grand vent d'espoir qui illuminait les visages. Camille, comme portée par ce climat insurrectionnel, oubliait tout le reste.

En compagnie de Léon, elle descendit sur les boulevards participer à la liesse collective. À son retour, en fin de journée, après avoir crié et hué la troupe, elle apprit, consternée, que le général Lecomte ainsi qu'un certain Clément-Thomas, général de la Garde nationale qui s'était tristement illustré par sa répression lors des insurrections de 1848, avaient été exécutés sommairement rue des Rosiers.

— Le sang commence à couler, souffla-t-elle, le cœur lourd.

Léon glissa :

— N'oublie pas Turpin, le garde national qui a été mortellement blessé sur la Butte aujourd'hui. Toute révolution digne de ce nom a ses martyrs.

— Parce qu'il s'agit d'une révolution ? lança Camille de son ton le plus candide.

L'enthousiasme retombé, elle avait presque peur de la tournure prise par les événements. La violence la tétanisait, même si elle partageait les idées de Léon et de Louise.

Son ami voulut la rassurer.

— Au moins, nous prenons notre destin en main. Le rêve de mon père…

À cet instant, elle entendit la voix chargée de mépris d'Antoine Fouque la traiter de « traîne-misère » et comprit la portée des mots de Léon. Il était grand temps que les choses changent.

*

Infatigable, Louise Michel était partout à la fois. Armée d'un pistolet dont elle n'hésitait pas à se servir en cas de danger, membre du 61e bataillon de Montmartre au fort d'Issy-les-Moulineaux, circulant d'un poste à l'autre, soignant les blessés.

Camille l'accompagnait souvent, sans pour autant être armée. Elle puisait dans l'action un moyen de surmonter ses craintes. En l'espace de quelques jours, Paris avait basculé.

Le Comité central avait pris possession des administrations publiques de la capitale. Le 28 mars, la Commune était proclamée devant une foule immense qui entonnait *La Marseillaise* et *Le Chant du départ*.

Ce nom de Commune avait été choisi en référence à la Commune insurrectionnelle du 10 août 1792.

Elle brandissait le drapeau rouge, la couleur du peuple, en hommage à l'égalité retrouvée.

Léon, à l'instar de Camille et Augustine, avait l'espoir au cœur. D'ailleurs, à peine installé à l'Hôtel de Ville, le Conseil de la Commune entreprit de remédier aux injustices sociales, désirant « mettre fin au vieux monde gouvernemental et clérical, au militarisme [...], aux privilèges auxquels le prolétariat devait son servage ». Dans ce but, on interdit le travail de nuit dans les boulangeries, on ajourna le paiement des petits loyers, on suspendit la vente des objets déposés au Mont-de-Piété. Ces mesures parlaient au peuple.

Grâce à Louise, Camille avait rencontré plusieurs membres du Conseil de la Commune, dont Auguste Blanqui, « le Vieux » ou « l'Enfermé », qui avait passé la plus grande partie de sa vie en prison, Félix Pyat, Charles Delescluze. Camille avait sympathisé avec Eugène Varlin, un ouvrier relieur au regard mélancolique. Louise lui avait confié avec fierté que Varlin, qui avait pris la tête de la grève des ouvriers relieurs parisiens en 1864-1865, avait contribué à créer la Société d'épargne de crédit mutuel des relieurs et y avait fait entrer à un poste élevé Nathalie Lemel, ouvrière relieuse venue de Bretagne. C'était une véritable révolution dans un monde féminin jusqu'alors prisonnier de traditions, de règles d'un autre âge.

« Varlin est partisan de l'égalité des sexes », avait précisé Louise, les yeux brillants.

Louise vouait une admiration sans bornes à un jeune militant, Théophile Ferré, âgé d'à peine vingt-cinq ans.

Ferré, lui, portait aux nues ses qualités d'organisatrice, son caractère passionné, tout ce qui faisait de Louise une femme extraordinaire.

Un peu dépassée par la succession d'événements, Camille participait aux réunions et débats, cuisinait pour les plus nécessiteux, se partageait entre Montmartre et le faubourg Saint-Antoine en se demandant quand « ses » peintres reviendraient.

Car, même si elle avait fait sienne la cause de la Commune, elle rêvait toujours de peindre elle aussi, un jour prochain.

15

Mai 1871

Le ciel offrait une déclinaison de tons allant du rose-mauve à l'orangé teinté de rouge sombre. Camille, admirative, brûlait du désir de le restituer sur une toile.

Léon et Camille, assis l'un en face de l'autre dans la cour de la rue du Faubourg-Saint-Antoine, mangeaient du pain et du fromage à l'issue d'une journée particulièrement chargée. Placide, épuisé, leur avait faussé compagnie pour aller dormir. L'excitation des dernières semaines avait eu raison de ses forces.

— Tu sais, confia Camille à son ami, grâce à ce peintre, monsieur Gustave Courbet, qui a bien soutenu la Commune, le Louvre et les autres musées ont été rouverts. J'ai osé pour la première fois m'y rendre, et j'ai fait quelques croquis.

Ses yeux brillaient. Elle avait éprouvé un sentiment de pur bonheur en découvrant les toiles de Poussin et de Claude Le Lorrain. Elle s'était promis de revenir dès que possible dans l'ancien palais afin de copier ses œuvres préférées. Elle avait si souvent entendu Manet mentionner les après-midi passés au Louvre, et leur rôle formateur.

Léon avait toujours apprécié la force de vie de Camille, son enthousiasme. Lui, était plus mesuré. Les yeux rivés sur elle, il lui assura :

— Je suis certain que tu réussiras à accomplir ton rêve. Regarde... qui aurait pu imaginer il y a seulement un an que la Commune de Paris deviendrait bien réelle ?

— Combien de temps va-t-elle durer ? glissa Camille avec une pointe d'inquiétude.

Elle se rendait compte que la situation de la Commune était de plus en plus intenable. Thiers, depuis Versailles où il s'était réfugié, menait la manœuvre. Les versaillais avaient pris le fort de Vanves. Les fédérés[1] d'Auteuil avaient dû se replier sur la première ligne de défense intérieure, au viaduc du Point-du-Jour.

Camille mesurait que, parmi les membres de la Commune, certains étaient plus des hommes d'appareil que des stratèges. En effet, nombre de communards se repliaient dans leur quartier pour le défendre et, ce faisant, ne cherchaient plus à conduire une lutte coordonnée.

Parviendraient-ils à résister aux versaillais, plus nombreux et mieux armés ?

1. Nom donné aux membres de la Garde nationale.

Elle avait appris par son amie Augustine, toujours au fait des dernières nouvelles, qu'Antoine Fouque avait de nouveau quitté Paris pour retourner à Étretat. L'hôtel particulier des Cazeaux-Postel était fermé. Comme nombre de grands bourgeois, ils avaient fui la capitale livrée à la populace. Camille ne souffrait presque plus de l'attitude d'Antoine. Elle s'agaçait seulement d'être sans cesse fatiguée, elle d'ordinaire si vaillante. Louise ne donnait-elle pas l'exemple, alors qu'elle était âgée de quarante ans ? En toutes situations, l'institutrice forçait le respect. Camille aurait aimé posséder sa foi en un monde meilleur.

Elle releva fièrement la tête.

— Quoi qu'il arrive par la suite, nous aurons au moins connu ça : cette revanche du peuple. Nous, les gagne-petit, les traîne-misère…

Sa voix recelait une pointe d'amertume.

Léon posa la main sur la sienne.

— Camille, je…

Vive, elle verrouilla sa bouche de son index.

— Chut, Léon ! Je suis ton amie, pour toujours. Rien de plus.

Il réprima un soupir. Il le savait, pourtant, elle avait toujours été claire avec lui. Il secoua la tête, comme pour se moquer de lui-même.

— Amis, bien sûr… oui. C'est peut-être, d'ailleurs, la meilleure solution pour ne pas trop souffrir. Tu es beaucoup trop belle, Camille.

— Ce n'est pas le plus important. Je déteste être réduite à ma beauté. M'accorderais-tu quelque importance si j'étais un vrai laideron ? J'aimerais bien le savoir !

— Tu ne seras jamais laide, ma Camille !

Elle lui adressa un sourire empreint de tendresse.

— Je vais rentrer chez moi.

— Je te raccompagne.

Elle aimait tant sa ville, songea-t-elle, cheminant aux côtés de Léon. Les canons tonnaient de façon sporadique, offrant un contraste saisissant avec les jardins en fleurs. Le jour s'attardait. Il eût été si bon d'aller danser au bal du Château-Rouge ou de s'embrasser à l'ombre d'un cerisier.

Spontanément, Camille fredonna les premières mesures du *Temps des cerises*.

Quand nous chanterons le temps des cerises
Et gai rossignol et merle moqueur
Seront tous en fête.
Les belles auront la folie en tête
Et les amoureux du soleil au cœur.
Quand nous chanterons le temps des cerises
Sifflera bien mieux le merle moqueur[1].

— Il n'est pas possible que tout s'arrête, murmura Léon. Le peuple va nous rejoindre en masse.

Elle aurait voulu le croire, même si elle éprouvait des doutes.

1. Paroles de Jean-Baptiste Clément. Musique d'Antoine Renard.

Parvenue au pied de son immeuble, elle se haussa sur la pointe des pieds, piqua un baiser sur sa joue, et s'éclipsa. Dans sa tête, résonnaient toujours les paroles de la chanson.

⋆

Lundi 22 mai

Des roulements de tambour, le bruit lancinant du tocsin tirèrent Camille d'un sommeil lourd. Elle sauta de son lit, courut à la fenêtre entrouverte. Un gamin, hagard, lui lança, la voix éraillée : « Les versaillais sont entrés dans Paris ! »

Elle lui jeta un regard incrédule. Comment était-ce possible ? Hier encore, dimanche, un concert était donné dans les jardins des Tuileries au bénéfice des veuves et des orphelins. Leur défense avait donc été forcée ? Pourquoi ne s'était-on pas battu ?

À la hâte, Camille se lava à l'eau froide, passa une jupe, un corsage, roula ses cheveux en chignon haut. Un vertige la saisit alors qu'elle nouait les lacets de ses bottines. Elle se rattrapa au bois du lit. Depuis plusieurs jours, elle souffrait de nausées matinales tout en refusant de s'en préoccuper. Ce n'était pas ce à quoi elle pensait. Ce ne pouvait pas être ça !

Pourtant, les signes se multipliaient. La tension des seins, la fatigue, l'arrêt de ses règles qu'elle avait mis sur le compte de la malnutrition, et ces horribles nausées qui lui tordaient l'estomac…

Je verrai plus tard, se dit-elle en serrant les dents.

Elle dégringola l'escalier.

Dehors, hommes, femmes et enfants s'agitaient dans un désordre indescriptible. On commentait l'appel du journaliste révolutionnaire Delescluze, recouvrant la plupart des murs de la ville.

Assez de militarisme, plus d'états-majors galonnés et dorés sur toutes les coutures ! Place au Peuple, aux combattants aux bras nus ! L'heure de la guerre révolutionnaire a sonné. Le Peuple ne connaît rien aux manœuvres savantes ; mais quand il a un fusil à la main, du pavé sous les pieds, il ne craint pas tous les stratégistes de l'école monarchiste.

Le message était limpide. Le peuple de Paris devait défendre pied à pied la Commune, au même titre que sa liberté.

Nous y sommes, pensa Camille en éprouvant de l'excitation mêlée à une crainte diffuse.

Pour les combattants aux bras nus, l'heure était venue de se battre.

16

Mai 1871

Les manches de chemise retroussées, les sourcils froncés, Léon rajusta sa prise sur son chassepot.

— Je suis plus à l'aise avec mes outils ! pesta-t-il.

D'où lui venait cette certitude déprimante que la bataille était perdue d'avance ? Autour de lui, sur la barricade de la Bastille, on s'agitait, on plastronnait, on vilipendait les versaillais, sans vouloir admettre qu'ils progressaient à une vitesse inquiétante.

Leur beau rêve était-il déjà condamné à disparaître ? Il le refusait, de toute son âme.

Depuis deux jours et deux nuits, Paris, à feu et à sang, vivait une lutte fratricide. On se battait au son du tocsin et des tambours, chaussée d'Antin, faubourg Montmartre, à la Trinité, à Notre-Dame-de-Lorette. Partout, des barricades avaient été édifiées à la hâte. Charrettes, tonneaux, pavés, chaises empilées… tout pouvait servir.

À l'arrière, les femmes, portant souvent un tablier sur leurs vêtements, faisaient office d'infirmières et d'ambulancières. De jeunes enfants jouaient les agents de liaison d'un quartier à l'autre.

Léon s'inquiétait pour Camille, postée aux premières loges. Elle n'était pas exercée pour ce combat sans merci et constituait une cible reconnaissable de loin avec ses cheveux fauves.

— Tu les entends ?

À ses côtés, Félicien, ouvrier doreur, tendit le bras en direction de la Bastille.

Un bruit de pas saccadés sonnait sur les pavés. Le cœur de Léon se serra. Combien de temps encore ses amis et lui pourraient-ils résister face à des soldats entraînés et beaucoup mieux armés qu'eux ? Ils étaient des ouvriers, des artisans, des journaliers, qui se battaient pour leur rêve de liberté.

Les versaillais avaient atteint la place Vendôme et la Madeleine. La poudre et la fumée empestaient l'air. Les Tuileries, le Conseil d'État, la Cour des Comptes, la rue du Bac flambaient.

Le feu, pour ne pas laisser Paris aux mains des hommes de Thiers. Le feu, comme à Moscou en 1812, lors de la campagne de Russie.

Léon se doutait que l'Hôtel de Ville ne tarderait pas à brûler, lui aussi. Le mercredi 24, une ultime réunion s'y déroulait autour de Delescluze, mais tout le monde avait compris qu'il n'y avait plus vraiment de décision à prendre. Il fallait tenir, encore quelques heures, pour l'honneur, même si tout était déjà perdu. Cette certitude révoltait Léon.

Il savait – l'information avait circulé, transmise par les gamins qui se faufilaient d'une barricade à l'autre – que, depuis la veille, les versaillais avaient commencé à fusiller en masse les communards. Chaque fois qu'une barricade tombait, les hommes de Thiers abattaient sur place hommes, femmes et enfants. Ainsi, la veille, quarante-deux hommes, trois femmes et quatre enfants arrêtés au hasard avaient été conduits au 6 de la rue des Rosiers. Là, on les avait obligés à fléchir les genoux devant le mur où les généraux Lecomte et Clément-Thomas avaient été exécutés le 18 mars et on les avait fusillés sans autre forme de procès.

Aussi ne put-il réprimer un sursaut lorsqu'il reconnut Camille, les mains noircies de poudre, qui chargeait sans relâche les armes entre deux soins prodigués aux blessés.

— Camille ! cria-t-il en se tournant vers elle. Rentre chez toi !

Au même instant, une balle l'atteignit dans le dos. Il s'écroula en criant une seconde fois le prénom de son amie.

*

Les roues de la brouette grinçaient sur les pavés. Son brassard de la Croix-Rouge bien en vue – servait-il encore à quelque chose alors que Paris avait basculé dans un enchevêtrement de mitraille et de flammes ? –, Camille poussait le seul moyen de transport déniché dans une ruelle avec l'aide de Prosper, un gamin d'une dizaine d'années au visage criblé de taches de rousseur, dont elle avait soigné la blessure au front sur la barricade de la Bastille.

Dans la brouette, allongé sur des sacs en toile de jute, Léon, blême, les yeux mi-clos. Camille avait hurlé en voyant son ami s'effondrer. Elle s'était précipitée, avait tenté de le relever, en vain. Deux camarades avaient redressé l'ébéniste, l'avaient calé contre un matelas, rempart dérisoire contre les obus.

— Doucement... ne le bousculez pas, surtout, recommandait Camille, le regard fébrile.

Le sang maculait la chemise de Léon. Avec de la charpie, elle avait tenté d'endiguer l'hémorragie tout en sachant qu'elle avait besoin d'un chirurgien pour extraire la balle. Léon ne se plaignait pas, se contentant de lui serrer la main, fort. Camille avait prévenu le jeune imprimeur qui lançait des ordres sur la barricade.

« J'emmène Léon chez lui. »

Elle voulait sauver son ami. Prosper la guidant dans le dédale de ruelles et de passages qui menaient au Faubourg, elle atteignit enfin la cour où elle était venue si souvent rendre visite à Placide et à son fils. Le vieil ébéniste était cloué au lit par un tour de reins. Prosper courut chercher de l'eau tandis que Camille ôtait avec précaution la chemise ensanglantée de son ami. Elle fit une grimace, désinfecta la plaie à l'eau-de-vie. La blessure était fort vilaine, sentait la laine brûlée et le roussi. Léon gémissait sourdement.

Il fallait extraire la balle mais Camille en était incapable. Elle arracha avec une sorte de rage son brassard de la Croix-Rouge.

Les échos de la canonnade se rapprochaient. Elle banda étroitement le torse de son ami, le rhabilla d'une chemise propre dénichée dans la commode de sa chambre. Elle donna à boire un peu d'eau fraîche à Placide. Il la remercia d'un sourire tremblé, retint sa main dans les siennes.

— Où est mon Léon ?

Elle lui tapota la main.

— Il a reçu une balle. Rien de grave, rassurez-vous, je m'occupe de lui.

Elle envoya Prosper quérir un médecin. Le gamin lui jeta un coup d'œil empreint de compassion.

— J'en trouverai pas à cinq lieues à la ronde. Les médecins, c'est des bourgeois. Ils sont tous partis se mettre au vert.

Pour navrant qu'il fût, ce constat devait refléter la réalité.

Camille, découragée, s'efforça de faire face. Elle n'avait presque plus de charpie dans sa besace.

— Merci, Prosper, dit-elle de façon machinale. File chez toi, il ne fait pas bon traîner dans les rues.

Il secoua la tête.

— Je reste avec vous et avec Léon. Si je rentre chez ma mère, elle me bouclera, c'est sûr ! Moi, je veux défendre la Commune.

C'est déjà une cause perdue, se désola Camille.

Elle était épuisée. Elle se redressa. Léon ouvrit les yeux, posa sur elle un regard hagard.

— Camille ! Que fais-tu ici ?

— Chut… Comment te sens-tu ?

Il grimaça.

— J'ai l'impression qu'un obus a éclaté dans mon dos. À part ça, ça va.

Ils rirent tous deux, comme pour conjurer la gravité de la situation.

— Où en sommes-nous ? s'enquit Léon.

Prosper devança Camille, énumérant les endroits de Paris tombés aux mains des versaillais.

Une expression douloureuse se peignit sur le visage de Léon.

— On est fichus, soupira-t-il.

L'instant d'après, il saisissait la main de Camille pour l'implorer :

— Sauve-toi. Retire toute trace de poudre de tes mains, passe des vêtements propres et rends-toi dans les beaux quartiers. Ils n'arrêteront pas une femme.

Elle tressaillit.

— Tu voudrais que je t'abandonne, blessé, alors que Placide ne peut s'occuper de toi ? Tu as perdu la tête, mon pauvre ami ! D'ailleurs, je ne pense pas que ces maudits épargnent les femmes. Ils sont tous devenus fous. À croire que la vue et l'odeur du sang les excitent… Ce ne sont plus des hommes mais des bêtes sauvages. Parmi les nôtres, certains ont aussi perdu la tête ! Ils ont exécuté des otages en nombre. Non, je reste auprès de toi !

— Alors, aide-moi à sortir. Ici, nous serons pris au piège. Ils ne s'attaqueront pas à mon père, ils verront bien qu'il est incapable de bouger !

— Où désires-tu aller ?

Il n'hésita pas.

— Du côté du Père-Lachaise. Nous avons quelques cachettes là-bas.

De nouveau, elle éprouva un sentiment de lassitude si intense qu'elle fut tentée de se laisser glisser sur le pavé et de se mettre à pleurer. Cependant, elle ne pouvait se le permettre. Léon avait besoin d'elle.

— Tu es capable de marcher ou tu préfères la brouette ? s'enquit-elle.

Il secoua la tête.

— La brouette, merci bien ! Mes côtes sont comme brisées. Si je m'appuie sur ton bras, ça devrait pouvoir aller. Attends…

Il alla chercher un pistolet dans le tiroir du buffet, vérifia qu'il était chargé avant de le glisser à sa ceinture.

Au-dehors, le ciel était rouge.

— Allons-y ! lança-t-il, bravache.

17

Mai 1871

Le temps semblait s'être arrêté. Une odeur de sang et de cendre flottait sur la ville. Partout, des barricades renversées, des cadavres empilés, des objets hétéroclites jonchant les pavés, et le silence, un silence terrible, qui accentuait l'aspect tragique de la capitale. Paris offrait une vision d'horreur.

Camille, hébétée, contemplait les décombres, se demandant par quel miracle elle avait survécu.

Elle conservait un souvenir confus des deux derniers jours. La fumée, partout, qui déclenchait une toux incoercible, le brouillard provoqué par la poudre, l'odeur de pétrole, les cris de douleur des blessés. Les morts, eux, gardaient un silence sépulcral.

Camille avait vu tomber Delescluze, infatigable communard, héroïque, sur la barricade du Château-d'Eau. En redingote et haut-de-forme, il était monté sur les pavés avant d'être abattu. Elle avait crié en reconnaissant son ami Edmond, gisant sur un monceau de cadavres boulevard Richard-Lenoir. Elle avait esquissé un mouvement vers lui avant de se raviser.

Elle avait compris que tout était perdu et, curieusement, l'avait accepté. Mais c'était un beau rêve, qui ne pouvait pas mourir aussi vite. Malgré ses excès, la Commune avait symbolisé pour elle la prise de conscience du peuple de Paris, trop souvent opprimé, trop souvent méprisé.

Comme par Antoine Fouque…

Elle crispa les mâchoires. Tout son corps lui faisait mal, bien qu'elle ne pensât pas être blessée. Léon et elle s'étaient réfugiés au Père-Lachaise après avoir vu s'effondrer les barricades du Château-d'Eau et du boulevard Richard-Lenoir. Une pluie poisseuse ne parvenait pas à éteindre les incendies. Paris brûlait. Son ami ne tenait plus sur ses jambes. Elle l'avait aidé à descendre au fond d'un caveau. Léon ne pouvait plus se battre. Il lui fallait essayer de survivre.

Tout autour d'eux, les armes crépitaient. Les versaillais, devenus maîtres de la capitale, exerçaient des représailles infernales. On tuait, n'importe qui, on hurlait, on avait soif de vengeance. Du sang pour les rouges, ceux qui avaient osé se soulever contre l'ordre incarné par Thiers !

« C'est fini », avait soufflé Léon, entendant la cavalcade au-dessus de leurs têtes.

On les avait sortis du caveau à coups de baïonnette. Camille avait tenté de protéger son ami de son corps ; on l'avait repoussée avec violence sur le côté. Elle était tombée, lourdement, sur une tombe. Une botte boueuse avait appuyé sur son ventre.

« Ne bouge pas, charogne ! » lui avait-on intimé.

Elle avait vomi, alors que son estomac était vide, sous la pluie qui noyait les contours du cimetière. Le temps de se retourner, Léon avait disparu. Elle avait voulu se relever, était retombée en arrière sur le sol gluant. Maudits soient ces hommes ! Maudit soit Thiers ! Lorsqu'elle avait réussi à se remettre debout, elle avait aperçu Léon, vacillant, entraîné par des fusiliers marins vers le mur de la rue du Repos. Elle s'était précipitée à leur suite, s'était fait repousser, brutalement.

Elle avait hurlé « Léon ! » à s'en casser la voix. Personne ne lui prêtait attention.

Une atmosphère de fin du monde régnait sur le cimetière du Père-Lachaise. Le bruit sporadique des détonations en rafale faisait sursauter Camille. D'un geste puéril, elle avait couvert ses oreilles de ses mains.

Léon… elle ne pouvait pas le laisser exécuter ainsi. Elle avait couru vers le mur, marqué un arrêt face au tas de cadavres entassés les uns sur les autres. Elle avait alors aperçu Léon, chancelant. Il avait encore la force de sourire et avait crié : « Vive la Commune ! » avant de s'effondrer.

Elle avait poussé un hurlement terrible et s'était évanouie. L'humidité l'avait tirée de sa syncope. Une vision de cauchemar l'avait pétrifiée. Devant elle, des centaines de cadavres entassés, pêle-mêle. Ils avaient été des pères, des époux, des enfants. Il y avait parmi eux Léon, son ami Léon, dont elle reconnaissait la chemise, celle-là même qu'elle lui avait passée.

Les larmes avaient ruisselé sur ses joues, se mêlant à la pluie tiède. Elle avait mal, comme amputée d'une partie d'elle-même.

« Pourquoi ? » avait-elle gémi tout haut.

Une poigne solide s'était abattue sur son épaule.

« Par ici, toi. Avec ta dégaine, tu as tout d'une pétroleuse ! Tu as incendié Paris, c'est ça ? Comme tant d'autres salopes dans ton genre ! »

Elle avait cherché à se libérer de cette main ferme, en vain.

Poussée à coups de baïonnette dans le dos, elle avait été entraînée vers une colonne de prisonnières qui, le visage fermé, gardaient les yeux obstinément fixés sur le mur.

« Tuez-moi, moi aussi ! » aurait-elle voulu crier.

Mais, dans son ventre, il y avait l'enfant qu'elle portait, pour qui elle devait vivre.

⋆

Elles étaient une bonne centaine, rassemblées ou plutôt parquées, dans la cour du bastion 37. Hagardes, épuisées, les yeux fous d'avoir assisté à trop d'atrocités.

Chacun des gestes de Camille était douloureux. Pourtant, à l'exception de quelques coups de crosse, elle n'avait pas vraiment été agressée physiquement mais les derniers jours, la mort d'Edmond, l'exécution de Léon l'avaient anéantie.

— Camille ? C'est bien toi ?

Louise s'avançait vers elle. Une Louise aux traits tirés, aux habits sales et maculés de poudre mais se tenant toujours droite, le regard farouche.

Elle attira Camille contre elle, la serra dans ses bras, sans mot dire. Elle n'avait pas besoin de parler, toutes deux avaient vécu l'indicible.

Autour d'elles, les soldats lançaient des insultes.

— Ne leur donne pas barre sur toi, conseilla Louise à Camille. Ils ne peuvent rien contre ce que tu es.

La jeune femme inclina la tête. Elle était lasse, si lasse, et aurait voulu se laisser tomber sur les pavés. Ne plus voir. Ne plus penser. Même si elle savait que les visions de feu et de sang la poursuivraient longtemps. Derrière elle, on chuchotait que Louise s'était livrée à la place de sa mère, arrêtée à son école, rue Oudot.

— Ils vont peut-être nous relâcher, hasarda une jeune fille aux cheveux blonds, l'air d'une communiante.

Une autre, la quarantaine édentée, ricana.

— Nous relâcher ? Penses-tu ! Ils sont bien trop contents d'avoir des prisonnières. Des bêtes curieuses, même, puisqu'à ce qu'il paraît, nous sommes toutes des pétroleuses !

C'était la fable qui courait tout Paris : les femmes ayant été impliquées dans le combat armé étaient accusées d'avoir employé du pétrole pour allumer des incendies dans la capitale. On leur reprochait notamment celui de l'Hôtel de Ville. On racontait que Théophile Ferré avait embrigadé huit mille pétroleuses, encadrées par des sergents féminins et chargées de mettre le feu au fur et à mesure que les versaillais pénétraient dans la capitale. On rapportait que des femmes se glissaient dans les quartiers repris par les versaillais, jetaient des mèches soufrées par les soupiraux des maisons ou versaient du pétrole sur le contrevent des boutiques.

Camille frémit.

— Qui pourrait croire de telles énormités ?

— Beaucoup de monde, apparemment. Les bourgeois aiment à se faire peur.

Un silence tomba, brutalement interrompu par des ordres lancés d'une voix rogue par des officiers à cheval, répercutés par les brigadiers.

On forma trois colonnes dans lesquelles les prisonnières furent réparties au hasard. Camille se retrouva avec une jeune femme trop bien vêtue pour avoir combattu sur les barricades. Elle avait entendu dire que la plupart des maisons closes avaient été ouvertes et leurs pensionnaires raflées. De toute évidence, sa compagne en faisait partie. Elle crânait et jetait des œillades aux soldats, ce qui gênait beaucoup Camille. Devant elle, deux femmes du peuple, couvertes de sang comme elle, pleuraient en silence.

Une angoisse sourde étreignit le cœur de la jeune femme. Léon et Edmond étaient morts, Augustine avait disparu… Elle n'avait plus que Louise sur qui compter, mais son amie vivait la même situation qu'elle.

Elle refusait de songer à Antoine, qu'elle avait rayé de sa vie.

Pourtant, l'enfant qu'elle portait était celui d'Antoine. Elle se raccrochait à cette idée pour ne pas perdre tout espoir.

18

29 mai 1871

Les femmes marchaient, traînant la jambe, sous un soleil impitoyable. Rien ne leur était épargné sur ce qui s'assimilait à un chemin de croix. Insultes, jets d'ordures, de pierres ou de fruits pourris... elles gardaient la tête droite, s'efforçant de regarder au loin pour échapper à la haine nue qui sourdait des bourgeois bien habillés postés au bord de la route. De quoi se plaignaient-ils, eux qui n'avaient jamais connu la misère ?

Camille, comme ses compagnes de malheur, ressentait profondément l'humiliation subie. Humiliation encore exacerbée chaque fois que le cortège passait devant une église. On les forçait alors à s'agenouiller en signe de repentir tandis que la foule hurlait : « À mort ! À mort ! Fusillez-les ici ! »

Elle frissonna, malgré la chaleur. Elle n'avait fait que soigner les blessés ou fermer les yeux des morts. Rien de répréhensible mais, appartenant au peuple de Paris, elle était forcément coupable. En quoi méritait-elle toute cette haine ?

Un murmure courut le long des rangs.

Un officier portant beau, à la moustache conquérante, venait d'apparaître.

« Le marquis aux talons rouges », chuchota une jeune femme derrière Camille. Elle ajouta : « Si je n'étais pas athée, j'aurais envie de me signer. Cet homme est un démon ! »

— Le « marquis aux talons rouges » ? répéta Camille, interloquée.

Un coup de baïonnette dans le dos la contraignit à avancer alors qu'elle venait de s'immobiliser. Elle manqua trébucher. Sa camarade la rattrapa.

— Ce n'est pas le moment de te faire remarquer, lui conseilla-t-elle.

En effet, l'inconnu lançait : « C'est moi qui suis Gallifet. Vous me croyez bien cruel, gens de Montmartre, je le suis plus encore que vous ne le pensez[1]. »

Dès cet instant, Camille eut la sensation de faire un pas de plus dans l'horreur.

Gallifet, la badine à la main, opérait une sélection parmi les prisonniers.

Il lança brutalement : « Que ceux qui ont les cheveux gris sortent des rangs ! »

Face à la centaine de captifs qui s'avançait, il éructa : « Vous, vous avez vu juin 1848, vous êtes

1. Paroles véridiques.

plus coupables que les autres ! » Et il les fit mitrailler aussitôt.

Une irrépressible nausée tordit l'estomac de Camille. Cet homme était fou ! Et il avait droit de vie et de mort sur des milliers de prisonniers. Son sentiment d'impuissance se doublait d'une rage froide. Quel monstre !

— Baisse les yeux ! lui intima sa camarade. Regarde... il s'en prend à ceux qui lui paraissent sortir du lot. Plus petits, plus grands, le nez cabossé...

Un vertige saisit Camille. Elle devait tenir, ne pas s'effondrer devant cet horrible personnage si imbu de sa supériorité.

— Où nous emmènent-ils ?

— À Versailles, paraît-il. Ces dames de la haute vont avoir leurs vapeurs en nous voyant !

Sa voisine de file s'appelait Coralie et « travaillait en maison », comme elle le confia à Camille. Elle avait été arrêtée à Montmartre alors que les versaillais raflaient les pensionnaires des maisons de tolérance. Plusieurs de ses camarades avaient réussi à s'enfuir. Elle avait manqué de chance. « C'est l'histoire de ma vie ! » ironisait-elle, gouailleuse. Camille cherchait à repérer la haute silhouette de Louise dans la cohorte des prisonnières. Quel triste spectacle celles-ci offraient !

Leur colonne continua de progresser sous un soleil toujours plus impitoyable. Hébétée, Camille marchait, tel un automate. Elle s'efforçait de cadenasser sa mémoire, sous peine de s'effondrer. À plusieurs reprises, elle avait vu des captifs qui tombaient être achevés à coups de revolver.

Abrutie de fatigue, mourant de soif, Camille marchait, la tête vide. Elle se crut sauvée lorsqu'elle aperçut les toits de Versailles.

Cependant, c'était compter sans la soif de vengeance de la foule accourue en nombre pour assister à ce que Louise venait de nommer « le triomphe de César ». Des hommes et des femmes, anéantis par le trajet sans avoir mangé quoi que ce soit, ni bu une goutte d'eau.

Des dames, déchaînées, leur donnèrent des coups d'ombrelle en poussant de petits cris comme si elles accomplissaient un exploit. Écœurée, Camille crispa les mâchoires. Elle redoutait au plus profond de sa chair ce qui les attendait, tout en essayant de ne rien en laisser voir.

Lorsque Camille et ses compagnes furent parquées sur la place d'Armes dépourvue du moindre ombrage, et qu'elles durent y rester plusieurs heures sans bouger, elles devinèrent que leur calvaire était loin d'être terminé. Intuition qui se mua en certitude quand elles découvrirent une baraque placée à l'entrée du camp de Satory.

Il n'y avait pas d'eau, pas de paillasses, rien que de la terre battue. Camille manqua suffoquer à la perspective d'être enfermée là en compagnie de centaines d'autres femmes. Les insultes pleuvaient sur elles, ainsi que des ordures, des tessons de bouteille.

Comment pouvait-on les traiter ainsi ? Les mépriser de cette manière ?

Les larmes coulèrent sur ses joues sans qu'elle songe même à les essuyer. Elle ne savait plus si elle pleurait sur Léon, sur elle-même, ou sur tous les communards dont les rêves étaient brisés.

⋆

Coralie se pencha au-dessus de Camille, allongée sur le sol.

— Tu as une mine à faire peur ! Regarde : je t'ai gardé un morceau de pain. Pas du jour mais ça apaisera un peu ta faim.

— Comment as-tu fait ?

La jeune femme lui adressa un clin d'œil canaille. Malgré leur marche interminable, elle était encore jolie avec ses cheveux blonds et ses grands yeux bleu foncé.

— La nuit, certains gardes sont… un peu moins regardants et je sais comment les amadouer.

— Pourquoi n'en as-tu pas profité pour filer ?

Coralie leva les yeux au ciel.

— Tu crois vraiment qu'ils m'auraient laissée faire ? Pour eux, je suis juste une putain, comme ils me l'ont fait remarquer, mais je n'en ai rien à foutre. C'est la vérité, non ? Toi, en revanche, ta place n'est pas ici.

— Aucune femme n'a sa place ici et ne mérite la façon dont ils nous traitent.

Coralie haussa les épaules.

— Tu crois encore aux grands principes ! Moi, c'est fini depuis longtemps. Mange ce morceau de pain, on dirait que tu vas tomber dans les pommes. Et, à part moi, y aura personne pour te soigner !

Camille obéit, s'efforçant de mâcher doucement, presque douloureusement, le quignon de pain. Des crampes lui tordaient le ventre. Elle saisit la main de Coralie.

— Je suis enceinte, souffla-t-elle. Et… je crois qu'il y a un problème.

Coralie était une femme de ressources. Apitoyée par sa confidence, elle parvint à faire sortir Camille de la baraque grâce à l'intervention d'un gardien plus humain que les autres. D'ailleurs, la pâleur extrême de la jeune femme prouvait la véracité de ses dires.

Ensuite, tout s'enchaîna très vite. Un journaliste américain, qui avait suivi la marche forcée de Paris au camp de Satory et s'était déjà interposé à plusieurs reprises, aperçut les deux femmes, l'une soutenant l'autre, et provoqua un beau scandale en exigeant que la plus jeune reçoive des soins.

Il était apparenté à l'ambassadeur des États-Unis en France, hurla-t-il dans un français parfait, et ne manquerait pas de lui rapporter le comportement inhumain des gardiens.

Des tranchées abominables labouraient le ventre de Camille, pliée en deux. À cet instant, elle sut, de façon certaine, qu'elle perdait son bébé.

19

Décembre 1871

Même s'il s'agissait d'une prison, l'abbaye d'Auberive offrait un cadre de vie idyllique comparé au camp de Satory. Une vingtaine de prisonnières y avaient été transférées. Camille, Coralie et Louise Michel faisaient partie du convoi.

L'abbaye cistercienne, implantée au fond d'une vallée, avait traversé nombre de vicissitudes au cours des siècles avant d'être convertie en geôle. Elle avait même été transformée en filature de coton après la Révolution, après avoir été achetée par le gendre de Diderot.

Même si les conditions de détention y étaient rigoureuses, Camille appréciait ce répit.

Elle gardait en effet un souvenir atroce des mois passés à Versailles. Après avoir perdu son enfant, elle avait failli mourir, à cause d'une infection. Grâce à l'entremise de Jonathan Desmond, le journaliste américain, elle avait été transportée dans une cellule propre où elle disposait, luxe suprême, d'une paillasse et d'une fenêtre grillagée. Elle avait repris lentement des forces, soutenue par ses amies qui fredonnaient les premières mesures du *Temps des cerises* lorsqu'elles passaient sous sa fenêtre.

Ses camarades avaient vécu l'enfer : sous-alimentation, hygiène inexistante, insultes…

Quand Camille avait réintégré leur baraque, elle avait été heureuse de constater la bonne entente régnant entre elles. Quoique… Heureuse n'était pas le mot juste mais la situation était si dramatique qu'elle se raccrochait au moindre rayon de soleil.

Toujours dans l'action et soucieuse des autres, Louise avait entrepris d'apprendre à lire aux prisonnières illettrées. Initiative tournée en ridicule par leurs gardiens, ce qui ne l'empêchait pas de persévérer. Cependant, elle avait traversé une période effroyable durant le procès de Théophile Ferré, l'homme qu'elle admirait tant. Condamné à mort le 2 septembre 1871 après avoir refusé de se défendre, il avait été exécuté au camp de Satory le 28 novembre. Lorsqu'elle avait appris sa condamnation, Louise, effondrée, avait réussi à lui faire parvenir une fleur rouge confectionnée dans son écharpe, accompagnée d'un poème. L'exécution de Théophile Ferré l'avait anéantie. Elle avait néanmoins trouvé la force de lancer à ses juges, début décembre :

« Ce que je réclame de vous, qui vous affirmez conseil de guerre, qui vous donnez comme mes juges, qui ne vous cachez pas comme la commission des grâces, de vous qui êtes des militaires et qui jugez à la face de tous, c'est le champ de Satory, où sont déjà tombés nos frères. Il faut me retrancher de la société. Puisqu'il semble que tout cœur qui bat pour la liberté n'a droit qu'à un peu de plomb, j'en réclame ma part ! Si vous me laissez vivre, je ne cesserai de crier vengeance, et je dénoncerai à la vengeance de mes frères les assassins de la commission des grâces[1]. »

Les juges n'avaient pas écouté Louise et l'avaient condamnée à la déportation en Nouvelle-Calédonie.

En attendant son départ pour « le Caillou », elle avait été transférée à l'abbaye d'Auberive, les établissements pénitentiaires de Versailles étant toujours surchargés.

« Me voici presque revenue chez moi », avait-elle confié à ses amies.

Louise, en effet, était née à Vroncourt-la-Côte, en Haute-Marne, dans ce qu'on appelait « la maison forte ». Fille du fils du châtelain et d'une servante, Marie-Anne Michel, elle avait été élevée comme l'enfant de la maison par les Demahis, dont elle était la petite-fille. Voltairien, son grand-père avait fait son éducation, dans l'amour porté aux belles-lettres comme à la nature. À la mort des Demahis, Louise et sa mère avaient été priées de quitter les lieux par la veuve du père de la jeune fille. Grâce au pécule reçu de son grand-père, Louise avait poursuivi ses

1. Source : *Gazette des tribunaux* du 17 décembre 1871.

études à Chaumont et obtenu le brevet de capacité lui permettant d'enseigner. Toujours avec sa mère, elle s'était alors installée à Paris.

Cela lui paraissait si loin... Depuis, même si elle se passionnait toujours pour l'enseignement, Louise avait pris fait et cause pour les opprimés. Elle s'était déjà dévouée durant le siège de Paris, créant avec Varlin des restaurants communautaires appelés « fourneaux » ayant pour but de fournir à chacun un minimum de nourriture, de chauffage ou d'habillement.

La vie à la Maison centrale d'Auberive était rythmée par un emploi du temps militaire. Lever à quatre heures trente le matin en été, six heures en hiver. Les détenues avaient deux repas par jour, l'un à neuf heures, l'autre vers quatre heures de l'après-midi, composés d'une assiette de légumes et de pain à volonté. Elles mangeaient de la viande – moins de cent grammes par personne – uniquement le dimanche et les jours fériés. Les prisonnières confectionnaient des vêtements militaires tout au long de la journée.

« Quelle dérision ! s'agaçait Louise. Nous travaillons pour ceux qui nous persécutent. »

Elle, qui correspondait toujours avec Victor Hugo et Georges Clemenceau, se démenait pour obtenir la grâce de Camille.

« Tu n'as même pas combattu, petite. Tu as soigné les blessés, tu as essayé de sauver ton ami Léon, sans te soucier de politique.

— Désormais, je m'y intéresse. »

Louise avait martelé :

« Nous avons les mêmes droits que les hommes, ne l'oublie jamais. »

Louise était une merveilleuse amie, tout comme Coralie. Les trois femmes se soutenaient mutuellement.

Mettant à profit le droit de correspondre, Camille avait écrit à Placide pour lui raconter ses derniers moments passés avec Léon. Elle aurait aimé prendre des nouvelles de la « bande du Guerbois » sans pour autant oser faire le premier pas. Elle ignorait ce qu'Augustine était devenue. Avait-elle été exécutée sommairement durant la Semaine sanglante comme tant d'autres innocents ? Cette idée la glaçait.

Dans son malheur, elle estimait avoir eu de la chance à Satory. Elle s'était battue pour survivre alors que la fièvre la consumait.

Grâce au journaliste américain, un médecin était venu. Jonathan Desmond s'était instauré son protecteur. Il avait veillé à lui faire porter de quoi se sustenter, et venait régulièrement s'informer de son état. Il lui avait écrit, dans un français parfait, avait témoigné pour son journal des conditions épouvantables de captivité des communards. Elle admirait son courage. Il n'était pas facile de s'opposer au gouvernement de Thiers. Jonathan continuait de lui écrire à l'abbaye d'Auberive, et son soutien lui était précieux. D'autant plus qu'elle pleurait toujours l'enfant qui ne verrait jamais le jour.

Cette certitude la désespérait. Elle avait à peine eu le temps de comprendre qu'elle était enceinte que les événements s'étaient précipités.

Malgré les circonstances, elle aurait voulu cet enfant, même si elle savait ne rien avoir à attendre d'Antoine. Sa mère ne l'avait-elle pas élevée seule ? Puis Estelle ?

Mais Camille avait perdu le bébé à cause des conditions inhumaines du transfert des prisonnières de Paris à Versailles. Et cela, elle ne l'oublierait jamais.

20

1872

Un bain, pensa Camille. Je donnerais n'importe quoi pour un bain.

Mais elle rentrait à Paris sans un sou, amaigrie, les traits creusés.

De quoi te plains-tu ? se dit-elle fermement.

Louise et Coralie n'avaient pas eu cette chance. Camille se demandait encore à quoi elle devait sa libération anticipée. Jonathan Desmond avait-il joué un rôle dans cette affaire ? Pourquoi n'avait-il pas tenté de faire libérer aussi Louise, dans ce cas ? La réponse s'imposait : Louise aurait refusé toute intercession.

Elle resterait celle que Victor Hugo appelait « Aria la Romaine ». Et Camille l'admirerait toujours pour sa sincérité et son intransigeance.

Elle se recroquevilla contre la vitre du train. Le paysage vallonné suscitait en elle le désir de marcher, longtemps, pour tenter d'oublier. Elle était épuisée mais ne parvenait pas à dormir. Qu'allait-elle retrouver à Paris ? Le gouvernement, dans sa folie de représailles, avait multiplié les exécutions de communards. Le 3 mai, la frégate la *Danaé* quittait Brest pour emmener les bagnards en Nouvelle-Calédonie. Des enfants avaient été condamnés aux travaux forcés. De nombreux communards avaient réussi à s'exiler, en Grande-Bretagne, en Belgique et jusqu'aux États-Unis. La répression suivant la Semaine sanglante avait profondément marqué les esprits.

Camille avait gardé le souvenir de Paris en flammes, de corps entassés, d'exécutions sommaires, d'odeurs de poudre et de sang.

En débarquant sur le quai de la gare de l'Est, elle éprouva de nouveau un sentiment de décalage. Les Parisiens, lui semblait-il, couraient en tous sens, sans regarder quiconque. D'une certaine manière, cela lui convenait. Elle se fondit dans la foule.

Malgré sa fatigue, elle marcha vers Montmartre. Un peu moins d'un an après, la capitale portait encore des traces de la Semaine sanglante.

Les souvenirs revenaient par vagues, et certains étaient insoutenables. Sur une impulsion, elle fit demi-tour. Elle savait à qui elle devait rendre visite en premier.

*

Le cheveu plus rare, un peu plus courbé, Placide accueillit Camille à bras ouverts.

— Mon petit, enfin ! Tu sais que je suis un vieil anticlérical mais, si j'avais su prier, je crois bien que je l'aurais fait pour obtenir ton retour.

Bouleversé par sa maigreur, il la serra contre lui et elle ne put se contenir. Elle éclata en sanglots irrépressibles.

— Oh, Placide… souffla-t-elle quand enfin elle put parler.

Il fallait qu'elle lui raconte de vive voix les dernières heures de Léon. Tout de suite. Après, elle n'en aurait plus le courage.

— J'aurais tant voulu le sauver, conclut-elle au terme de son récit.

Il accentua sa pression sur son épaule.

— Camille, mon petit, tu as fait bien plus. Au prix de ta propre liberté et au risque de ta vie. Léon a combattu pour nos idées, comme tant d'autres de nos frères. Même si mon cœur saigne pour mon fils, je sais qu'il est mort sans se renier. Je te raconterai, Camille, les revirements, les trahisons des derniers mois.

Il la considéra avec tendresse.

— Mais je parle, je parle… tu as tellement maigri, ma pauvre petite ! D'abord, tu vas prendre un bon bol de soupe. Et tu vas t'installer ici. Dans la chambre de Léon.

La jeune femme secoua la tête.

— C'est gentil, Placide, mais je ne sais si je pourrais…

— Pas de politesse entre nous ! D'ailleurs, j'ai bien peur que tu ne puisses récupérer ton logement. Tu penses… une communarde déportée, enfermée à Satory !

Elle sentit un vent de panique la submerger.

— Là où j'étais, je ne me rendais pas compte. Si je comprends bien, je ne trouverai même pas de travail ?

Elle était seule, et perdue. Placide lui sourit.

— La réaction n'a tout de même pas gangrené toute la ville ! Tu devrais commencer par retourner voir tes peintres. À condition de te remplumer un peu ! Je vais te concocter de bons petits plats.

— Oh, Placide !

Elle se jeta dans ses bras.

— Je ne sais pas ce que je deviendrais sans toi.

— C'était dur, n'est-ce pas ?

Le regard de Camille se voila.

— Plus que je ne saurais le dire. Mais je veux tourner la page.

Si elle s'efforçait de ne plus penser, peut-être parviendrait-elle à oublier.

Peut-être…

⋆

La bande du Guerbois se réunissait désormais à La Nouvelle Athènes, place Pigalle. Le café, à l'architecture néo-classique, faisait face au Rat mort, un établissement fréquenté lui aussi par des artistes et des écrivains.

Camille patienta deux semaines avant d'en franchir le seuil. Son cœur battait à grands coups précipités. Comment ses peintres allaient-ils l'accueillir ?

Depuis septembre 70, la famille de Manet s'était réfugiée dans le Sud-Ouest, à Oloron-Sainte-Marie. Manet les avait rejoints en février 1871 puis était rentré à Paris après la Semaine sanglante.

Renoir, mobilisé pendant la guerre de 70, avait été versé dans la cavalerie dans le Sud-Ouest. Tombé gravement malade, il avait été hospitalisé à Bordeaux et n'était revenu à Paris qu'au printemps.

Sisley s'était réfugié, lui, à Louveciennes.

Après l'émotion des retrouvailles, Camille devina vite qu'il valait mieux ne pas parler de politique. La bande du Guerbois, qui peinait toujours à être reconnue, ne tenait pas à ranimer les braises de la Commune.

On fit une place à Camille, sans pour autant s'enquérir de ce qu'elle était devenue. Manet seul la tint sous le poids de son regard, comme s'il avait tout compris, tout deviné. Elle baissa les paupières. Ce regard, elle ne l'oublierait jamais.

Elle n'osa pas demander ce qu'Antoine Fouque était devenu.

La nouvelle de son arrestation comme de sa détention s'était vite répandue dans le petit monde des Batignolles et de Montmartre. Pourquoi n'avait-il pas cherché à lui écrire ? La réponse était simple : parce qu'il avait tourné la page et ne l'avait jamais aimée.

Victorine, revenue des États-Unis, mentionna la première le nom d'Antoine, quelques jours plus tard.

— Il se prend toujours pour un artiste méconnu, confia-t-elle à Camille, moqueuse. Il fréquente le salon d'une grande bourgeoise.

Valérie Cazeaux-Postel, évidemment... Cela lui était égal désormais. Camille revenait de trop loin pour se soucier de celle qui l'avait méprisée.

Victorine, pour sa part, n'avait pas beaucoup changé. Toujours mince – sa silhouette menue qui avait inspiré l'*Olympia* de Manet lui avait valu à l'époque le surnom de « crevette » –, vive et souriante, avec une pointe de gravité dans le regard, elle était décidée à suivre des cours de peinture.

Tout naturellement, Camille fut à nouveau sollicitée pour poser.

Malgré les épreuves traversées, elle possédait toujours cette beauté flamboyante qui charmait les artistes. Avec dans le regard l'ombre des drames vécus.

Manet lui proposa de passer une tenue de velours rouge.

« Le rouge est votre couleur plus encore que le vert », lui dit-il le premier jour.

Poser pour Manet était un rêve. Il avait toujours une anecdote amusante à conter, s'interrompait pour recevoir ses nombreux visiteurs, tenait salon, en quelque sorte, sans la moindre afféterie. En fin d'après-midi, il rendait sa liberté à Camille pour aller retrouver ses amis sur les boulevards.

Camille comprenait pour quelles raisons tant de personnes aimaient Manet. Il était charmant, séduisant en diable et sa conversation était brillante. En sa compagnie, elle apprenait chaque jour. Ce n'était plus pour retenir l'attention d'Antoine mais bel et bien pour elle-même.

Pour renouer avec un certain goût de vivre.

21

1872

L'abbaye d'Auberive et, peut-être plus encore, le camp de Satory paraissaient bien loin, songea Camille en contemplant le ciel bleu et les saules inclinant leur feuillage avec élégance.

Elle appréciait ces journées passées au bord de la Seine, à poser pour Manet, qui, exceptionnellement, s'était décidé à quitter Paris pour la campagne.

L'été était superbe, et la bande du Guerbois se donnait souvent rendez-vous en extérieur afin de peindre sur le motif.

Ce qu'on commençait à nommer « l'école du plein air » entraînait tout un équipement : chevalet sur le dos, boîte de peintures, siège, parasol en bandoulière, chapeau… De véritables expéditions !

Camille se sentait revivre. Elle avait besoin, elle aussi, de faire table rase du passé, sans parvenir pour autant à oublier les tragédies survenues. Elle n'avait confié qu'à Alexandrine la perte de son bébé, et celle-ci avait su trouver les mots pour la réconforter.

Émile Zola avait épousé sa compagne en mai 1870, à la mairie du XVIIe arrondissement, et l'ancien modèle assumait parfaitement sa situation de femme d'écrivain. Sans d'ailleurs snober pour autant celles et ceux qui l'avaient connue auparavant. Camille avait eu l'impression qu'Alexandrine souhaitait lui avouer quelque chose mais finalement elle s'était tue. Avait-elle elle aussi un secret ?

En tout cas, Camille admirait toujours autant madame Zola, maîtresse de maison hors pair.

Elle avait invité Camille à deux reprises chez elle, dans l'appartement de la rue La Condamine où vivait également madame Zola mère.

Les deux femmes étaient aux petits soins pour Émile, qui commençait à connaître une certaine notoriété.

Camille s'interrogeait parfois. Quel effet cela faisait-il d'être passée du statut de jeune femme indépendante à celui d'épouse ?

Ses conversations avec Louise Michel, à Auberive, lui avaient permis de réfléchir à propos de la condition féminine, tout comme ses échanges avec Placide. Le vieil ébéniste était heureux de l'héberger et lui racontait ses combats.

« Tu dois transmettre notre histoire, celle des artisans du Faubourg, lui avait-il déclaré un soir avec gravité. De cette manière, la mémoire de Léon survivra. »

Elle souffrait encore d'horribles cauchemars, durant lesquels elle revivait les tragédies de la Semaine sanglante, les ultimes combats du Père-Lachaise et l'exécution de Léon.

Grâce à l'aide de Manet et de Zola, elle avait retrouvé la trace de Jonathan Desmond, le journaliste américain qui l'avait sauvée à Satory. Elle avait demandé au peintre de l'accompagner à l'hôtel Scribe, où logeait Desmond, et il avait accepté avec sa courtoisie légendaire.

Malgré la présence de Manet, le luxe feutré de l'hôtel avait impressionné Camille, tout comme la petite armée de serviteurs s'empressant à satisfaire leurs désirs.

Desmond s'était montré charmant et, coupant court à ses remerciements, lui avait posé une foule de questions concernant son séjour à Auberive. Puis, devant l'embarras de la jeune femme qui s'efforçait de tout lui expliquer, il finit par suggérer : « Ce serait peut-être plus simple si vous écriviez votre témoignage ? Sous forme de récit, avec des anecdotes vécues. Ce serait important pour faire connaître les souffrances subies et la façon inique dont vous avez été traitées, vos camarades et vous. »

Sur le moment, Camille n'avait su que répondre. Elle doutait de pouvoir relever pareil défi. Écrire, elle ? Certes, elle aimait à manier la plume et continuait de correspondre avec Louise Michel, mais de là à oser raconter son expérience, il y avait un monde !

« Réfléchissez-y, lui avait conseillé Desmond en remarquant son trouble, et n'hésitez pas à revenir me voir. Je conçois que l'idée de coucher sur le papier votre témoignage puisse vous paraître bizarre mais je suis certain qu'il pourrait aider celles et ceux qui n'ont pas eu la chance d'être graciés. »

En d'autres circonstances, le choix de ses mots aurait fait rire Camille. « Coucher sur le papier »… quelle drôle d'expression ! Mais, sous le poids de son regard, elle se sentait devenir quelqu'un d'important, et cela lui faisait presque peur.

De retour au Faubourg, elle s'était ouverte de ses interrogations auprès de Placide, qui n'avait pas hésité.

« Fonce, petite ! Tu as une chance inouïe de faire entendre ta vérité, comme celle de tous les gars qui se sont battus contre la réaction et contre Thiers. »

Alors, elle avait essayé. Cinq fois, dix fois… elle griffonnait quelques lignes puis chiffonnait sa feuille en boule, mécontente du résultat. Jusqu'au jour où elle s'était remémoré la phrase prononcée par Louise, le jour de son procès : « Puisqu'il semble que tout cœur qui bat pour la liberté n'a droit qu'à un peu de plomb, j'en réclame ma part, moi ! »

Ce jour-là, Camille avait compris qu'elle devait attaquer son récit en racontant la vie à Montmartre telle qu'elle l'avait connue, avant la guerre de Septante. Le contraste avec les conditions d'existence durant le siège de Paris, puis la Semaine sanglante, n'en serait que plus marquant. Pour brosser le décor, elle s'était rappelé certaines conversations surprises lors des séances de pose.

D'abord, user d'un plan large et revenir ensuite à un plan serré pour parfaire les détails.

Une nuit, après avoir discuté avec Placide de la révolution de 1848, à laquelle il avait participé, Camille s'était installée à la table du vieil homme, une merveille en bois de noyer ornée de rinceaux et de bouquets de roses, et avait écrit, sans relever la tête, le récit des événements ayant entraîné la répression de la Commune dans le sang. Elle avait glissé son texte dans une enveloppe sans le relire et, au matin, avait porté le tout à l'hôtel de l'Américain.

Chaque fois qu'elle traversait Paris, elle détournait les yeux pour ne pas voir les ruines de l'Hôtel de Ville, se dressant vers le ciel telles des mains implorantes. On devait le reconstruire sous peu, des architectes peaufinaient leurs plans. Ces décombres symbolisaient pour elle l'anéantissement de leurs rêves d'égalité et de liberté.

Elle n'avait jamais eu de nouvelles de la famille Villars. Son travail chez eux s'apparentait à une sorte de parenthèse dans son existence. Cela lui paraissait si loin… Elle rêvait encore d'Antoine, alors, et ignorait dans quelle tragédie elle serait entraînée.

D'un geste devenu familier, elle rejeta les épaules en arrière. Elle refusait de s'appesantir sur le passé.

« Vous verrez... on ne s'habitue pas, c'est impossible, mais on sublime sa douleur », lui avait confié Alexandrine Zola.

Elle-même avait eu une petite fille prénommée Caroline, qu'elle avait abandonnée quatre jours après sa naissance en mars 1859 à l'Hôpital des Enfants-Trouvés situé rue d'Enfer à Paris. Elle avait alors à peine vingt ans, le père de l'enfant avait déguerpi. Seule, elle n'avait pas les moyens de l'élever. Treize ans après, Alexandrine ignorait toujours ce qu'elle était devenue.

« C'est la vie ! » avait-elle conclu sur un ton fataliste, démenti par la tristesse voilant son regard.

Précisément, Camille ne voulait pas de cette vie-là ! Elle désirait... autre chose. L'absolu.

22

1874

Chère Louise,

Un grand merci pour vos lettres qui me permettent d'imaginer votre existence sur le « caillou » de Nouvelle-Calédonie. Je ne suis pas étonnée que vous vous intéressiez à la nature et à la botanique sur la presqu'île de Ducos. Vous enseignez à nouveau, aux enfants de colons comme aux Kanaks, ce doit être si important pour vous ! J'ai toujours regretté de ne pas être plus savante.

Grâce à votre soutien et à votre amitié, j'ai écrit ce que nous avons subi, pour témoigner. Jonathan Desmond a fait paraître mon récit dans son journal. L'affaire a fait quelque bruit. J'en profite à chaque fois pour rappeler en quoi a consisté la Semaine sanglante.

L'opinion n'est pas encore prête à accepter l'amnistie des membres survivants de la Commune. Je me bats, cependant, et monsieur Clemenceau mène campagne lui aussi. Je crois que vous vous connaissez depuis un certain temps.

Il règne une curieuse ambiance à Paris. Beaucoup font comme si rien ne s'était passé. Pour se donner bonne conscience, je suppose. Moi, je n'oublierai jamais. Continuez à vous battre, Louise.

Je vous embrasse avec toute mon amitié.

Camille signa puis glissa la lettre destinée à Louise dans une enveloppe. Elle correspondait régulièrement avec celle que beaucoup nommaient « la Vierge rouge ». Louise Michel avait été son amie, son soutien, à Montmartre mais plus encore à Satory et à Auberive.

Elle s'était organisé une nouvelle vie à Nouméa, comme si elle avait fait table rase du passé.

De son côté, Camille reprenait lentement confiance en elle et en la vie.

Elle se rendait une fois par semaine au Louvre et copiait, avec une sorte d'avidité passionnée, les œuvres de Léonard de Vinci comme celles de Delacroix ou de Courbet.

Elle avait osé parler de son rêve avec Manet. Elle avait confiance en lui comme en son jugement. Sous ses dehors mondains, l'homme était profond, souffrant toujours de ne pas être reconnu comme il l'aurait souhaité.

Leurs relations étaient amicales. Avec elle, pendant les séances de pose, il évoquait ses débuts difficiles, son apprentissage, à seize ans, comme pilotin à bord du bateau-école *Havre-et-Guadeloupe*, qui l'avait amené jusqu'à Rio de Janeiro, puis son entrée, fin 1849, dans l'atelier de Couture.

« Si le désir de peindre vous taraude, vous parviendrez à réaliser votre rêve », lui affirmait-il.

Les membres de la bande du Guerbois s'affairaient à préparer leur exposition au 35, boulevard des Capucines, dans un local loué par le photographe Nadar.

Manet, cependant, avait refusé d'y participer. Cézanne, Monet, Pissarro, Renoir, Sisley présenteraient plusieurs œuvres ainsi que des artistes plus classiques comme Alfred Meyer, médaillé du Salon de 1866, ou Louis Debras.

Camille espérait qu'enfin le meilleur accueil leur serait réservé ! Elle éprouvait une secrète préférence pour la toile de Monet, *Impression, soleil levant*, une marine baignant dans un brouillard bleuté qui suscitait en elle émotions et envie. Réaliser un jour une œuvre comparable ? Elle en rêvait.

Manet lui avait conseillé aussi de suivre des cours afin d'acquérir de la maîtrise. Mais comment aurait-elle pu se le permettre ? Même si Placide l'hébergeait, elle peinait à joindre les deux bouts. La vie était chère, et la plupart des peintres qu'elle connaissait manquaient d'argent pour payer leurs modèles. Seul Manet se montrait toujours grand seigneur, même s'il traversait lui aussi des périodes difficiles.

Malgré tout, Camille ne voulait pas renoncer à son rêve. Peindre, être reconnue, lui permettrait de se sentir vivante bien qu'elle ait perdu son enfant. C'était terriblement important pour elle.

*

J'espère bien que vous m'accompagnerez à l'exposition du boulevard des Capucines, avait écrit Jonathan Desmond sur un bristol envoyé à l'atelier de Manet.

Camille hésita une bonne demi-journée avant de se décider. Certes, elle n'avait pas de toilette élégante mais elle brûlait du désir de se rendre à cette fameuse exposition dont on parlait tant. Manet lui proposa de piocher dans la malle où il conservait des costumes.

Elle arrêta son choix sur une robe de faille verte, la tint à bout de bras. Bien brossée, et repassée, elle devrait faire l'affaire.

Une foule curieuse se pressait devant les anciens ateliers de Nadar. Se tenant droite au bras de l'Américain, Camille franchit le seuil du 35, boulevard des Capucines. Sept allées réparties sur deux étages, murs tendus de laine brun-rouge, éclairage judicieux. Renoir avait veillé lui-même à l'accrochage de cent soixante-sept œuvres, les plaçant sur un ou deux rangs afin de ne pas donner une sensation d'entassement.

Le regard de Camille fut tout de suite attiré par la toile de Monet qui avait sa préférence et suscitait chez elle une émotion palpable. Les sens aux aguets, elle épia les réactions des visiteurs. Certains s'attardaient devant *La Maison du pendu* de Cézanne, d'autres vantaient haut et fort les mérites d'artistes plus classiques.

Un petit groupe se forma devant le tableau de Claude Monet, *Impression, soleil levant.*

— Impression… quelle bonne farce ! s'écria un homme ventripotent.

Camille se retourna vivement vers lui.

— Seriez-vous capable d'en faire autant ? Non, naturellement ! Aussi, dispensez-vous de porter ce genre de jugement, je vous prie !

Une élégante s'interposa et donna un coup d'éventail sur le poignet de Camille. La jeune femme se raidit. Ce simple geste lui rappelait tant de mauvais souvenirs ! À commencer par les coups d'ombrelle reçus sur le chemin de Satory…

Desmond se précipita et la fit pivoter d'une poigne ferme vers les hautes fenêtres.

— Je crois comprendre combien ce peut être difficile, mais nous ne sommes plus en 1871, lui dit-il doucement. Vous avez été graciée, vous n'avez pas de comptes à rendre. Et ces béotiens n'ont surtout pas de leçons à vous donner !

Elle sourit, soucieuse de dissimuler sa gêne.

— Merci, monsieur Desmond.

— Appelez-moi Jonathan, suggéra-t-il.

Avec sa carrure imposante de sportif, son visage grave éclairé de temps à autre par un bref sourire, il resterait toujours pour elle l'homme qui l'avait sauvée de la mort à Satory.

À cet instant, Camille croisa un regard incrédule et sentit ses joues s'empourprer.

Piqué à l'autre bout de l'atelier, Antoine Fouque la considérait d'un air ébahi. Elle aurait pu baisser les yeux, ou faire demi-tour, mais cela ne correspondait pas à son caractère. Entraînant Desmond à sa suite, elle traversa l'atelier, se posta face à son ancien amant.

— Monsieur Fouque ! lança-t-elle d'un ton ironique. Nous vous croyions tous mort ! N'avez-vous pas disparu quand Paris était à feu et à sang ?

Il rougit sous l'allusion, bredouilla une phrase parlant d'obligations familiales.

Camille, renversant la tête en arrière, partit d'un grand rire. Prenant l'assistance à témoin, elle reprit :

— Des obligations familiales pour vous qui vous targuez de n'être attaché à rien ni personne ? Vous m'étonnez ! Mais peut-être la guerre vous a-t-elle changé ? À moins que ce ne soit le succès ? Avez-vous participé récemment à un Salon ou à une exposition ?

Antoine blêmissait sous ses piques.

Comme c'est bon ! pensa Camille.

Elle n'éprouvait même plus de haine à son égard.

Desmond la mena d'un air résolu vers la sortie.

Le visage fermé, la mâchoire crispée, il ne cherchait pas à dissimuler son exaspération.

— Ne vous donnez pas ainsi en spectacle ! lui intima-t-il. Venez… je vais plutôt vous présenter un artiste venu de Belgique. Un beau talent en devenir, me semble-t-il. À condition qu'il cesse de vivre aux crochets de sa famille plus que fortunée et se décide à prendre des risques.

L'artiste en question, grand, crinière léonine blond foncé, visage ouvert, yeux verts, avait du charme. Il s'inclina galamment devant Camille.

— Timothée Delahaut, pour vous servir, mademoiselle.

— Je m'appelle Camille, répondit-elle avec grâce. Camille Lenoir.

Ils auraient dû en rester là. Cependant, elle n'en avait pas la moindre envie.

Il lui offrit son bras en arrondi.

— Venez, je vais vous montrer la toile que je préfère.

Il s'agissait de l'œuvre de Monet, et elle en fut heureuse. Au moins, ils seraient deux pour la soutenir !

Il fronça les sourcils.

— Je suis certain d'avoir déjà croisé votre chemin.

Elle fit mine de réfléchir.

— Sur un tableau de Bazille, peut-être. À moins qu'il ne s'agisse de monsieur Manet ? Je suis modèle.

Il lui sourit en retour.

— Bien sûr ! Désormais, ajouta-t-il, vous ne poserez que pour moi.

Elle le toisa.

— En quel honneur ? Je suis modèle précisément parce que je tiens par-dessus tout à mon indépendance.

Sans se laisser démonter, il répondit :

— Et moi, je vous cherche depuis trop longtemps. Nous ne nous quitterons plus, dorénavant.

C'est ainsi, dans les anciens ateliers de Nadar, que tout commença entre Timothée et Camille.

23

1876

J'ai vingt-six ans, pensa Camille. Et je n'ai toujours pas réalisé mon rêve.

Elle aurait pu se dire heureuse. Elle se le répétait parfois, comme pour mieux s'en convaincre. En l'espace de deux années, sa vie avait beaucoup changé.

Timothée Delahaut, peintre venu de Belgique et admirateur inconditionnel de ceux qu'il appelait lui aussi « les impressionnistes » depuis la première exposition de 1874, avait mené sa cour tambour battant. Tombé sous son charme, il la désirait, comme modèle mais aussi comme compagne. Camille s'était laissé aimer.

Timothée Delahaut était arrivé à point nommé dans sa vie.

Son amour lui avait fait du bien.

Elle esquissa un sourire. Timothée était… confortable. Même si elle ne l'aimait pas comme elle avait aimé Antoine. Il l'entourait d'attentions, l'avait invitée à s'installer avec lui dans l'appartement qu'il louait rue Montorgueil, près des Halles.

Le premier jour, Camille n'avait pas cherché à cacher son admiration devant la hauteur sous plafond, les grandes fenêtres, le confort de la salle de bains, l'ameublement cossu, le velours et la passementerie. Elle n'avait jamais vécu dans un tel cadre !

« Ce n'est pas vraiment la vie de bohème », avait-il souri.

Il avait ajouté, presque gêné : « J'ai la chance d'appartenir à une famille aisée. Mon père, comme son père avant lui, exploite une biscuiterie qui a les faveurs de la cour. »

Elle avait compris qu'il n'avait jamais connu les fins de mois difficiles ni l'angoisse de ne pouvoir s'acquitter du loyer. Timothée se montrait généreux avec elle, aimant à la voir élégante, mais Camille aspirait à son indépendance.

Louise a déteint sur moi, pensa-t-elle en souriant.

Son amie avait pris fait et cause pour les Kanaks contre l'impérialisme colonial. Elle enseignait le français à leurs enfants, s'émerveillait devant le bichelamar, une sorte de pidgin mélanésien regroupant des mots anglais, français, portugais, chinois… C'était pour elle des prémices de langue universelle.

Camille admirait toujours autant l'ancienne institutrice et espérait qu'elle pourrait bientôt revenir en France.

Elle était certaine que Louise avait conservé son tempérament pugnace. Il ne pouvait en être autrement.

« Tu es bien sûre de vouloir me quitter ? » lui avait demandé Placide le jour où elle lui avait annoncé son départ.

Elle s'était jetée dans ses bras.

« Il le faut, mon cher Placide. Je dois saisir ma chance. Mais vous savez que je continuerai à venir vous voir et que je ne vous oublierai jamais, Léon et vous. »

Elle avait eu l'impression de se lancer dans le vide lorsqu'elle avait quitté le Faubourg pour s'installer chez Timothée. Elle ne possédait pratiquement plus rien, juste quelques vêtements et ses carnets de croquis.

Placide lui avait fait la surprise de lui offrir une commode et une coiffeuse en bois de rose ayant appartenu à son épouse.

Bouleversée, la jeune femme n'avait pu retenir ses larmes.

« Placide… vous allez tant me manquer ! » s'était-elle écriée.

Finalement, la vie partagée avec Timothée s'était révélée une heureuse surprise. L'artiste, au caractère agréable, ne créait pas dans la souffrance. Sa seule exigence avait consisté à réserver Camille comme modèle exclusif. Il l'avait représentée en promeneuse sur le boulevard des Italiens, en baigneuse au bord de la Marne, en rêveuse jouant du piano.

Elle avait dû faire appel à toute sa maîtrise pour incarner une jeune mère de famille assise sur un banc dans un jardin à l'anglaise.

Elle savait que plusieurs de « ses » peintres avaient choisi un thème similaire mais elle n'avait pas envie de décourager son amant. Elle préférerait toujours le talent des impressionnistes, comme on les nommait désormais. Ce n'était pas une raison suffisante pour l'exprimer à haute voix. Le goût, les préférences n'étaient-ils pas subjectifs ? Le marché de l'art était si fluctuant qu'un jour peut-être, Timothée connaîtrait lui aussi le succès.

Paul Durand-Ruel organisait une deuxième exposition « impressionniste » dans sa galerie de la rue Le Peletier.

Camille admirait cet homme qui n'hésitait pas à prendre des risques pour promouvoir ceux dont on se moquait tant depuis plus de dix années.

Timothée et elle s'y rendraient, naturellement. Elle tenait à soutenir ses amis, d'autant plus qu'ils exposeraient de nombreuses toiles.

De son côté, Timothée n'était pas un homme de bande. Il travaillait seul, ou bien avec Camille. Elle avait tenté, à plusieurs reprises, de s'ouvrir auprès de lui de son rêve de peindre. Mais elle redoutait sa réaction, se disant qu'elle ne s'en remettrait pas s'il se moquait d'elle ou bien lui conseillait de se consacrer à des ouvrages de dame.

Elle retint un soupir.

— Je pars devant, pour préparer le dîner, lui annonça-t-elle.

Il la serra contre lui.

— À tantôt, ma tendre Camille. Je ne tarderai pas.

Elle remonta à pas lents la rue Montorgueil, située tout près du Ventre de Paris qui étalait à nouveau victuailles et denrées. Elle acheta un beau morceau de paleron et ne put s'empêcher de se remémorer la faim éprouvée durant le siège de Paris.

Six années s'étaient écoulées, elle s'était efforcée d'oublier et, pourtant, les souvenirs étaient enfouis en elle, si profondément qu'elle ne pourrait jamais se les arracher du cœur.

Sortant de la boucherie, elle s'immobilisa, émerveillée par l'arc-en-ciel se dessinant au-dessus des toits luisants de pluie. Oh, comme elle aurait aimé pouvoir le représenter sur le vif à coups de pinceau !

Il n'est pas trop tard, se dit-elle avec force. Si je le veux vraiment.

Elle avait appris que la vie pouvait basculer d'un coup, qu'il ne fallait pas se croire à l'abri, jamais. Après tout, que risquait-elle ? Timothée l'aiderait peut-être à concrétiser son rêve. Peut-être…

Elle monta à l'appartement, entreprit de préparer le pot-au-feu. Cependant, alors qu'elle s'activait, elle voyait toujours l'arc-en-ciel, se demandant quelles couleurs il valait mieux utiliser. Ne s'agissait-il pas d'un thème éculé ?

Songeuse, elle éplucha les légumes, mit sa cocotte à chauffer sur le fourneau.

Elle eut une pensée pour sa mère, qui n'avait jamais eu une vraie cuisine, seulement un petit coin sombre et enfumé.

Elle lui manquait, avec une acuité étonnante.

Ses pensées dérivèrent vers Timothée. Certes, ils tenaient l'un à l'autre, mais de quelle manière ? Il ne lui avait pas fait de grandes déclarations, se bornant à lui dire qu'elle était belle, et qu'il la désirait.

Au moins, les choses étaient claires entre eux, estimait-elle.

Comme elle ne voulait pas courir le risque de devenir fille-mère, elle avait demandé conseil à Coralie. Son amie, libérée six mois après elle, avait retrouvé du travail dans une maison close installée depuis le XVIIe siècle rue Brunel, dans le XVIIe arrondissement. Madame Arlette était plutôt sympathique, racontait-elle à Camille. Même si elle faisait l'effort de châtier son langage, certaines expressions imagées venaient pimenter son vocabulaire.

Elle lui avait conseillé de recourir au pessaire et lui en avait procuré un. Camille ne se sentait pas le moins du monde coupable. Après tout, si elle tombait enceinte, elle serait la seule à porter le poids de sa « faute », c'était la règle dans leur société. Les femmes pouvaient-elles vraiment gagner leur liberté ? Elle voulait croire à cette perspective, de toute son âme. Et elle savait que Timothée ne lui proposerait jamais de l'épouser.

Le fils d'un capitaine d'industrie se mariant avec un simple modèle au passé de communarde ? C'était tout bonnement impensable !

24

1876

Décidément, Monet recueillera toujours mes suffrages, pensa Camille, en arrêt devant *La Promenade.*

Ce ciel… Comment Monet parvenait-il à obtenir pareil résultat ?

Et son épouse, si douce, accompagnée de leur fils… La jeune femme les admirait, follement. Monet était un maître et l'une de ses dernières œuvres confirmait son opinion.

Il y avait Caillebotte, aussi, dont *Les Raboteurs de parquet* étaient saisissants de réalisme.

Et les ballerines de Degas. Sans oublier Berthe Morisot et ses œuvres délicates, comme effleurées par un pinceau évanescent.

Pourtant, le public, venu moins nombreux qu'en 74, dans les anciens ateliers de Nadar, ne semblait pas partager l'avis de Camille. Il soupirait, se détournait de certaines toiles, chuchotait. Cette deuxième exposition impressionniste, se tenant chez Durand-Ruel, dans trois salons du 11, rue Le Peletier, avait suscité une critique cruelle dans *Le Figaro*.

On vient d'ouvrir chez Durand-Ruel une exposition qu'on dit être de peinture... Cinq ou six aliénés, dont une femme, un groupe de malheureux atteints de la folie de l'ambition, s'y sont donné rendez-vous pour exposer leur œuvre.

Il y a des gens qui pouffent de rire devant ces choses. Moi, j'en ai le cœur serré. Ces soi-disant artistes s'intitulent les intransigeants, les impressionnistes : ils prennent des toiles, de la couleur et des brosses, jettent au hasard quelques tons et signent le tout[1].

Curieusement, les paysages de Sisley furent les seuls à faire l'unanimité.

Agacée, Camille se tourna vers son compagnon.

— Pourquoi font-ils preuve d'un tel manque de goût ?

— La nouveauté leur fait peur. Leur œil n'est pas habitué.

Timothée était toujours si raisonnable. Tout le contraire de Camille.

Elle chercha du regard Renoir, qui exposait plusieurs toiles, dont *Femme au piano* ; le rejoignit près des cimaises.

— Bravo ! lui dit-elle, sincère.

---

1. Critique d'Albert Wolff.

Il lui adressa un sourire étonnamment juvénile.

— Merci d'être venue, Camille.

Une ombre voila son regard tandis qu'il poursuivait :

— Je suis certain qu'à cet instant, nous pensons tous deux à la même personne.

Bazille, bien sûr… Il leur manquait toujours autant. Son sérieux, son enthousiasme, son talent, sa chaleureuse amitié…

Camille baissa les paupières en signe d'assentiment.

— Cette exposition marque peut-être un tournant, déclara-t-elle d'une voix douce. Il y a dix ans, l'ambiance entre nous était différente.

Renoir releva vivement la tête.

— À cause de Fouque ? s'enquit-il.

La jeune femme se récria.

— Non ! Antoine Fouque a toujours été à part. Je voulais plutôt dire que les marchands d'art, désormais, commencent à s'intéresser à vos œuvres.

— Certes, Durand-Ruel nous soutient mais combien d'autres nous considèrent toujours comme des barbouilleurs sans talent ?

Il paraissait las, et découragé, soudain.

D'un élan spontané, Camille posa la main sur son bras.

— Je vous en prie, gardez confiance. J'ai toujours cru en vous. Je sais, ajouta-t-elle, je ne suis qu'un modèle et n'ai pas fait d'études artistiques mais j'aime vos œuvres, comme celles de Monet et de Manet. Vous jouez avec la lumière.

Le visage de Renoir se rasséréna.

— Merci, Camille. Delahaut a bien de la chance.

Timothée se dirigeait précisément vers eux. Il salua avec courtoisie Renoir. Bien qu'il fût vêtu plutôt simplement ce jour-là, Camille se dit qu'il ne pouvait dissimuler son appartenance à la bourgeoisie. Barbe bien taillée, cheveux châtains impeccablement coiffés, col cassé, boutons de manchette ornés de lions, les armes de la biscuiterie Delahaut, pantalon à pli cassé tombant sur des chaussures cirées… parmi « ses » peintres, seul Manet pouvait rivaliser avec Timothée pour l'élégance.

Il entraîna Camille vers les toiles de Berthe Morisot.

— J'ai entendu plusieurs commentaires désagréables au sujet des femmes qui « osent peindre », lui confia-t-il. Ces gens sont d'un stupide !

Camille acquiesça.

— Cela tombe à pic : je rêve depuis longtemps de prendre des cours.

Elle avait brûlé ses vaisseaux, sans réfléchir. Timothée s'immobilisa, lui décocha un coup d'œil intrigué.

— Vous, Camille ? Vous ne m'en avez jamais parlé.

— Je n'osais pas.

De nouveau, il la regarda avec attention, comme s'il avait soupesé son éventuel talent.

Elle eut envie de rire. Malgré sa bienveillance, Timothée était de toute évidence sous le choc.

— C'est… assez surprenant, reprit-il avec effort.

— Cela vous contrarie ?

— Non, bien sûr. Seulement…

Il hésita, cherchant ses mots. Camille termina sa phrase pour lui.

— Seulement, une jeune femme comme Berthe Morisot a reçu un enseignement artistique et maîtrise tous les codes de la bonne société. Moi, je ne suis qu'une pauvre fille sans argent, sans relations.

— Ce n'est pas cela, voyons, protesta-t-il, toujours mal à l'aise.

Elle rit, pour masquer sa gêne.

— Faisons comme si je n'avais rien dit, trancha-t-elle. Regardez… Degas est en représentation. Il joue le vrai bougon, comme d'habitude.

Il ne l'aiderait pas, songea Camille avec une douloureuse certitude. Il ne croyait pas qu'elle possédât quelque talent.

Elle se raidit pour ne pas pleurer. N'était-ce pas idiot ? Poursuivre un tel rêve n'avait pas de sens. Elle offrit son plus beau sourire à Timothée.

— M'emmènerez-vous dîner en ville ?

— J'ai retenu à la Closerie des Lilas.

— Merveilleux !

Elle devait rester de bonne humeur. Après tout, elle était plus une femme entretenue qu'un modèle, désormais. Cette constatation lui donnait la nausée. Ce n'était pas ce dont elle avait rêvé. Assurément non.

*

Jonathan Desmond suivit d'un regard admiratif la belle allure de Camille. Elle portait une robe d'un bleu vif qui mettait particulièrement en valeur sa silhouette. La pauvre chose qu'il avait sauvée à Satory cinq années auparavant était bien loin. Les cheveux torsadés sous un cabriolet de velours assorti à sa toilette, la jeune femme avançait avec aisance dans la galerie. On chuchotait sur son passage. Desmond se rapprocha d'elle, effleura son bras. Elle tressaillit.

— Camille… comment allez-vous ?

Elle sourit franchement en le reconnaissant.

— Oh, Jonathan… cela me fait plaisir de vous voir !

— Vous ne me rendez jamais visite.

Elle rougit.

— Pardonnez-moi. Je manque de temps en permanence.

— Vous allez bien, cependant ? insista-t-il.

— Oui, ne vous inquiétez pas. Timothée s'occupe de moi à la perfection.

Le regard de l'Américain s'attacha à la silhouette du peintre belge.

— Pourtant, c'est un artiste, lui aussi, glissa-t-il. Or, les artistes peuvent faire preuve d'un certain égoïsme.

— Vraiment ? ironisa-t-elle.

Elle était lasse, avait envie de baisser sa garde, de se confier. Non, elle n'était pas réellement heureuse, même si elle avait appris à « faire comme si ».

Elle n'avait rien oublié. Et elle n'avait toujours pas accepté, que ce soit la mort de Léon ou la perte de son enfant.

Leurs regards se croisèrent. À cet instant, elle sut qu'il devinait beaucoup de choses, et se troubla.

Il plissa les yeux.

— N'oubliez pas vos rêves, Camille.

Il se pencha, lui baisa la main et fit demi-tour.

Elle resta quelques instants immobile, incapable d'esquisser un mouvement.

Timothée la rejoignit. Il paraissait contrarié.

— Cette lumière chez Monet… souffla-t-il. Je pense que nous devrions nous rendre en Normandie.

Elle se crispa. La Normandie, pour elle, c'était Étretat, la désertion d'Antoine.

Mais tout cela appartenait au passé, se dit-elle fermement.

Elle offrit un visage serein à son amant.

— Quand partons-nous ?

Dans sa tête, elle entendait encore la recommandation de Desmond.

« N'oubliez pas vos rêves, Camille. »

25

1879

Chère Louise,

Vous me manquez toujours autant. Je pense si souvent à vous, en me demandant comment vous réagiriez en telle ou telle circonstance.

Tout d'abord, comment allez-vous ? Tant que vous pourrez enseigner aux petits Kanaks, je suis persuadée que vous déborderez d'énergie, comme toujours.

De mon côté, j'ai quelque peu changé de vie ! Après avoir accompagné Timothée à Dieppe, où il s'est plaint sans cesse de la lumière, trop grise à son goût, j'ai fini par reprendre ma liberté. Je n'étais pas heureuse, et je pense qu'il en allait de même pour lui. Nous avions glissé dans une sorte de relation tissée d'habitudes, dépourvue de passion. Le décès brutal de son père l'a rappelé à Bruxelles. Il m'écrit, je lui réponds, nous sommes restés amis. Parallèlement, j'ai effectué un grand pas en m'inscrivant aux cours de l'Académie Julian. C'est… fabuleux ! Et je me sens à ma place, enfin !

Donnez-moi vite de vos nouvelles.
Votre amie Camille.

Elle plia la lettre sans la relire, la mit dans une enveloppe qu'elle cacheta. Elle avait conscience d'avoir éludé certains points mais se voyait mal racontant à Louise que ses cours à l'Académie Julian étaient financés par la pension que Timothée lui versait. Elle avait protesté, naturellement, arguant de son désir d'indépendance, mais il n'avait rien voulu entendre. « Vous et moi, Camille, sommes bien éloignés de ces questions d'argent, lui avait-il assuré. J'ai la chance d'être à l'aise financièrement, je tiens à vous aider. En témoignage de mon amitié, et de ma tendresse. »

Il se serait vexé si elle avait maintenu son refus, elle le savait. Tout comme elle tenait à son amitié, que rien n'avait ternie.

Elle avait aussi tu à Louise sa rencontre avec Paul Sénéchal. Elle avait fait sa connaissance chez les Zola, qu'elle fréquentait toujours. Alexandrine et Émile l'invitaient régulièrement, et elle appréciait l'atmosphère chaleureuse qui caractérisait leur propriété en campagne, à Médan. Elle s'y rendait en train au départ de la gare Saint-Lazare, se plaisait à effectuer ensuite à pied les deux kilomètres séparant la gare de Villennes-sur-Seine de la maison de l'auteur de *L'Assommoir*.

Elle posait encore, à l'occasion, pour Manet le fidèle et aussi pour Renoir, bien qu'elle ne soit pas assez dodue pour lui.

« Mais votre peau, Camille, accroche si bien la lumière ! » lui répétait-il pour la convaincre.

Ce jour-là, chez les Zola, on refaisait le monde en bonne compagnie. Henry Céard, écrivain-poète, Léon Hennique, romancier, côtoyaient Paul Sénéchal, journaliste.

Celui-ci avait retenu sa main un peu plus longtemps que ne l'exigeaient les convenances, et elle avait senti ses joues s'empourprer.

« Camille Lenoir, lui avait-il dit. C'est vous, n'est-ce pas, qui avez écrit ce témoignage glaçant sur Satory ? Desmond me l'avait fait lire à l'époque. »

Elle avait rougi encore plus.

« Jonathan est reparti pour les États-Unis.

— En effet. Mais j'aimerais beaucoup que vous écriviez d'autres textes. Vous avez une plume, ce qui est rare.

— Pour une femme ? » l'avait-elle défié, en relevant la tête.

Il avait haussé les épaules.

« Ma chère, je ne participerai jamais à une quelconque guerre des sexes. J'ai pour règle de ne considérer que le talent. »

Elle avait incliné la tête.

« Voilà qui change agréablement de certains préjugés ! »

La fréquentation de Louise, leur correspondance avaient fait évoluer sa conception de la vie.

Elle était de plus en plus convaincue qu'être une femme ne devait pas être considéré comme un signe de faiblesse ou d'infériorité. Même si certains de ces messieurs pensaient le contraire !

Cependant, elle s'était interrogée à voix haute :

« Que pourrais-je bien écrire d'intéressant ?

— Je l'ignore encore, avait-il avoué avec une franchise déconcertante, mais, faites-moi confiance, je trouverai ! »

Ils avaient ri ensemble. Elle avait gardé la carte de visite qu'il avait glissée dans sa main.

Camille n'était pas certaine qu'ils se reverraient. Pourtant, cette rencontre lui avait fait du bien, lui prouvant qu'elle possédait peut-être un peu de talent.

Qu'aurait-elle pu confier de ces propos échangés à Louise sur cette île lointaine qu'elle avait un jour cherchée sur une carte ? D'autant que son amie n'avait pas les mêmes préoccupations qu'elle !

Elle avait donc choisi de se taire. Et avait ensuite appris le drame terrible qui avait frappé la famille Monet. La douce Camille, le modèle préféré comme l'épouse de Monet, était morte, à seulement trente-deux ans, d'un cancer de l'utérus, laissant deux petits garçons.

La jeune femme, qui se rappelait les moments où elle l'avait côtoyée, que ce soit dans l'atelier de Manet ou au café Guerbois, n'avait pu retenir ses larmes.

Quelle tragédie ! avait-elle pensé, sous le choc.

Des bruits insistants circulaient sur une liaison de Monet avec Alice Hoschedé, une grande bourgeoise qui s'était installée dans la maison louée par le peintre, à Vétheuil, avec ses six enfants.

Quoi qu'il en soit, Camille pleurait l'épouse de Monet et en tirait la conclusion qu'il convenait de vivre intensément le temps qui nous était donné.

Ce drame lui avait permis de se rapprocher de Paul Sénéchal, qui l'avait contactée peu après. Camille pourrait-elle écrire quelques lignes à propos de Frédéric Bazille ? Elle avait accepté.

L'écriture, en quelque sorte, constituait le pendant de la peinture. Les mots, les phrases remplaçaient les couleurs mais elle prenait le même plaisir à les assembler.

Son article consacré à Bazille avait plu. Paul Sénéchal l'avait invitée au Grand Café, boulevard des Capucines, pour fêter ce succès.

Camille avait longuement hésité, se demandant quelle toilette choisir. Pour finalement se dire en riant qu'elle n'avait pas beaucoup d'options ! Elle avait donc mis une robe noire soutachée de grenat et le mantelet assorti, s'était coiffée d'un chapeau à voilette.

Face au miroir, elle s'était trouvée un brin mystérieuse, ce qui n'était pas pour lui déplaire.

Ses yeux brillaient. Qu'attendait-elle de ce rendez-vous ? Elle ne le savait pas.

Elle ne se posa plus de questions lorsqu'elle croisa le regard sombre de Paul Sénéchal.

Âgé d'une quarantaine d'années, il avait un visage émacié qui contrastait avec une bouche généreuse, des cheveux noirs teintés de mèches grises, rejetés en arrière.

Un physique intéressant, aurait estimé Coralie.

Les deux jeunes femmes se revoyaient régulièrement. Coralie ne travaillait plus en maison, elle n'avait pu supporter d'aliéner à nouveau sa liberté. Elle avait un protecteur, un quinquagénaire employé au Quai d'Orsay. Celui-ci lui louait un coquet appartement situé boulevard de Bonne-Nouvelle et lui versait une rente mensuelle. Coralie s'était policée, même si elle conservait son caractère gouailleur.

« Je suis une femme rangée, à présent ! » s'amusait-elle.

Il régnait au Grand Café une atmosphère chaleureuse, accentuée par la simplicité des mets. Paul et Camille évoquèrent la déportation de Louise Michel, tout comme celle d'Henri Rochefort. Le polémiste était parvenu à s'évader du bagne de Nouméa en 1874 en compagnie de cinq camarades, avait acheté la complicité du commandant d'un navire australien et, au terme de péripéties complexes, s'était réfugié à Genève.

— Dès que Louise Michel reviendra à Paris, j'espère que vous nous donnerez le récit de sa détention, suggéra Paul Sénéchal.

Camille sourit.

— À condition qu'elle soit d'accord. Au vu de ses lettres, elle n'a rien perdu de sa combativité. D'ailleurs, elle-même écrit fort bien. Elle échange toujours du courrier avec monsieur Hugo, qui apprécie ses poèmes.

Il y eut un silence.

— Un vrai personnage de fiction, reprit Paul Sénéchal. Je regrette, croyez-moi, de ne pas l'avoir rencontrée avant la guerre.

— Ce n'est que partie remise…

Elle s'interrompit.

— Oh, je ne voulais pas vous infliger ce genre de lieu commun ! Je suis sûre que vous estimerez Louise. Même si, parfois, elle peut se montrer un peu… rugueuse.

Louise ne changerait jamais, c'était sa seule certitude.

Le journaliste acquiesça.

— Nous sommes en 1879. Il est grand temps de donner aux femmes la place qu'elles méritent.

— Vous êtes progressiste, monsieur Sénéchal !

Il posa la main sur le poignet de la jeune femme.

— Peut-être. Je suis aussi un fervent partisan de l'égalité entre les femmes et les hommes.

— C'est assez rare pour être souligné.

Sans raison apparente, il ajouta : « Je vous le prouverai », et elle se troubla.

Cet homme-là n'était pas comme les autres.

26

1880

Une foule nombreuse se pressait sur le quai de la gare Saint-Lazare en ce 9 novembre. Camille tapait du pied de temps à autre. Elle s'était faite élégante pour célébrer l'événement et grelottait.

Ça t'apprendra ! se dit-elle, moqueuse.

Paul avait tenu à l'accompagner.

« Auriez-vous peur, par hasard, que je ne vous la présente pas ? » avait-elle ironisé.

En guise de réponse, il l'avait attirée contre lui et avait pris ses lèvres.

Une sorte d'alchimie, faite d'amour profond, de désir et de tendresse, les unissait.

Ils s'étaient aimés quelques semaines seulement après leur première rencontre, et cela avait été comme une évidence.

Paul était un amant attentif à la montée du plaisir chez Camille. Dans ses bras, elle avait appris ce qu'était le véritable abandon, comme le bonheur de passer une nuit entière corps mêlés, peau contre peau. Avec lui, elle n'était pas dans la séduction, se contentant d'être elle-même. Paul l'aimait, et elle aimait Paul.

Elle voyait beaucoup moins la bande du Guerbois, même si Alexandrine et elle se donnaient encore rendez-vous de temps à autre.

« Ses » peintres poursuivaient leur route, chacun à sa façon.

Manet, installé rue d'Amsterdam, venait de terminer *Le Jardin de Bellevue*, une réjouissante symphonie de verts. Monet, pas encore remis du décès brutal de son épouse, travaillait sur *Le Givre* qui restait dans la gamme chromatique du *Portrait de Camille sur son lit de mort*. Ce tableau, que fort peu de personnes avaient entrevu, était désormais caché aux yeux du monde.

Camille suivait toujours des cours à l'Académie Julian dans un immeuble du passage des Panoramas. Elle y côtoyait des jeunes femmes étrangères, américaines pour la plupart.

Dans l'appartement qu'elle partageait avec Paul, situé rue des Abbesses, elle s'était aménagé une pièce pour travailler. Bénéficiant d'une exposition au nord, son atelier – un bien grand mot ! se disait-elle en riant – se constituait d'une table recouverte d'une nappe, d'un chevalet et de tout un assortiment de palettes, de pinceaux et de couleurs. Elle s'installait là le plus souvent possible, oubliant tout ce qui n'était pas son tableau en cours.

Pour la première fois de sa vie, Camille avait la certitude de se trouver à sa place. Paul et elle se respectaient assez pour sauvegarder chacun l'indépendance de l'autre. Le soir venu, lorsqu'ils étaient tous deux installés au salon, il lui racontait sa journée, lui donnait à lire ses derniers articles tandis qu'elle lui expliquait ce qu'elle cherchait à exprimer sur la toile. Habitué à fréquenter les galeries comme les expositions, Paul avait un regard incisif. Camille, cependant, ne lui montrait ses tableaux qu'une fois terminés. Elle doutait encore tant d'elle-même !

Paul pressa l'épaule de sa compagne.

— Pas trop impatiente ?

Elle secoua la tête. Louise était attendue d'un instant à l'autre, en provenance de Dieppe.

— Je ne parviens pas à me rendre compte, soufflat-elle. Nous ne nous sommes pas vues depuis plus de huit ans.

— Une parenthèse dans une amitié, glissa le journaliste.

Elle le remercia d'un sourire ému. Il comprenait si bien ce qu'elle pouvait éprouver que c'en devenait presque troublant.

Lui-même était très attaché à un petit cercle d'amis, d'anciens condisciples du lycée ainsi que deux collègues du journal.

À leur côté, on s'agita.

— Le train entre en gare ! s'écria leur voisin, un grand gaillard.

Camille saisit la main de Paul, la serra.

Quelques minutes plus tard, Louise, la Vierge rouge, comme certains la nommaient encore, apparaissait à la portière du train.

Camille, soulagée, vit qu'elle n'avait pas réellement changé. Toujours vêtue de sombre, toujours aussi maigre, le visage long, émacié, les yeux vifs et enfoncés.

Un lent sourire éclaira son visage lorsqu'elle reconnut ses amies, fidèles au rendez-vous.

Coralie, présente elle aussi dans ses plus beaux atours, se tenait au côté de Camille. Toutes deux, comme des centaines d'autres personnes parmi lesquelles Rochefort, Clemenceau et Louis Blanc, s'écrièrent : « Vive Louise Michel, vive la Commune, à bas les assassins ! », alors que leur amie descendait du train.

Elles s'étreignirent, et Camille eut à nouveau la certitude que Louise était la plus forte d'entre elles. Comme à Satory. Comme à l'abbaye d'Auberive. Et, bizarrement, elle se sentit rassérénée.

*

— S'ils croient me museler, ils se trompent ! s'écria Louise d'un ton résolu.

Elle était rentrée en France depuis une semaine à peine et, déjà, fourmillait de projets. Sa fidèle Marie Ferré, la sœur de Théophile, l'accompagnait et la soutenait. Camille venait la voir, lui apportait des journaux, la tenait informée de ce qui s'était passé en France durant sa déportation à Nouméa. Elle admirait toujours Louise, même si elle prenait conscience du fait que leurs chemins s'étaient éloignés. Camille n'abandonnerait jamais l'idéal de la Commune mais menait désormais une existence différente de celle d'avant la guerre.

Elle vivait un bonheur paisible aux côtés de Paul. Quoique… paisible ne soit pas le mot juste. Plutôt le bonheur, tout simplement. Grâce à lui, elle s'intéressait aux écrits de Guy de Maupassant et de Flaubert.

Elle ne se considérait pas comme une jeune femme entretenue mais sa compagne à part entière. Ils partageaient tout. Même s'ils sortaient assez souvent et recevaient leurs amis, ils se suffisaient à eux-mêmes.

Depuis la mort de Placide, d'une crise cardiaque, trois ans auparavant, qui avait bouleversé Camille, elle n'avait plus de famille. Paul n'évoquait jamais les siens. Il avait éludé, le jour où elle avait osé lui poser la question.

« Nous sommes trop différents », avait-il répondu, avant de passer ostensiblement à un autre sujet.

Camille n'avait pas insisté. Après tout, n'étaient-ils pas heureux tous les deux ? Certes, ils n'avaient pas d'enfants. Elle y songeait, de plus en plus souvent, pour se raidir au souvenir de sa fausse couche. L'infection grave dont elle avait failli mourir l'empêchait-elle de porter à nouveau la vie ? Elle n'en parlait pas à Paul. L'un et l'autre s'aimaient tout en respectant chacun le passé de l'autre.

Louise et Coralie savaient, ainsi que Jonathan Desmond. Mais le journaliste américain était retourné dans son pays. Il lui écrivait toujours, de loin en loin. Il avait épousé Eliza, une jeune fille de Boston, et se consacrait désormais à l'écriture de romans. Elle n'imaginait pas qu'ils puissent se revoir un jour.

Chaque mois, elle espérait... pour déchanter dès l'arrivée de ses règles. Était-ce le prix à payer, s'inquiétait-elle parfois, pour ce bonheur avec Paul qu'elle savourait ? Elle ne savait même pas si Paul désirait un enfant d'elle ! N'était-ce pas curieux qu'ils n'aient jamais abordé ce sujet alors qu'ils étaient si proches ?

Là encore, Camille refusait de trop se poser de questions.

Depuis la trahison d'Antoine et les tragédies de l'année 1871, elle avait conscience de la précarité de l'existence.

Tout pouvait basculer si vite...

Elle refusait de provoquer le destin.

27

1881

Il y avait à peine une demi-heure que Camille se tenait dans le salon des Charpentier, et, déjà, elle comprenait qu'elle avait eu tort de s'inquiéter à cette perspective. Il y régnait en effet une atmosphère chaleureuse. Alexandrine Zola le lui confirma quelques minutes plus tard.

— Marguerite et Georges Charpentier sont des hôtes merveilleux, certainement parce qu'ils aiment vraiment les arts et ne font pas semblant. Imagine les risques pris par Georges en choisissant d'éditer *L'Assommoir*.

Renoir, le cher Renoir, était là lui aussi, et Camille glissait souvent un coup d'œil admiratif au portrait *Madame Charpentier et ses enfants* trônant dans le salon.

— Nous en avons fait du chemin, vous et moi, depuis le Guerbois, lui confia-t-il, amusé.

Il était devenu le peintre privé des Charpentier, réalisant d'eux et de leurs enfants de nombreux portraits.

Il n'avait guère changé, toujours affable, et, pourtant, il était différent.

— J'ai rencontré une jeune fille, lui raconta-t-il. Vingt et un ans à peine, un petit visage chiffonné, un nez retroussé juste comme il faut, des cheveux mousseux… Elle s'appelle Aline.

— Quand nous la présenterez-vous ?

— Doucement, ma petite Camille ! Je veux prendre mon temps, être sûr de ne pas me tromper. Et puis… il y a cette différence d'âge…

Lui, avait déjà quarante ans.

Malgré le succès rencontré – grâce aux Charpentier, il vendait de nombreux tableaux –, Renoir demeurait le peintre vêtu de velours sombre, ancien apprenti dans un atelier de porcelaine, l'ami de Bazille et de Monet. Camille éprouvait pour lui de l'amitié et de la tendresse.

— Avez-vous revu Fouque ? lui demanda-t-il tout à trac. Il paraît qu'il expose au Salon cette année.

Le Salon des Artistes, ainsi nommé depuis l'an passé, focalisait toujours attentes et déceptions.

Camille leva un sourcil.

— Je ne l'ai pas vu depuis des années et, sincèrement, il ne me manque pas !

Renoir lui adressa un coup d'œil amusé.

— Il n'a jamais été pour vous. C'est un opportuniste qui peint suivant le goût du moment. Il ne faut pas avoir de regrets, Camille.

— Je n'en ai pas, assura-t-elle fermement.

Seul Paul comptait.

Il la rejoignit alors qu'Alexandrine venait de l'attirer vers la fenêtre, près d'un palmier en pot.

— On conspire, mesdames ? Camille, j'aimerais vous présenter monsieur Alphonse Daudet, dont nous avons aimé tous les deux *L'Arlésienne*.

Tout Paris avait entendu parler de l'écrivain auteur de pièces de théâtre mais Camille ne l'avait jamais rencontré. Il avait des yeux et des cheveux mi-longs très sombres, et aurait été particulièrement séduisant sans l'expression de douleur qui déformait parfois son visage. Il semblait aussi avoir des difficultés à se déplacer.

— Votre pièce nous a bouleversés, monsieur Daudet, assura-t-elle. Grâce à vous, j'ai très envie de me rendre en Provence.

Il lui sourit avec une grande douceur.

— Je serais ravi que vous tombiez sous le charme de ma Provence. Il faudra vous rendre du côté de Saint-Rémy et de Maillane, chez mon ami Mistral.

Elle rêvait. Là-bas, elle s'imaginait déjà choisissant de nouvelles couleurs pour chasser tout le gris qui brouillait le ciel parisien.

Elle se tourna vers Paul, comme pour quêter son approbation.

Il soupira.

— J'ai peur d'être un Parisien irréductible. Mais je ne suis pas opposé à la perspective d'aller passer quelques jours dans votre Provence.

Camille aurait aimé questionner Daudet à propos des *Contes du lundi*, dans lesquels il traitait de la Commune.

Elle n'osa pas. Elle n'avait pas l'intention de provoquer un scandale chez les Charpentier, car elle ignorait quelle serait la réaction de l'écrivain. D'ailleurs, son épouse, Julia, une grande et belle brune aux yeux noirs, venait de le rejoindre. Elle salua Paul et Camille d'une légère inclinaison de tête et prit le bras de son mari.

— Georges vous réclame, mon cher.

Ils s'éloignèrent. Camille remarqua que Paul suivait le couple d'un regard dubitatif.

— Que se passe-t-il ? s'enquit-elle.

Il secoua la tête comme pour chasser une pensée importune.

— Je songeais à cette phrase prononcée par Daudet : « Il n'est pas une page qu'elle n'ait revue ou retouchée. » Quelle est la part de Julia dans son œuvre ? C'est une femme brillante, poétesse, journaliste. De plus, on a murmuré que Paul Arène, un Provençal né à Sisteron, avait été le « nègre » de Daudet, notamment pour *Les Lettres de mon moulin*.

Camille écarquilla les yeux.

— Comment serait-ce possible ? C'est… choquant, non ?

Paul ne chercha pas à réprimer un sourire.

— Vous êtes encore candide, ma chérie. Souvenez-vous… Le grand Alexandre Dumas lui-même a eu recours à un « nègre », Auguste Maquet.

— Dans ce cas, il me semble que je ne pourrais pas soutenir le regard de mes lecteurs. Certains auteurs ou soi-disant tels n'ont donc pas ce genre de scrupules ?

Paul l'enveloppa d'un regard attendri.

— C'est bien pour cette raison que je vous aime, Camille.

Elle sentit ses joues s'empourprer et choisit de le provoquer.

— Vraiment ? Seulement pour cette raison ?

Il l'entraîna vers un recoin.

— Cessez de me regarder ainsi ou je ne réponds plus de moi !

Toujours souriante, elle se lova contre lui, s'amusant à accentuer son trouble. La main posée sur sa hanche, il lui décrivit par le menu la façon dont il la caresserait et lui ferait l'amour une fois rentrés chez eux.

Elle haletait légèrement, tout en s'efforçant de demeurer imperturbable.

— Je vous aime, lui souffla Paul à l'oreille.

À cet instant, elle eut la confirmation de ce qu'elle savait déjà : il n'y aurait pas d'autre homme que lui.

Jamais.

28

1883

Un soleil insolent faisait chanter les couleurs en ce début mai. Ils étaient nombreux, rassemblés dans les allées du cimetière de Passy, serrés frileusement les uns contre les autres malgré la tiédeur ambiante.

Il me manque déjà, pensa Camille.

Il l'avait toujours aidée, alors qu'elle était un jeune modèle sans expérience. À son retour de l'abbaye d'Auberive, il avait été l'un des seuls à lui donner sa chance, malgré l'étiquette « communarde » qu'elle portait, tête haut levée, défiant quiconque de l'incriminer. Manet était ainsi fait, un seigneur, et tous ses amis étaient venus soutenir Suzanne, son épouse hollandaise. Suzanne, merveilleuse pianiste, qui était allée jouer du Wagner chez Baudelaire afin d'adoucir les derniers moments du poète.

Camille songeait à tout cela, alors qu'elle saluait Berthe Morisot, non, Berthe Manet désormais, et son époux Eugène, Alfred Stevens, Monet et Zola.

Depuis des semaines, les fidèles comme Carolus-Duran, bien qu'il soit le peintre mondain par excellence, s'efforçaient de faire oublier à Manet le délabrement de sa santé. Atteint depuis ses dix-huit ans d'une méchante syphilis contractée à Rio de Janeiro, il avait vu son état se dégrader au fil des ans. Souffrant d'ataxie locomotrice, une perte de l'équilibre et de la coordination, il se déplaçait de plus en plus difficilement. La gangrène s'en était mêlée et, fin avril, il avait dû subir l'amputation de son pied gauche et d'une partie de sa jambe, au-dessous du genou. Amputation qui ne soulagea pas ses douleurs effroyables. Malgré tout, il continuait de recevoir des intimes comme Berthe, sa belle-sœur, Monet ou Mallarmé.

Camille, n'osant aller le déranger chez lui, rue de Saint-Pétersbourg, lui avait écrit une lettre chaleureuse à laquelle il avait répondu par le dessin d'un bouquet de lilas.

Ces lilas blancs, qui embaumaient Montmartre en mai, auxquels il était aussi attaché qu'elle. Elle gardait précieusement le dessin dans son atelier, comme un talisman.

Elle accentua la pression de sa main sur le bras de Paul. Monet peinait à contenir son émotion. Tout comme Camille, à cet instant, il devait songer à leur cher Bazille.

Zola était venu, ainsi que les peintres Cézanne et Pissarro, et aussi Antonin Proust, l'un des meilleurs amis de Manet, devenu éphémère ministre des Beaux-Arts en 1882.

De nouveau paralysée par la crainte de ne pas être à sa place, Camille n'osa pas se rapprocher de la famille Manet.

Berthe, blême sous ses voiles noirs, paraissait prête à s'effondrer. Léon soutenait Suzanne Manet. Ils étaient quelques-uns à connaître le secret de sa naissance : Léon était le fils de Suzanne et de Manet, né alors que ce dernier avait à peine vingt ans. Afin d'éviter le scandale – mettre enceinte, en dehors des liens du mariage, la jeune professeure de piano de ses fils aurait été fort mal vu par le sévère monsieur Manet père ! –, on avait donc prétendu que Léon était le jeune frère de Suzanne. Comme il le lui avait promis, Manet avait épousé sa maîtresse après la mort de son père.

L'anecdote avait beaucoup ému Camille. Bien qu'il ait collectionné les maîtresses, la dernière en date étant la belle Méry Laurent, Manet était toujours, à sa façon, resté fidèle à Suzanne. Chaque soir, il rentrait au foyer familial où il retrouvait son épouse et leur fils. Un mode de vie bourgeois pour ce mondain souvent taxé de frivolité.

Elle essuya une larme. Plus rien ne serait pareil, désormais. Conscient de son émotion, Paul l'entraîna vers la sortie du cimetière. Camille ne parvint plus à retenir ses larmes.

— Dire que Renoir n'a pas pu venir… ils étaient restés très proches.

— Il a mené la vie qu'il désirait, tenta de la réconforter Paul.

— Mais il avait à peine cinquante et un ans ! Sa mère l'a enterré... Quelle horreur !

Paul la serra contre lui.

— Ma Camille... si entière, et si sensible.

Il lui tendit un grand mouchoir blanc. Elle s'essuya les yeux.

— Je crois que c'est cela que j'aime chez vous, Paul : vous avez toujours un mouchoir pour moi !

Elle sourit malgré ses larmes, reprit :

— Pardonnez-moi mais il me semble parfois que ceux qui comptent pour moi disparaissent les uns après les autres.

Au lieu de protester, ce qu'elle n'aurait pas supporté, il se contenta de glisser :

— C'est une impression que je connais bien, moi aussi. Et, quoi qu'on dise, je ne suis jamais parvenu à me résigner.

Elle fit soudain remarquer :

— Pour qui vais-je poser, désormais ? Je me disais toujours qu'en cas de besoin, Manet serait toujours là pour moi. Je savais pouvoir compter sur lui.

D'un geste vif, il lui releva le menton.

— Tu peux compter sur moi, Camille. Toujours. Parce que je t'aime. À jamais.

Elle plongea le regard dans ses yeux gris.

— Il faudra me le répéter souvent, Paul. Très souvent.

Pouvait-elle vraiment croire au bonheur ?

Ce jour-là, alors qu'elle pleurait Manet, elle décida de faire confiance à Paul et au destin.

29

1886

« Nous avons les mêmes droits que ces messieurs qui nous dominent depuis des siècles. La question des femmes est, surtout à l'heure actuelle, inséparable de la question de l'humanité. Les femmes sont le bétail humain qu'on écrase et qu'on vend. Notre place dans l'humanité ne doit pas être mendiée, mais prise[1]. »

— Qu'en pensez-vous ? s'enquit Louise lorsque Camille lui eut rendu son écrit.

La jeune femme marqua une hésitation avant de répondre.

— Je suis tout à fait d'accord sur le principe, Louise, même si je crains que les mentalités ne soient pas encore prêtes à l'accepter.

— À nous de leur ouvrir les yeux ! répliqua Louise Michel avec sa fougue habituelle.

1. Compilation de citations de Louise Michel.

Malgré l'âge – elle avait cinquante-six ans – elle bataillait toujours contre les injustices, quelles qu'elles soient.

Elle était retournée plusieurs fois en prison, la dernière fois en 1883, à la Maison centrale de détention pour femmes criminelles à Clermont-sur-Oise, avant d'être transférée à sa demande à Paris fin 1884, pour se rapprocher de sa mère gravement malade.

Elle était toujours soutenue par Georges Clemenceau, qui n'avait pas pour habitude d'abandonner ses amis.

— Vous ne vous sentez plus vraiment concernée, on dirait, reprit Louise.

Camille rougit sous le reproche sous-entendu.

— Non, ce n'est pas cela. Tout comme vous, je m'élève contre l'inégalité entre les sexes qui nous empêche d'être indépendantes. Regardez : une femme peintre comme Berthe Morisot a dû se battre durant des années avant d'être reconnue comme une véritable artiste.

— La peinture vous passionne plus que le journalisme.

— Disons plutôt que c'est différent, admit la jeune femme. J'ai toujours rêvé de peindre, même si j'aime aussi dénoncer des injustices.

— Pour ma part, je ne sais qu'écrire.

— Et éduquer, ce qui est primordial.

Camille resta silencieuse quelques instants. Louise n'avait pas tort sur ce point : elle consacrait de plus en plus de temps à peindre. Elle était souvent motivée par l'urgence, comme si elle avait ressenti le besoin de lutter contre le temps. Paul l'encourageait, ainsi que Victorine Meurent, qui peignait aussi désormais.

Camille avait réalisé plusieurs toiles représentant des femmes dans leurs activités familières. Une repasseuse, une mère de famille en train de cuisiner, une amazone au bois de Boulogne, une « diseuse » dans un cabaret montmartrois… Camille ne peignait que des femmes. Elle croquait sur le vif avant de se lancer face à la toile blanche.

Elle traversait de grands moments de doute, puis travaillait avec fièvre, possédée par le désir d'exprimer ce qu'elle ressentait. C'était pour elle une forme d'exutoire, sa façon d'exister.

Elle s'était confiée un jour à Paul.

« Je suis née de père inconnu, une "traîne-misère" comme on m'a appelée au temps de la Commune, mais je n'ai rien à me reprocher. La peinture, pour moi, c'est comme une revanche que je prendrais sur l'existence. »

Ce jour-là, elle lui avait aussi raconté, pour Antoine et pour l'enfant.

Elle n'oublierait jamais la tendresse avec laquelle il avait caressé son visage et ses cheveux.

« Tu es mienne, mon amour. Pour toujours. Il faut laisser le passé derrière nous. »

Lentement, elle s'efforçait de l'exorciser. Même si, chaque mois, elle souffrait de ne pas avoir d'espérances, comme disait pudiquement Louise. À croire que tout avait été détruit à Satory…

Elle en était venue à détourner la tête lorsqu'elle croisait le chemin d'une mère portant fièrement son enfant ou d'une nurse poussant le landau à hautes roues de son protégé dans les allées du parc des Buttes-Chaumont.

Peut-être n'était-elle pas destinée à devenir mère ? Cette idée la désespérait.

Aussi, elle peignait. De plus en plus sur le motif. Reconnaissant d'un article que Paul lui avait consacré, Monet les avait tous deux invités chez lui, à Giverny. Le voyage en train avait constitué une véritable expédition pour Camille. Irréductible citadine, elle s'était émerveillée de toute la gamme de verts offerts par la campagne normande et s'était mise à dessiner avec fébrilité.

Paul et elle logeaient dans une auberge proche de Vernon, un endroit délicieux en bordure de Seine.

Monet les avait reçus avec affabilité, tenant à leur faire admirer ses dernières œuvres, *Un champ de tulipes en Hollande, Une meule de foin à Giverny*… La maison où il avait choisi de s'installer, d'un délicat ton rosé, ourlée de volets verts, ouvrait sur un ravissant jardin qu'il entretenait lui-même, aidé par les enfants.

« Un endroit idéal pour peindre », avait commenté Camille.

Incorrigible, Monet s'était encore plaint. De ne pas être reconnu à sa juste valeur, de manquer toujours d'argent… et ce malgré la vente de douze tableaux, lors de la dernière Exposition internationale.

« Il faut dire, commenta Paul après qu'ils se furent éclipsés, qu'avec huit enfants à entretenir, il n'a pas choisi la facilité ! »

Outre ses deux fils, Monet avait en effet pris en charge les six enfants d'Alice Hoschedé, qui vivaient avec lui.

Tout au long de la journée passée à Giverny, Camille chercha l'ombre de la muse décédée, représentée si souvent. On chuchotait qu'Alice Hoschedé avait contraint Monet à détruire toute correspondance, toute photographie de sa première épouse, et Camille songeait : Grâce à Dieu, il reste ses portraits !

Dans ces conditions, cette visite lui avait laissé un goût doux-amer.

Heureusement, il y avait Paul, avec qui elle avait partagé la découverte de ce coin de Normandie.

« Peindre ici, quel bonheur ce doit être ! » lui avait-elle confié.

Elle se rappelait les discussions de la bande du Guerbois, entre les tenants du travail en atelier et les autres qui ne juraient que par l'extérieur. Monet avait été l'un d'eux. N'avait-il pas transformé une embarcation en « bateau-atelier » afin de peindre la Seine au plus près de l'eau ?

Monet et Camille avaient évoqué Manet, bien entendu. Il ne pouvait pas en être autrement tant le peintre de l'*Olympia* ou de *La Serre* les avait marqués.

Camille n'avait pas confié à Claude Monet que, chaque printemps, elle fleurissait la tombe de Manet d'un bouquet de lilas blanc, ses fleurs préférées.

C'était un secret qu'elle partageait avec son vieil ami.

30

1889

Coralie, mon amie, il faut croire que je devais quitter Paris pour réaliser enfin mon rêve le plus cher. D'après le bon docteur Messager (c'est Paul qui l'appelle ainsi), notre bébé devrait naître au printemps prochain. Le crois-tu ? Paul est fou de joie. Quant à moi… je flotte, je plane ! Jusqu'au moment où je prends conscience de mon âge. Trente-neuf ans ! Mais je ne veux pas laisser passer ma chance de devenir mère. Cet enfant, nous l'avons tant désiré, Paul et moi. Je vois d'ici ton sourire légèrement ironique. Que d'histoires pour un enfant ! Mais, vois-tu, c'est capital pour nous. L'aboutissement de notre couple, alors que nous avons toujours refusé de passer devant le maire. Rebelle aux traditions, aux bons principes… je suis restée une communarde dans l'âme, et Paul ne vaut guère mieux. C'est ainsi que nous nous aimons.

Quand passes-tu à la Chaumière ? C'est une petite maison en bordure de l'Epte, avec un jardin débordant de roses et d'iris. Paul la loue une misère grâce à l'entremise de Monet. Je m'y sens bien et je profite d'une lumière fabuleuse pour peindre. Le ciel est typiquement normand… tantôt gris, tantôt presque blanc, rarement très bleu mais cela me convient fort bien. J'aime les dégradés, les demi-teintes.

J'ai commencé le portrait de la fillette de nos voisins. Une adorable blondinette avec des cheveux lui descendant jusqu'au bas des reins. Elle aime poser, une chance ! et me raconte l'histoire du village.

J'aimerais bien te voir, ma Coralie.

Je t'embrasse fort.

Viendrait-elle enfin ? se demanda Camille en cachetant sa lettre. Coralie, son solide bon sens, ses fous rires, lui manquaient. Les mois passés en captivité avaient scellé entre elles deux une amitié à toute épreuve. Devenue « respectable », comme elle disait en riant, Coralie s'habillait désormais en « bourgeoise », usait d'un langage châtié et lisait *Le Figaro*, parce que Roger Sorel, son protecteur, y était abonné.

Cela la faisait rire. « Moi, une ancienne de Satory ! Si Louise savait ça ! »

Louise Michel demeurait leur référence, leur modèle. Même si, par la force des choses, elles se voyaient beaucoup moins, elles n'auraient jamais eu l'idée de ne plus lui écrire. À cinquante-neuf ans, Louise menait une vie trépidante.

Elle défendait toujours les plus démunis, était régulièrement condamnée à des peines de prison pour avoir brandi un drapeau noir, ou bien pour avoir prononcé un discours en faveur des mineurs de Decazeville. Ceux-ci, en effet, avaient entamé une longue grève en janvier 1886 pour protester contre une baisse de leurs salaires. Les mineurs s'en étaient pris au sous-directeur de la mine, l'ingénieur Jules Watrin, et l'avaient défenestré. Il était mort des suites de ses blessures.

Camille sortit, marcha jusqu'au village où elle posta sa lettre.

Tout lui plaisait, dans ce coin de Normandie. Si, par discrétion, elle allait rarement visiter Monet, elle admirait son jardin, qui constituait pour lui une source permanente d'inspiration. Elle appréciait les filles de sa compagne, Suzanne et Blanche Hoschedé en particulier, mais demeurait sur la réserve en présence de leur mère. Rien n'y faisait, elle ne supportait pas l'idée que celle-ci ait remplacé Camille.

Cette proximité n'entamait pas, bien au contraire, son plaisir de vivre à la Chaumière.

D'autant que, grâce à Monet et aux recommandations de Desmond, avec qui elle était restée en contact épistolaire, elle avait rencontré des peintres américains, venus à Giverny par admiration pour Monet et pour l'impressionnisme, qui commençait à connaître le succès aux États-Unis.

Paul Durand-Ruel, le marchand d'art qui avait acheté en masse des peintures de Monet, Renoir, Manet et Degas dès 1872, avait eu l'audace de s'embarquer en 1886 pour New York avec trois cent dix tableaux impressionnistes. La peintre Mary

Cassatt, introduite auprès de la haute société américaine, avait contribué à le faire connaître et, en acquérant quarante œuvres, l'entrepreneur Havemeyer avait lancé la mode. Désormais, les grandes familles de la côte Est voulaient acheter leur tableau impressionniste !

Camille s'était ainsi liée avec un jeune Américain, Lewis Sutton, rencontré chez madame Baudy, et avait pris plaisir à lui raconter l'origine du mot « impressionnisme ».

« Figurez-vous, lui avait-elle expliqué, que tout est venu d'une moquerie. C'est un critique d'art, Louis Leroy, qui a raillé dans *Le Charivari* le tableau *Impression, soleil levant* de Monet, le jugeant moins travaillé qu'un papier peint. Dans le but de ridiculiser Monet et ses amis, il les a nommés impressionnistes. Ce mot a fini par désigner le courant. »

« Les Américains », comme on les appelait, étaient sympathiques et chaleureux.

Camille et Paul les recevaient en fin de semaine à la Chaumière. L'un d'eux, un certain Will, jouait des airs entraînants sur le piano droit. Cet instrument avait été loué avec la maison, ce qui n'était pas pour déplaire à Camille. Cela évoquait pour elle l'atmosphère de l'atelier de Manet.

Elle n'avait pas oublié son premier mentor. Elle parlait souvent de lui aux Américains, même s'il n'était pas considéré comme un impressionniste.

Camille s'épanouissait dans cette atmosphère qui lui rappelait celle de la bande du Guerbois.

Cependant, les années avaient passé et, l'expérience aidant, elle avait pris confiance en elle. L'amour de Paul avait fait d'elle une femme comblée.

Jusqu'au jour où elle rencontra Edmée Sénéchal.

★

Paul avait toujours éludé les questions de Camille portant sur sa famille.

« Nous sommes très différents, eux et moi », avait-il prévenu au début de leur relation.

Pourtant, quand Camille lui avait fait part de sa grossesse tant attendue, il avait décidé d'emmener la jeune femme dans l'appartement des Sénéchal, situé rue Saint-André-des-Arts.

Elle avait dû insister pour qu'il lui dresse une sorte d'arbre généalogique de sa famille. À l'origine, son arrière-grand-père, Patrice, maître de forges. Son grand-père, Charles, avait investi dans l'immobilier, acquérant plusieurs logements dans l'Ouest parisien. Son père avait fait fructifier la fortune familiale sans tenir compte des idées nouvelles en matière de répartition des richesses, ce qui avait provoqué une rupture avec Paul. Censé succéder à Fabrice Sénéchal, Paul avait quitté sa famille à vingt et un ans pour ne plus revenir. Seul son oncle maternel, un vieil original passionné d'égyptologie, l'avait soutenu. Son père avait fait savoir à Paul, par l'intermédiaire de son notaire, qu'il ne voulait plus entendre parler de lui et le considérait comme mort.

« Rien de tel pour vous forger le caractère ! » avait-il lancé en riant à Camille.

Cependant, elle le connaissait assez pour percevoir la blessure sous l'ironie.

« Chez les Sénéchal, avait-il ajouté, on se plie à la loi de la famille ou bien on n'existe plus. »

Dans ces conditions, Camille appréhendait cette fameuse rencontre, même si le père de Paul avait disparu, emporté par une crise cardiaque. Restaient sa petite sœur, Lucile, pensionnaire, et sa mère, Edmée, issue d'une famille de banquiers. Connue pour son fort caractère, « Madame mère » recevait chaque vendredi après-midi. « Une grande bourgeoise du genre de Valérie Cazeaux-Postel », conclut Camille en apprenant ce détail.

La muse d'Antoine Fouque avait perdu de son aura depuis que des rumeurs couraient à son sujet. On chuchotait que sa fille, Calixte, n'était pas de son époux.

Camille refusait de prêter quelque attention à ces racontars.

Fouque avait participé à plusieurs salons sans parvenir à susciter l'intérêt du public ni des marchands d'art.

« Cet artiste manque singulièrement d'âme », avait écrit un critique dans *L'Aurore*.

Bien vu, avait alors pensé Camille, avec plus de tristesse que d'esprit de revanche.

Le jour de leur visite chez « Madame mère », elle s'habilla avec un soin particulier. Robe en faille vert bronze, spencer noir soutaché de velours, petit chapeau de velours assorti, gants en chevreau ivoire, souliers vernis à talons noirs.

Sa grossesse se devinait à peine. Après tout, quelle importance ? se dit-elle. Les enfants naturels n'étaient-ils pas nombreux chez les artistes ? Leur amour leur suffisait.

Une domestique toute vêtue de noir avec un petit tablier blanc pour seule touche de couleur vint leur ouvrir et les gratifia d'une courbette avant de les introduire dans un salon encombré. Meubles Napoléon III en poirier noirci, sofas en velours rouge, tables volantes, plantes géantes et abondance de tapis constituaient un décor oppressant.

Edmée Sénéchal trônait en majesté sur un fauteuil à haut dossier. Elle tenait sur ses genoux un petit chien blanc qui grogna à leur arrivée. Elle lui administra une petite tape, tendit la main à son fils.

— Il y a longtemps, Paul, déclara-t-elle sans réelle chaleur.

Elle baissa la tête sur son chien, pour bien montrer qu'elle ignorait Camille.

La jeune femme sentit ses joues s'empourprer. Paul avança d'un pas.

— Mère, je tenais à vous présenter Camille, la femme que j'aime, annonça-t-il d'un ton déterminé.

— Vraiment ?

Madame Sénéchal fronça les sourcils.

— Je ne reçois pas les concubines, mon cher, je crains que vous ne l'ayez oublié. Et comme il est hors de question que vous épousiez une fille des rues, dépourvue de dot ou même d'espérances, de surcroît...

— Mère ! se récria Paul, suffoquant de colère.

Il saisit la main de Camille, la serra avec force.

— J'exige que vous présentiez vos excuses immédiatement !

Il crispait les poings, son visage était contracté. Camille tenta de l'entraîner vers le hall. Elle avait déjà compris qu'Edmée Sénéchal ne l'accepterait jamais. D'ailleurs, cette dernière partit d'un rire moqueur.

— Des excuses... à cette... gourgandine ? Parce que figurez-vous que je me suis renseignée à votre sujet. Modèle... on sait ce que cela veut dire et aucune honnête femme ne saurait exercer ce qui n'est même pas un métier ! Communarde, également. Pourquoi pas pétroleuse ? Hors de chez moi, ma fille !

Paul, livide, marcha sur sa mère.

— Écoutez-moi bien car vous ne me reverrez jamais ! déclara-t-il en articulant chaque mot. Adieu, madame. Vous avez cessé d'exister pour moi.

À peine eurent-ils franchi le seuil de l'appartement que Camille, souffrant d'un malaise, dut s'appuyer contre la double porte.

— Je suis désolé, souffla Paul. J'espérais tant...

Il soupira.

— Elle ne changera jamais ! C'est une femme confite dans les traditions, qui redoute le moindre accroc aux convenances. Ne vous tourmentez pas, je vous en supplie.

De grosses larmes coulaient sur les joues de Camille.

— Je refuse de vous séparer de votre famille, hoqueta-t-elle.

Il parut soudain très las.

— Ma famille ? Nous ne pouvons nous supporter et ma mère n'a jamais été particulièrement tendre ! Non, j'espérais qu'elle enterrerait la hache de guerre pour la venue de notre enfant mais, de toute évidence, il n'en est rien. Ne nous gâchons pas la vie à cause de son étroitesse d'esprit ! Pour ma part, je tourne la page !

Camille souffrait beaucoup plus pour lui que pour elle-même.

Il l'entraîna dehors, l'emmena faire quelques pas dans la rue avant de l'inviter à entrer dans un salon de thé.

— Lorsque j'étudiais à Londres, mes amis britanniques prétendaient qu'aucune peine ne résiste à une bonne tasse de thé, raconta-t-il. Si nous essayions ?

Ce jour-là, elle comprit qu'ils étaient seuls pour accueillir leur enfant. C'était peut-être mieux ainsi, pensa-t-elle, le cœur lourd.

31

1890

— Elle est décidément bien jolie, cette petite, mais je ne pensais pas vous voir un jour transformée en mère atteinte de gâtisme ! ironisa Louise, décochant un coup d'œil acéré à Camille.

La jeune femme ne se laissa pas démonter et répondit benoîtement, tout en couvant du regard sa fille.

— Je ne suis pas encore tout à fait gâteuse, rassurez-vous, ma chère Louise mais comme j'ai été mère plutôt tardivement, je savoure chaque instant de ma nouvelle situation.

— De toute manière, la maternité ne doit pas représenter pour nous un obstacle, glissa Séverine, tout en continuant de noircir son carnet.

La journaliste Caroline Rémy, Séverine de son nom de plume, avait rencontré Camille chez Louise Michel et toutes deux avaient sympathisé.

Séverine constituait une référence en matière de féminisme et se battait pour faire reconnaître les droits des femmes.

Elle avait appris son métier aux côtés de Jules Vallès, dont elle avait fait la connaissance en 1879 à Bruxelles alors qu'il était encore proscrit, et avait dirigé avec lui le journal *Le Cri du peuple*. À la mort de Vallès, cinq ans auparavant, elle en avait repris la direction.

Paul et elle s'estimaient beaucoup. Camille, de temps à autre, écrivait des articles à la demande de Séverine sur son vécu de femme et d'artiste. Cependant, elle préférerait toujours peindre.

La naissance de sa fille avait marqué une sorte d'apogée dans sa vie. Flora était un adorable bébé délicatement potelé, aux grands yeux verts hérités de sa mère, à la bouche généreuse et aux cheveux d'un blond doré. Paul était fou d'elle. Camille avait accouché dans leur appartement parisien, assistée d'une sage-femme recommandée par Séverine. Elle s'était révélée douce et efficace, et avait rassuré Camille qui redoutait d'être « une mère âgée ». Elle avait souffert comme elle s'y était préparée, mais le bonheur de contempler son bébé en forme (et le manifestant !) lui avait tout fait oublier.

Le prénom de Flora s'était imposé à elle, en hommage à Flora Tristan, qui s'était battue durant plus de vingt-cinq ans pour défendre les droits des femmes et avait expliqué un jour :

« L'homme le plus opprimé peut opprimer un être, qui est sa femme. Elle est le prolétaire du prolétaire même. »

C'était si juste ! Camille se rappelait Coralie, sous la coupe d'une tenancière de maison close qui n'hésitait pas à frapper ses pensionnaires. Elle n'avait pas oublié les confidences recueillies en fin de soirée, quand les filles, danseuses, modèles ou grisettes, racontaient leur pitoyable existence. Elle se souvenait d'Alexandrine Zola, qui avait dû abandonner sa petite fille âgée de moins d'une semaine, et ne se l'était jamais pardonné. Camille serrait alors, fort, Flora dans ses bras. Elle désirait tant qu'elle vive ses passions comme ses désirs, sans être prisonnière de sa condition de femme.

Elle aimait sa fille autant qu'elle aimait Paul, même s'il s'agissait d'un amour différent.

Séverine se pencha pour effleurer d'une caresse la tête de Flora.

— Profitez bien des jeunes années de votre enfant, conseilla-t-elle. Le temps passe si vite ! J'ai entendu dire que vous aviez exposé avec succès.

Camille rougit.

— C'était mon rêve le plus cher.

— Ce fut un grand moment, glissa Louise. Notre Camille a beaucoup de talent.

La jeune femme secoua la tête.

— Je ne sais pas si j'ai du talent mais j'adore peindre.

C'étaient des tableaux intimistes, représentant des femmes, dans le jardin de la Chaumière, au bord de la rivière, parmi un champ de coquelicots…

Ses toiles avaient séduit les critiques.

Aussi fier qu'elle, Paul avait demandé à ses amis journalistes de venir nombreux.

Renoir s'était déplacé, ainsi que Berthe Morisot. Renoir avait donné quelques conseils à Camille, lui avait présenté le marchand d'art Durand-Ruel, qui soutenait les peintres impressionnistes.

Les Américains étaient venus eux aussi, ce qui l'avait beaucoup touchée. Elle était de plus en plus proche de Lewis Sutton, familier de la Chaumière.

Et puis, il y avait eu l'entrée spectaculaire de Valérie Cazeaux-Postel. Camille l'avait tout de suite reconnue, malgré le passage des ans. Toujours belle, toujours suprêmement dédaigneuse, elle avait fait le tour de la salle avant de se retourner vers son compagnon. Camille avait beau s'en douter, elle avait éprouvé un choc en constatant qu'il s'agissait d'Antoine Fouque. Un Antoine empâté, aux yeux injectés de sang. Un peintre raté, qui abusait de l'absinthe… Camille frissonna de dégoût. Elle n'avait jamais regretté Antoine mais mesurait tout à coup à quel point il avait changé. Certes, il était encore séduisant dans le genre artiste maudit, mais elle se demandait pour quelle obscure raison Valérie Cazeaux-Postel ne l'avait pas quitté. Ces deux-là s'aimaient-ils réellement ?

Antoine salua Camille d'une brève inclinaison de tête.

— Je ne pensais pas qu'un ancien modèle pourrait exposer un jour, laissa tomber Valérie d'un ton chargé de mépris.

— Les temps changent, ma chère, glissa Paul, entourant d'un bras protecteur les épaules de Camille.

Cela avait été pour la jeune femme un moment d'une grande intensité. Non seulement elle se sentait à sa place mais elle aimait Paul et savait que Paul l'aimait.

Valérie Cazeaux-Postel avait fait demi-tour en agitant furieusement son éventail.

Le sourire qu'avaient alors échangé Camille et Paul n'avait pas un goût de revanche mais plutôt d'entente profonde. C'était aussi cela le bonheur, pour Camille.

*

— Merci de ne pas bouger, ma grande. Tu es très jolie.

Émilienne, la jeune voisine de Camille et Paul, rougit de plaisir. Une gerbe d'épis de blé dans les bras, elle posait dans le champ de coquelicots bordant la Chaumière. Camille s'efforçait de travailler vite, à grands coups de pinceau, afin de ne pas lasser son petit modèle.

Coralie, enfin venue lui rendre visite, s'amusait avec Flora dans le jardin, ce qui permettait à

Camille de peindre. Certains jours, il lui semblait que rien d'autre ne comptait. Dans ces moments-là, elle était motivée par l'urgence.

Émilienne bougea légèrement la tête.

— Excusez-moi, je ne l'ai pas fait exprès, marmonna-t-elle.

Elle était adorable avec ses cheveux blonds et son minois au petit nez retroussé. Si Renoir l'apercevait, il tomberait aussitôt sous son charme, songea Camille.

Renoir lui manquait mais la bande du Guerbois s'était dispersée depuis déjà un certain temps. La mort de Manet avait sonné le glas des réunions joyeuses comme des querelles passionnées. Paul estimait que les impressionnistes étaient désormais des hommes rangés. Le succès qu'ils rencontraient faisait d'eux des personnes en vue.

Si elle s'épanouissait dans la peinture, Camille ne jouait pas à l'artiste.

« Je peins ce qui me séduit, ce que j'ai envie de représenter », expliquait-elle.

Elle se considérait assez proche de Berthe Morisot ou de Mary Cassatt. Leurs thèmes étaient voisins.

L'ancienne petite lingère, née de père inconnu, n'aurait jamais osé imaginer pouvoir exposer un jour ses œuvres ni, même, les vendre.

Elle soupira d'aise en achevant son esquisse.

— C'est fini, ma jolie ! annonça-t-elle à Émilienne.

Ravie, la fillette se mit à remuer en tous sens.

— Ouf ! Je commençais à avoir des fourmis dans les jambes !

— J'irai voir ta mère demain pour lui régler tes séances, précisa la peintre.

Il fallait qu'elle se dépêche, avant que Flora ne vienne à bout de la patience de Coralie.

Elle sourit.

Elle était heureuse.

32

1892

Le ciel, courant vers l'horizon, s'effilochait de bleu et jouait à cache-cache avec de gros nuages blancs.

Un ciel comme Camille les aimait.

Installée dans le pré jouxtant la Chaumière, Flora à ses côtés jouant sur une couverture avec ses poupées, Camille s'attachait à peindre ce ciel. Flora babillait avec mademoiselle Sophie, une poupée de porcelaine Jumeau aux longs cheveux ondulés, aux yeux bleus et à la bouche ouverte[1].

Chaque fois qu'elle contemplait sa fille, Camille éprouvait un amour absolu, doublé d'un sentiment de plénitude.

Autour d'elles, un petit chien, Miky, offert par Paul folâtrait. Encore très jeune, il filait, nez au vent, à la poursuite d'un papillon ou bien relevait

---

1. Poupées Jumeau de la première époque.

les traces d'un gibier potentiel. Il ne tenait pas en place, aussi Camille avait renoncé à le dessiner. Il était pourtant craquant avec son pelage ébouriffé et ses yeux ronds, noirs comme des grains de café. Tout le village le connaissait déjà.

Un toussotement dans son dos fit sursauter la jeune femme.

Camille se retourna, le pinceau à la main.

— Oh, bonjour, Lewis, s'écria-t-elle.

Son visiteur, Lewis Sutton, était l'un des « Américains » qui s'étaient installés à Giverny.

Il s'inclina.

— Bonjour, Camille. J'espère que je ne vous dérange pas.

— Jamais, voyons.

Il s'exprimait dans un excellent français avec seulement une pointe d'accent. Grand, les yeux bleus et les cheveux clairs, il inspirait la sympathie avec son visage ouvert.

Paul et Camille le recevaient souvent à la Chaumière.

— J'aime vos ciels, Camille, reprit-il. On les voit… bien réels.

Son compliment la toucha. Souvent en proie au doute, elle avait besoin d'être rassurée par un regard extérieur. Comme elle, Lewis Sutton était un peintre intimiste. Installé depuis deux ans à Giverny, il logeait à l'auberge Baudy, à l'instar de nombre de ses compatriotes. Angélina Baudy, l'épouse d'un représentant en machines à coudre et mercerie en gros, tenait un café-buvette ainsi qu'une épicerie. Elle avait d'abord hébergé Willard Metcalf, puis plusieurs Américains, tous venus de l'Académie Julian.

Soutenue par son époux, Angélina Baudy avait transformé son bâtiment en auberge de douze chambres. Les peintres américains se donnaient le mot, appréciaient la cuisine d'Angélina ainsi que l'atmosphère chaleureuse régnant dans la demeure située sur la route de Vernon.

Camille et Paul se joignaient parfois à eux dans la salle de l'auberge où ils faisaient honneur à la cuisine normande de la maîtresse de maison. Celle-ci s'était mise au goût du jour en préparant aussi bien des haricots à la Boston que de la salade de crevettes mais « ses » peintres avaient une préférence pour ses tartes aux pommes.

Camille appréciait tout particulièrement la compagnie de Lewis, passionné lui aussi par l'art pictural. Elle aimait ses œuvres, toutes en délicatesse. Sa façon d'aborder la vie lui rappelait un peu Manet.

— Paul rentre ce soir. Vous joindrez-vous à nous demain pour le déjeuner ? proposa Camille.

— Avec plaisir. Vous savez combien j'aime votre Chaumière.

Ils échangèrent un sourire complice.

— Même si cela peut vous paraître une destination lointaine, j'espère bien que vous aurez la possibilité de venir me voir à Boston d'ici quelque temps, enchaîna Lewis. Enfin, quand je dis Boston, je pense que Nantucket vous plairait davantage. Mes parents y possèdent une maison de famille, entourée d'un jardin… comment dire ? exubérant, c'est cela ?

— Vous me faites rêver ! Je vous avouerai que je n'ai vu la mer qu'une seule fois.

Il parut sidéré.

— Une seule fois, vraiment ? Paul doit très vite remédier à cette lacune !

Elle avait souvent pensé qu'elle aimerait marcher sur la plage en compagnie de Paul et de Flora, peindre le ciel et l'eau confondus.

Cependant, elle n'avait jamais formulé ce souhait à haute voix comme si elle n'y avait pas eu droit, elle, l'ancienne « traîne-misère ».

La voyant songeuse, Lewis enchaîna avec son léger accent :

— Nous pourrons organiser une sortie à la plage du Butin, à l'entrée de Honfleur, si le cœur vous en dit.

Ravie, la jeune femme acquiesça.

Depuis que Flora était née et qu'elle-même vendait ses toiles, il lui venait le désir de mieux profiter de la vie. Paul l'encourageait en ce sens, lui qui avait deviné les zones d'ombre de sa jeunesse. Pour lui, Camille méritait le meilleur.

— Nous en parlerons demain avec Paul, suggéra-t-elle.

Lewis pivota vers Flora et entreprit de saluer mademoiselle Sophie avec force courbettes. La petite fille éclata de rire.

Camille aurait voulu immortaliser cet instant alors que, les yeux pétillants, bouche mutine largement ouverte, Flora exprimait la joie de vivre la plus totale.

Lewis devina ce qu'elle éprouvait.

— J'aurai peut-être un jour moi aussi un enfant, déclara-t-il, et j'aurai alors l'envie de faire sans cesse son portrait. Je vous laisse, Camille. À demain.

Elle le salua d'un geste de la main avant de saisir son carnet et croqua, vite, le visage de Flora.

Celle-ci avait l'habitude de poser pour sa mère, à condition que cela ne dure pas trop longtemps. Au bout de quelques minutes, elle lui tourna le dos et se mit à jouer avec son petit chien.

Camille sourit et rangea son matériel. Le soleil déclinait, la fraîcheur du soir ne tarderait pas à tomber.

Main dans la main, la mère et la fille regagnèrent la Chaumière tandis que Miky trottait devant elles. Camille aimait par-dessus tout cette fin de journée durant laquelle tout semblait possible. N'avait-elle pas réalisé ses rêves les plus fous ?

Elle esquissa un sourire teinté de mélancolie. Elle aurait tant aimé partager son bonheur avec Léon.

*

De leur chambre, située sous le toit de chaume, le regard se perdait dans la mer. Le premier jour, Camille éprouva une joie si intense qu'un vertige la saisit.

— C'est… merveilleux ! s'extasia-t-elle.

Paul et elle avaient marché le long de la plage. Flora était juchée sur les épaules de son père. Camille avait aimé. Le vent gonflant ses jupes, le goût du sel sur ses lèvres, les cris des mouettes, le goût des crevettes grises achetées sur le port et mangées avec les doigts. Flora riait, tête levée vers le soleil pâle. Elle avait fait quelques pas sur le sable mouillé avant de courir, bras étendus, vers le rivage. Paul l'avait rattrapée au moment où les vagues se brisaient sur le sable puis l'avait ramenée auprès de Camille.

Tous trois s'enlacèrent.

J'aimerais que ce moment dure toujours, pensa Camille avec force.

Elle échangea avec Paul un regard empreint d'amour et de tendresse. Elle savait qu'il pensait exactement la même chose.

Ils étaient heureux.

33

1893

C'était une tradition à laquelle Paul comme Camille ne dérogeaient pas. Chaque année, le 15 mai, ils allaient souper au restaurant pour fêter l'anniversaire de leur rencontre.

Quatorze ans, déjà… « Et toujours aussi amoureux », constatait Paul, le regard brillant.

Camille tourna sur elle-même pour vérifier son allure. Elle portait une robe grenat qui s'harmonisait avec ses cheveux fauves. Décolletée en cœur, elle dégageait ses épaules d'une pâleur marmoréenne. C'était Manet qui lui avait adressé ce compliment, longtemps auparavant. Elle ne l'avait pas oublié. Elle se drapa dans un châle de cachemire grenat et noir, tapota ses cheveux. Elle avait poudré légèrement son visage, sur le conseil de Coralie. Son amie gardait Flora chez eux. Toutes deux étaient très complices, Coralie n'hésitant pas à jouer avec les poupées de Flora ou son théâtre de Guignol.

— Pars sans faire de bruit, recommanda Coralie à son amie. N'aie crainte, je sais ce que je dois faire !

Camille rougit.

— C'est plus fort que moi. Quand je laisse Flora, j'ai toujours peur de ne pas la revoir.

Coralie leva les yeux au ciel.

— Toi et ton imagination ! File, te dis-je ! Paul va s'impatienter dans le fiacre.

— Merci, ma belle.

Camille lui envoya un baiser du bout des doigts et sortit sur la pointe des pieds. Elle savait en effet que si sa fille assistait à son départ, elle n'échapperait pas à une crise de larmes.

Elle descendit l'escalier, se jeta dans les bras de Paul qui l'attendait en bas.

— Je vous enlève, belle dame, dit-il après l'avoir embrassée.

Elle fleurait bon *Héliotrope blanc*, son parfum depuis des lustres.

Au lendemain de leur première nuit, il lui avait recommandé :

« Surtout, ne changez jamais de parfum. Celui-ci vous convient fort bien. »

Elle n'avait jamais varié. Et, ce soir encore, elle ne le regrettait pas. Au bras de Paul, en compagnie de Paul, elle se sentait la plus heureuse des femmes.

Chaque année, il lui faisait la surprise de l'inviter dans un restaurant où ils ne s'étaient encore jamais rendus. Ce soir-là, il l'emmena dans un établissement situé près de la Butte-aux-Cailles.

Le soir était doux ; une lumière rosée nimbait le ciel marine.

Camille laissa aller sa tête contre l'épaule de Paul, un geste d'abandon qui lui était familier.

— Je vous aime, souffla-t-elle avant de pénétrer à sa suite dans la salle de restaurant.

Il lui répondit par une pression de la main. L'un comme l'autre ne remarquèrent pas la silhouette furtive qui s'éclipsait en direction de la porte à tambour. D'ailleurs, s'ils l'avaient fait, ils n'y auraient pas prêté attention.

*

Henri Brasset avait compris, dès l'enfance, qu'il était né du mauvais côté. Abandonné sur les marches de Notre-Dame-de-Lorette, il avait été placé à l'orphelinat, puis chez des parents nourriciers à la campagne qui l'avaient fait trimer et affamé. Seule sa robuste constitution lui avait permis de survivre, tandis que la haine montait en lui au fil des années.

À dix-huit ans, après s'être enfui de la ferme, il avait effectué de nombreux travaux d'appoint. Chaudronnier, garçon de ferme, braconnier… il ne restait guère en place, espérant toujours trouver mieux ailleurs.

Arrêté pour plusieurs larcins, il avait fait la connaissance en prison de Barthélemy, un militant anarchiste qui avait entrepris son éducation. Brasset avait lu Proudhon, s'était intéressé aux théories de Bakounine et avait rencontré Ravachol, le militant anarchiste, doublé d'un criminel, qui l'avait impressionné.

De ce jour, il avait su ce qu'il devait faire pour se venger de la société. Pourquoi avait-il toujours été opprimé, humilié, maltraité ? N'avait-il pas droit, lui aussi, à une existence meilleure ? Il avait connu l'exploitation de l'homme par l'homme et était fermement décidé à y mettre fin. Décision qui s'était imposée à lui après qu'il eut applaudi les exploits de Ravachol.

Soucieux de mettre toutes les chances de son côté, Henri Brasset s'était rendu en Espagne grâce à une filière qu'un ami lui avait indiquée. Il y avait appris à utiliser des explosifs.

À son retour, il avait participé à des recherches afin de choisir la cible idéale.

Son choix s'était fixé sur le restaurant Pascalet parce qu'il avait lu que son propriétaire réclamait la peine de mort pour tous les anarchistes, quelles que soient leurs motivations. Il avait préparé avec soin sa « marmite infernale ». Dans une simple boîte métallique, la bombe reliée à une mèche contenait des balles, des copeaux de fer, des chevrotines et des clous destinés à servir de projectiles. Il la glissa dans une cantine en osier qu'il jeta sur son épaule, partit en direction de la Butte-aux-Cailles.

Il attendit un moment que le restaurant soit bondé. L'air était doux et embaumait le lilas.

Une belle soirée pour mourir, songea-t-il, avant d'actionner le mécanisme de sa « marmite ».

*

Camille posa sa cuillère sur la nappe. Ses yeux brillaient.

— Parfois, je me dis que plus de bonheur serait indécent, déclara-t-elle à Paul en lui adressant un sourire empreint de tendresse.

Il lui saisit la main.

— Je vous aime, ma mie. Plus encore que je ne saurais vous le dire.

Il désirait évoquer avec elle ses dernières toiles. Il trouvait que son style s'affirmait de plus en plus. Il souhaitait lui parler de ce projet qui lui tenait à cœur : les emmener, Flora et elle, en Bretagne, à Belle-Île précisément, où l'un de ses amis d'enfance, historien, possédait une maison de pêcheurs. Il avait envie, aussi, de lui parler de son projet de livre consacré à la Commune. Plus de vingt ans s'étaient écoulés. Il était temps de raconter ce qui s'était réellement passé.

Camille reprit :

— C'est la saison du lilas. Demain, j'irai en porter sur la tombe de monsieur Manet. Il me manque tou…

Elle ne put achever sa phrase. Une déflagration assourdissante fit trembler la salle et les vitres du restaurant.

Elle écarquilla les yeux. Paul, touché dans le dos, s'effondra sur la table. Camille ouvrit la bouche pour un hurlement avant de tomber à son tour.

Autour d'eux, des cris d'horreur, un tumulte épouvantable fait de meubles renversés, d'assiettes et de verres brisés puis un grand silence, encore plus terrifiant que tout le reste.

Des flammes illuminaient la nuit.

LIVRE II

Flora

34

Adieu la vie, adieu l'amour,
Adieu, toutes les femmes,
C'est bien fini, c'est pour toujours
De cette guerre infâme

Extrait de
La Chanson de Craonne

1899

« Vous êtes grande, désormais. Vous avez l'âge de raison », lui répétait Mademoiselle, ce qui la plongeait dans un abîme d'angoisse.

Grande… qu'est-ce que cela signifiait exactement ? Sa tante Lucile, qui la mesurait sur la porte du placard de sa chambre, avait beau affirmer qu'elle « prenait des centimètres », elle ne voyait guère de différence. D'abord… à qui aurait-elle bien pu prendre ces fameux centimètres ? Certainement pas à Bonne-Maman qui se tenait toujours aussi droite !

Bonne-Maman l'intimidait. Elle avait une façon de la toiser qui lui donnait envie de rentrer sous terre. En même temps, elle l'admirait tant qu'elle aurait aimé se faire remarquer d'elle. Mais elle avait l'impression d'être invisible. Pire, une source d'ennuis. Lorsqu'elle était convoquée dans son boudoir, elle se demandait toujours quelle sottise elle avait commise. Bonne-Maman et elle étaient si différentes qu'elles ne se comprenaient pas.

Loin, dans ses souvenirs, il y avait une maison blottie sous un toit de chaume, un couple qui la serrait dans ses bras et un petit chien. C'était le temps du bonheur.

Brusquement, tout s'était évaporé comme s'il s'était agi d'un conte et elle s'était retrouvée dans cet hôtel particulier qu'elle détestait. Les couloirs recouverts de tapis étaient interminables, des recoins d'ombre l'effrayaient. Elle imaginait qu'ils pouvaient receler des monstres prêts à l'entraîner dans quelque gouffre obscur. Les nuits d'hiver, les branches du grand marronnier battaient contre ses volets, ce qui l'empêchait de dormir.

Elle savait, cependant, n'avoir de secours à attendre de personne.

Surtout pas de Mademoiselle, censée l'éduquer. C'était une vieille fille sèche et ridée qui prenait plaisir à lui empoisonner l'existence. Selon elle, elle était une petite sotte qui n'aurait jamais dû voir le jour.

Les premiers temps, elle pleurait. Maintenant, elle affichait une attitude froide et détachée, histoire de lui montrer que cela ne l'atteignait pas. Même si, au fond d'elle-même, elle mourait d'envie de rendre coup pour coup.

Elle était trop jeune. Elle le savait. Il lui fallait attendre son heure.

*

Heureusement, il y avait Lucile, sa tante. Lorsqu'elle l'emmenait au jardin du Luxembourg, c'était la fête. Avec elle, elle pouvait courir dans les allées, jouer au cerceau, se promener dans une petite voiture tirée par des chèvres.

Tante Lucile était souriante et gaie. À se demander comment elle y parvenait alors qu'elle avait toujours vécu chez sa mère. Grâce à elle, elle découvrait des photographies de son père dans un album relié de cuir grenat.

« Paul, ton papa », lui disait tante Lucile, et ses yeux s'emplissaient de larmes. Elle secouait la tête, comme pour signifier à Flora de ne pas faire attention, tandis qu'elle dévorait des yeux le jeune homme aux cheveux ébouriffés qui souriait au photographe.

Son père… elle se souvenait de sa voix, chaude et tendre, de ses bras autour d'elle. Elle cherchait, alors, sa maman, et tante Lucile refermait, vite, l'album.

« Je ne l'ai pas connue », déclarait-elle en réponse à ses questions pressantes.

Sa voix avait changé, son visage s'était fermé. Elle avait compris. Sa maman n'avait pas droit de cité rue Saint-André-des-Arts. Pourquoi ? Elle finirait bien par l'apprendre.

En attendant, elle lisait tout ce qu'elle pouvait emprunter dans la bibliothèque des Sénéchal. Elle s'appelait comme eux. Flora Sénéchal. Mais elle ne leur ressemblait pas. Elle était différente. Comme l'était Camille.

*

Décidément, Flora adorait tante Lucile ! Elle lui avait offert un merveilleux livre, dans lequel elle s'était aussitôt plongée.

Les Trois Mousquetaires l'avaient emportée. En leur compagnie, elle défendait la reine, caracolait sur les chemins, combattait les hommes du cardinal...

Mademoiselle pinçait les lèvres. À l'en croire, Flora n'aurait dû lire que les livres de la comtesse de Ségur ou encore la vie des saints. Ceux-ci, toujours parfaits, l'ennuyaient profondément ! Elle se blottissait dans son petit fauteuil recouvert de velours vert pâle et lisait avec avidité. Elle détestait la couleur verte. Quand elle serait grande, elle mettrait du rouge ou du bleu partout. Elle serait libre. Et ne dépendrait de personne. En attendant cette perspective lointaine – après tout, elle n'avait que neuf ans ! –, elle travaillait son latin, son français, et son anglais. Elle voulait prouver à Bonne-Maman et à Mademoiselle qu'elle était capable de réussir à étudier.

Elle était forte. Elle devait l'être, n'est-ce pas ?

Pour découvrir ce qui était arrivé à ses parents, et qu'on lui cachait obstinément.

*

Elle allait avoir dix ans quand Mademoiselle décida de partir. Elle ne prit pas la peine de le lui annoncer. Cette corvée incomba à Bonne-Maman qui paraissait très ennuyée. Elle la comprenait : qu'allait-elle bien pouvoir faire de Flora ? Elle avait encore grandi, était toute en bras et en jambes.

Quand elle jetait un coup d'œil à son reflet dans le miroir, elle se désespérait. Elle ne ressemblait à rien. Et surtout pas à une fille. Elle le devait à Mademoiselle, qui avait coupé ses cheveux très court parce que la fille de la concierge, avec qui il lui était arrivé de jouer une ou deux fois dans la cour, avait attrapé des poux à l'école. Quel scandale ! rageait Mademoiselle, en faisant cliqueter ses ciseaux au-dessus de sa tête. Tétanisée, Flora ne voulait à aucun prix pleurer devant sa gouvernante. De retour dans sa chambre, lorsqu'elle constata le résultat du massacre dans la psyché, elle poussa un hurlement d'horreur. On aurait dit un garçon ! L'un de ces gamins, livrés à eux-mêmes, parcourant les rues à la recherche de vieux vêtements.

Elle refusa de sortir de sa chambre durant deux jours. Jusqu'à ce que Bonne-Maman grimpe au deuxième étage et lui intime l'ordre de ne plus faire l'enfant. À l'en croire, Mademoiselle avait agi au mieux et Flora était une ingrate de se comporter ainsi. Discours qui, naturellement, ne la convainquit pas.

Dieu merci, tante Lucile vint à sa rescousse et lui dénicha plusieurs chapeaux au rayon enfants du Bon Marché. Lorsqu'elle restait à la maison, elle lui drapait une sorte de turban autour de la tête, et elle se prenait pour l'héroïne des *Cinq Cents Millions de la Bégum* de Jules Verne. Bonne-Maman avait beau lever les yeux au ciel en prétendant qu'elle lui passait tout, tante Lucile ne cédait en rien. Flora l'avait entendue dire à sa mère : « Cette enfant a besoin de se sentir aimée, après tout ce qu'elle a traversé. »

Si seulement elle se souvenait mieux de sa « vie d'avant » ! Il lui semblait que cela lui donnerait de la force.

Pour l'instant, elle se demandait qui allait remplacer Mademoiselle !

35

1903

Personne ne remplaça Mademoiselle, première victoire, que Flora devait certainement à tante Lucile ! Elle était désormais pensionnaire de l'Institution Bellevue, à Fontenay-sous-Bois, « à quinze minutes de Paris », comme l'affirmait le dépliant publicitaire qui avait convaincu Bonne-Maman.

Les élèves disposaient d'un parc de trois hectares. Elles étaient une petite soixantaine, placées sous la houlette d'une institutrice et de ses adjointes.

Bien entendu, Flora, grande jeune fille à la chevelure incandescente, ne se sentait pas à sa place. Elle ne maîtrisait pas les codes de ce milieu privilégié, peut-être parce qu'elle n'était pas née dans le sérail.

Peu importait ! Elle était décidée à profiter de l'éducation dispensée à l'Institution Bellevue. Même si elle était la plupart du temps solitaire. Au moins, elle n'avait plus à subir Mademoiselle !

Une fois par mois, elle rentrait rue Saint-André-des-Arts. Rien ne changeait. Tout était toujours à sa place. Bonne-Maman se tenait dans son petit salon, à l'atmosphère oppressante.

Et puis un jour, Lucile, les yeux brillants, les joues roses, lui chuchota la grande nouvelle : elle était amoureuse ! Flora avait tout de suite pressenti que Bonne-Maman serait fâchée lorsque Lucile lui avait confié sous le sceau du secret le prénom de son soupirant. Scipion... À son avis, cette personne ne devait pas appartenir à la bourgeoisie guindée du VIe arrondissement ! Cependant, elle se garda bien de faire part de ses craintes à Lucile. Celle-ci paraissait si heureuse ! Avec ses cheveux blonds relevés en chignon bouffant et ses grands yeux gris, elle avait une beauté languide qui suscitait l'envie de la protéger.

Sa visite suivante confirma ce qu'elle redoutait. Bonne-Maman avait refusé de rencontrer le nommé Scipion, député à l'Assemblée nationale, qui appartenait à la gauche radicale. Gauche radicale... ces deux mots étaient bannis du vocabulaire rue Saint-André-des-Arts. Flora d'ailleurs dut consulter plusieurs ouvrages avant d'en saisir le sens.

Cependant, Lucile était décidée à se battre, si bien que l'atmosphère dans l'hôtel particulier était plus que tendue. Bonne-Maman et Lucile étaient à couteaux tirés mais, comme l'une et l'autre ne voulaient pas se donner en spectacle, que ce soit devant Flora ou devant le personnel, elles évitaient avec soin de s'adresser la parole. Les domestiques marchaient sur la pointe des pieds en se jetant des coups d'œil perplexes.

Sa grand-mère lui faisait penser à une reine outragée. Lucile, elle, bouillait de colère, comme si elle avait voulu effacer jusqu'au souvenir de tant d'années de soumission filiale.

Le soir, le dîner à peine achevé, la tante et la nièce se retrouvaient dans la chambre de Lucile et elle lui parlait de Scipion, expliquant combien il était beau, et intelligent.

Ces soirs-là, Lucile lui donnait envie d'être amoureuse, elle aussi. Seulement… à l'Institution Bellevue, il n'y avait pas de garçons. Uniquement le vieux jardinier, Monsieur Rodolphe, un peu bossu à force de travailler la terre. Pas vraiment de quoi la faire rêver !

*

C'était un dimanche comme les autres. Lucile lui avait proposé de l'accompagner au jardin du Luxembourg. Le soleil jouait avec les frondaisons des arbres. Flora avait l'impression qu'une sève nouvelle circulait dans ses veines. À treize ans, elle savait qu'elle n'était plus une enfant.

Lucile lui présenta le fameux Scipion. Bel homme, la quarantaine séduisante, la crinière léonine surmontant un visage ouvert aux yeux très bleus. Il lui plut d'emblée, à cause de son charisme mais aussi parce qu'il la considéra comme une grande personne.

La bienséance exigeait que Lucile et lui ne s'éloignent pas à l'ombre des arbres. Elle jouait le rôle de chaperon. Un chaperon bienveillant mais peu au fait des convenances.

Scipion lui parla fort gentiment, s'intéressant à ses lectures.

Il fit ensuite quelques pas en compagnie de Lucile et elle les suivit discrètement.

Elle aimait beaucoup le jardin du Luxembourg, son bassin central, l'orangerie, qui la faisait rêver, son atmosphère empreinte de sérénité. Elle imaginait les vies des personnes qu'elle croisait. Cela pouvait parfois l'entraîner loin et, lorsqu'elle donnait ainsi libre cours à sa fantaisie, elle finissait par perdre le sens des réalités. Aussi sursauta-t-elle lorsqu'une personne s'approcha du banc où elle était assise et questionna :

— Flora ? C'est bien toi ?

Elle leva vers l'inconnue un regard ébahi. Qui était-elle ? Comment connaissait-elle son prénom ? Elle découvrit une femme d'une cinquantaine d'années, bien mise. Son tailleur gris clair et son chapeau orné d'une plume étaient du bon faiseur, tout comme ses richelieus bien cirés. Pourtant, la jeune fille ne gardait aucun souvenir de cette personne.

— Je suis désolée, dit-elle d'une voix hésitante. Nous nous connaissons ?

Son interlocutrice lui décocha un large sourire. Elle avait des yeux bleu foncé, et le teint clair, rehaussé d'une touche de poudre.

— Oui-da, ma jolie, lança-t-elle avec un accent faubourien qui la surprit. Tu es bien Flora Sénéchal, n'est-ce pas ? Tu ressembles tant à ta mère !

Dans son milieu – enfin, celui de Bonne-Maman –, on ne tutoyait pas les jeunes personnes de son âge. Pourtant, elle ne se formalisa pas. L'inconnue paraissait si heureuse de l'avoir rencontrée.

— Je m'appelle Coralie, se présenta-t-elle. Coralie Ledoux, et j'étais une amie de ta mère.

À cet instant, Flora n'éprouva plus le moindre doute.

— Parlez-moi d'elle, pria-t-elle.

*

Au fur et à mesure que Coralie Ledoux racontait à Flora son amie Camille, la jeune fille écarquillait les yeux. Coralie lui expliqua qu'elle l'avait cherchée longtemps, rôdant autour de l'hôtel particulier des Sénéchal.

— T'a-t-on au moins montré une photographie de ta mère ? s'enquit-elle.

Flora secoua la tête. Sa mère était pour elle une entité abstraite tant sa grand-mère s'était évertuée à effacer son souvenir.

— J'en étais sûre ! se récria Coralie. Du vivant de tes parents, madame Sénéchal a refusé de faire ta connaissance comme de recevoir Camille. C'était déjà une vieille toupie, si tu me passes l'expression. Une femme raidie dans ses principes et intolérante au possible.

Cette description correspondait tout à fait à ce que Flora connaissait de Bonne-Maman.

— Pourquoi en voulait-elle autant à ma mère ?

Coralie haussa les épaules.

— Camille représentait tout ce qu'elle abhorrait. Elle avait été modèle, était une ancienne communarde, vivait dans le péché et était une femme peintre. Ça fait beaucoup pour une veuve de banquier, tu ne crois pas ?

— Ma mère était peintre ?

C'était la seule information que Flora, sous le choc, avait retenue.

Coralie sourit.

— Elle avait beaucoup de talent, tu peux me croire.

— Et… communarde ?

Cette fois, elle fit la grimace.

— Ça, je me doute que dans ta pension huppée ou rue Saint-André-des-Arts, on ne parle pas souvent de la Commune !

En effet, Flora avait seulement entendu dire que l'édification du Sacré-Cœur était la conséquence d'un vœu national après la défaite de la France face à la Prusse en 1870. Monseigneur Félix Fournier, évêque de Nantes, attribuait la débâcle française à une punition divine après un siècle de déchéance morale depuis la révolution de 1789.

Lucile et Scipion revenaient en devisant.

Vite, Coralie lui glissa :

— Rendez-vous ici dans un mois. Même heure, même endroit.

Elle s'éclipsa, ne laissant derrière elle qu'un sillage de parfum fleuri.

Lucile se pencha vers Flora.

— Tu connais cette femme ?

Sans réfléchir, la jeune fille choisit de dissimuler la vérité.

— Nous avons parlé du temps et des fleurs.

Elle tenait à garder pour elle ses révélations. Coralie était une amie de sa mère ! Enfin, elle entrevoyait la possibilité d'en apprendre plus sur elle. Mais elle devait se montrer prudente, se défier même de Lucile.

Elle commençait à grandir.

36

1904

Flora ne se séparait pas de son livre préféré, *Ivanhoé* de Walter Scott, lu et relu.

Tout naturellement, elle avait glissé entre deux pages la photographie de sa mère procurée par Coralie. Elle avait fixé le cliché des heures durant afin d'éveiller quelques souvenirs dans sa mémoire.

Grande, mince, les cheveux relevés en chignon sur le sommet de la tête, Camille avait un regard décidé et une bouche aux lèvres pulpeuses. Elle était belle.

L'avait-elle bercée, changée, promenée ? Flora souffrait de ne pas se rappeler. Sa silhouette élancée évoquait chez elle une lointaine réminiscence. Elle aurait voulu entendre encore le son de sa voix.

« Camille aimait danser et chanter, lui avait confié Coralie. Une chanson en particulier, *Le Temps des cerises*. Un rappel de notre passé de communardes !

Mais ce qu'elle préférait par-dessus tout, c'était la peinture, bien entendu. Je n'y connais pas grand-chose mais elle avait du talent. »

Pourquoi ne restait-il aucun de ses tableaux ? Elle résolut de questionner Bonne-Maman à ce sujet.

Celle-ci fronça les sourcils dès que Flora eut prononcé sa première phrase, ne lui laissa pas le loisir de continuer.

— Il suffit, mademoiselle !

En temps normal, elle n'aurait pas insisté. Mais il s'agissait de sa mère, et elle ne supportait pas l'idée de ne pas en savoir plus à son sujet. Ce qu'elle exprima.

Sa grand-mère, visage ridé sous le bonnet maintenant ses cheveux en place, lèvres serrées, se souleva légèrement.

— Personne ne prononcera le nom de cette créature sous mon toit ! lança-t-elle, furieuse.

Flora répliqua d'un ton vif et résolu :

— Cette créature est ma mère !

— Pour ton malheur, oui, laissa-t-elle tomber.

Cette fois, Flora demeura sans voix. Pourquoi tant de haine ?

Elle était certaine que Camille n'avait pas commis de fait répréhensible.

Sa grand-mère donna un coup de canne sur le parquet encaustiqué.

— Je ne veux plus t'entendre à ce sujet ! conclut-elle, glaciale.

Flora fixa son aïeule sans mot dire.

Elle était fermement décidée à revoir Coralie et à apprendre à mieux connaître sa mère.

★

— Tu ne peux pas imaginer quelle était notre vie : nous tirions le diable par la queue, et on nous critiquait parce que nous étions modèles.

— Vous aussi, Coralie ?

À plus de cinquante ans, l'amie de sa mère était encore belle. Elle avait de l'allure, un port de tête royal et ses cheveux blonds relevés se teintaient à peine de gris aux tempes. Toujours élégante, elle en imposait.

— Nous vivons au XXe siècle, à présent, répondit-elle. Les femmes commencent à bénéficier de certains droits. Oh, attention, ce n'est qu'un début et il y a tant à faire…

— Vous soutenez les suffragettes ?

— Hé ! On se tient au courant de l'actualité, à ce que je vois ! Suffragette, je ne crois pas, car je pense qu'il n'est jamais bon de prendre ces messieurs de front. Il vaut mieux les amener là où l'on veut… avec nos armes !

Elle secoua la tête.

— Peste ! J'oublie que tu es encore une gamine ! Ne fais pas trop attention à ce que je raconte.

Flora rit à son tour. Elles se connaissaient à peine mais elle avait le sentiment que Coralie faisait déjà partie de sa vie. Leurs rencontres restaient très discrètes, grâce à Lucile. Elle se battait pour épouser Scipion et, de ce fait, se montrait très indulgente vis-à-vis des escapades de sa nièce.

L'atmosphère rue Saint-André-des-Arts était de plus en plus glaciale. Bonne-Maman ne quittait guère sa chambre et communiquait avec Lucile et Flora par l'intermédiaire de Rose, la femme de charge.

La jeune fille comprit vite que sa grand-mère supportait mal de voir son autorité battue en brèche. Ressentait-elle le poids des ans ? C'était difficile à dire. Lucile affirmait qu'elle avait toujours voulu régenter la vie des siens, et Flora la croyait volontiers. Cependant, de quel droit sa grand-mère critiquait-elle sa mère ? Elle ne le lui pardonnerait jamais.

Pour leur rendez-vous suivant, Coralie l'entraîna au Louvre. C'était fou, Flora n'y était jamais allée ! Mademoiselle devait trouver les œuvres de Boucher ou de Fragonard trop choquantes !

— Camille est venue souvent ici, lui expliqua Coralie. Elle pouvait passer des journées entières à jouer les copistes.

Elle lui parla de ses cours à l'Académie Julian, de son amitié avec Renoir et Monet. Flora était fascinée. Sa mère, une artiste ?

Elle tomba en arrêt devant une œuvre de Delacroix, *La Liberté guidant le peuple*.

Coralie fit la moue.

— Ce n'était pas du tout le style de Camille. Tu as déjà entendu parler des impressionnistes ?

Camille en connaissait plusieurs et entretenait avec eux des relations d'amitié. Chaque printemps, elle allait porter un bouquet de lilas blanc sur la tombe de Manet, qu'elle appelait toujours « monsieur Manet » Elle était aussi restée proche de Monet. Tes parents louaient la Chaumière, à Giverny.

— Qu'est devenue cette maison ?

Coralie avoua son ignorance.

— Je n'en sais rien. Ce fut un tel choc...

Ses yeux s'emplirent de larmes.

Flora l'implora du regard. Pourquoi refusait-elle de lui raconter, de lui livrer la vérité ?

Coralie, visiblement toujours bouleversée, lâcha :

— Tes parents, Paul et Camille, ont perdu la vie au restaurant Pascalet il y a dix ans. Un attentat anarchiste, comme il y en a eu beaucoup à cette époque. Ce soir-là, c'est moi qui te gardais. J'aurais voulu t'élever mais... ta grand-mère a fait jouer ses relations et moi... tu comprends, Flora, je ne suis pas mariée, je ne suis pas un modèle de moralité.

Elle rougit. Pour Flora, cela n'avait aucune importance. Elle le dit à Coralie qui soupira.

— Les modèles étaient considérés comme des femmes de mauvaise vie. De plus, Paul et elle ne s'étaient pas mariés. De quoi rendre folle de rage madame Sénéchal ! Elle n'a jamais pardonné.

Flora comprenait mieux, même si de nombreuses questions demeuraient sans réponse.

Dans un élan plein de tendresse, Coralie lui prit la main.

— Tu n'as pas vraiment le choix, ma belle. Il te faut tenir jusqu'à ta majorité.

— Vous me parlerez aussi de ce qui s'est passé pendant la Commune ?

Une ombre voila le regard de Coralie. Soudain, elle était ailleurs.

Elle se ressaisit et redressa la tête.

— La Commune… il faudra que nous nous armions de courage, toi et moi. Toi pour entendre mon récit, et moi pour avoir la force de te raconter.

Flora affirma alors :

— Je suis plus forte que je ne le parais, Coralie.

Celle-ci la considéra, un sourire moqueur aux lèvres, avant de laisser tomber :

— Je pense que tu dis vrai. Mais tu n'as pas encore quinze ans. À ton âge…

De nouveau, son regard se brouilla. Qu'avait-elle donc vécu pour être aussi troublée ?

Flora mesurait son ignorance.

— Je sais écouter, assura-t-elle.

Coralie acquiesça.

— Chaque chose en son temps. Nous nous reverrons bientôt, je te le promets. Avec l'aide de ta tante, je trouverai une solution.

La jeune fille leur faisait confiance.

Grâce à Lucile et à Coralie, elle n'était plus seule.

37

1907

Le premier jour, Flora eut vraiment le sentiment que son rêve se concrétisait. Tout lui parut grandiose : le vaste amphithéâtre, la bibliothèque comme le salon, sans oublier sa chambre d'élève, bien à elle.

Après des mois d'efforts, elle effectuait enfin sa rentrée à l'école d'infirmières de la Pitié-Salpêtrière. Elle avait passé brillamment l'épreuve d'admission comportant narration, dictée, problèmes et… couture. De plus, il lui avait fallu mener un combat acharné pour obtenir l'autorisation de son aïeule. Heureusement, Lucile – désormais madame Scipion Damiens – l'avait soutenue.

Elle ne saurait dire pourquoi ce désir de devenir infirmière s'était imposé à elle. Elle aurait pu devenir institutrice. Cependant, l'enseignement ne la tentait guère. Son caractère la poussait à l'action. Or, pour elle, l'institutrice « éveillait » les enfants sans pour autant agir vraiment sur eux. En tant qu'infirmière, elle pourrait soigner, sauver, même.

Bonne-Maman avait tenté de la décourager.

« Tu tiens vraiment à t'occuper des sanies d'étrangers ? Vide-pot… quel glorieux métier ! C'est une profession de vieille fille ! »

Flora s'était contentée de serrer les dents. Il était inutile de chercher à la convaincre : elle retournerait ses arguments contre elle. Sa grand-mère, stratège redoutable, ne s'embarrassait pas de scrupules. Elle l'avait vue à l'œuvre lorsqu'elle avait cherché à convaincre Lucile que Scipion n'en voulait qu'à sa dot.

L'obstination de Lucile avait cependant réussi à faire plier l'impitoyable vieille dame.

« Agis comme bon te semble, si tu tiens vraiment à gâcher ta vie ! » avait-elle lancé à sa fille. Avant d'ajouter, perfide : « Dieu merci, à ton âge, tu es trop vieille pour avoir des enfants ! »

Lucile avait sangloté sur son épaule. Flora l'avait réconfortée de son mieux.

Bonne-Maman ne s'était pas déplacée pour le mariage de son unique fille.

« Cela vaut mieux », avait chuchoté Scipion, et ils avaient échangé un sourire complice.

Flora et lui s'entendaient bien, d'abord parce que Lucile était heureuse en sa compagnie. Il avait soutenu le projet de Flora et elle lui en était reconnaissante. Depuis leur mariage, Lucile et lui avaient emménagé dans un grand appartement lumineux rue de Courcelles, où ils avaient réservé une chambre à la jeune fille.

Très touchée, elle se rendait chez eux le plus possible, ce qui lui attirait quelques commentaires acerbes de la part de Bonne-Maman.

Cela lui importait peu !

Le premier jour, donc, elle était disposée à s'émerveiller de tout. Sa chambre personnelle constituait un vrai luxe, comparée au dortoir du pensionnat. Elle put ranger ses affaires dans l'armoire en pitchpin, poser ses livres et ses cahiers sur la table servant de bureau, placée sous la fenêtre. Personne ne viendrait la déranger en lui rappelant telle manifestation de charité ou en la pressant de trouver un cavalier pour le prochain bal. Elle était libre, enfin !

Sa voisine vint se présenter. Dix-huit ans à peine, un petit visage pointu sous une masse de cheveux roux… Flora la surnomma aussitôt « petit écureuil », sans le lui dire bien sûr. Pauline était une compagne charmante et gaie. Tout ce dont elle avait besoin !

Toutes deux parvinrent vite à identifier leurs différents professeurs, à se familiariser avec le travail qui leur était demandé. Aucun cours ne les rebutait. Pour sa part, Flora avait l'impression d'évoluer depuis toujours dans cette atmosphère studieuse. Là était sa place, elle en était convaincue, et ce malgré les tâches les plus ingrates qu'elles devaient accomplir.

Certains de leurs professeurs mettaient tout en œuvre pour les décourager.

« C'est de bonne guerre, la rassurait Coralie lorsque Flora le lui racontait. Ils veulent être sûrs de garder les meilleures ! »

Chère Coralie, au fil des années, elle lui était toujours plus précieuse. Flora aimait la rejoindre dans son appartement boulevard de Bonne-Nouvelle. Son adresse lui donnait le sourire. Elle vieillissait doucement, comme elle disait. Flora la trouvait toujours ravissante. Elle possédait un je-ne-sais-quoi qui attirait les regards masculins. Une langueur dans la démarche, un sourire plein de promesses…

« Si tu as conscience de ton pouvoir sur les hommes, tu as fait la moitié du chemin », proclamait-elle.

Grâce à Coralie, et à Lucile, elle avait obtenu plus de liberté. À moins que Bonne-Maman n'ait plus la force de lui imposer ses diktats ? Elle se contentait de soupirer en sa présence et de lâcher quelque commentaire sur les méfaits de l'hérédité.

Grâce à Lucile, elle savait que son père avait pris des dispositions pour qu'elle bénéficie d'une rente mensuelle. À sa majorité, elle hériterait aussi d'une maison qu'il possédait à Sceaux, léguée par sa grand-mère.

« Tu es une héritière, commentait Coralie. Quand je pense que Camille n'était pas attachée aux choses matérielles… »

Flora non plus. Mais la situation n'était pas la même. Ainsi que Coralie le lui avait déjà fait remarquer, elle n'avait pas connu la faim, ni la misère noire. Non, seulement la solitude et la misère du cœur.

Elle n'était plus seule. Elle avait Coralie, Lucile, Scipion. Et Pauline.

Il n'empêche… ses parents lui manqueraient toujours.

38

1913

Flora avait le sentiment d'être utile, enfin ! Après deux années particulièrement décevantes passées en hôpital, elle avait été admise dans le service du professeur Henri Génin. Il avait compris son désir de l'assister en salle d'opération et lui avait lancé, comme un défi : « Dans six mois, je compte sur vous ! »

Comment savait-il qu'elle était incapable de résister à une provocation de ce genre ?

Sa vie avait tant changé depuis l'obtention de son diplôme ! Elle était encore une jeune fille, alors. Elle rêvait de quitter la rue Saint-André-des-Arts, même si elle devinait que le combat serait rude. Bonne-Maman avait beau être diminuée par des rhumatismes invalidants, elle n'avait pas perdu l'habitude de distiller des perfidies. Elle se déplaçait désormais en fauteuil roulant, tout en continuant de vilipender la pauvre Lucile.

Sa tante et Scipion, contrairement aux prévisions de Madame mère, avaient eu un enfant, une ravissante petite fille prénommée Juliette. Scipion en était fou. Lucile donnait l'impression de ne pas croire à son bonheur, ce qui émouvait Flora. Naturellement elle était la garde toute désignée de Juliette quand ses parents devaient sortir. De par son statut de député, Scipion avait de nombreuses obligations et Lucile aimait à l'accompagner.

Ils formaient un couple harmonieux avec qui Flora s'entendait bien, même si sa confidente privilégiée demeurait Coralie.

Grâce à elle, elle avait appris beaucoup de choses sur la Commune et les « pétroleuses ».

« Comme souvent, on a faussement accusé les femmes. Pétroleuses… tu parles ! Un fantasme de bourgeois et de versaillais, oui ! Ils jouaient à se faire peur ! Et puis, pétroleuse, sorcière… c'est toujours la même chanson ! La faute des femmes. »

Flora aimait quand Coralie s'énervait ainsi. Elle n'avait rien oublié.

Les deux femmes s'étaient recueillies devant le mur des Fédérés.

« Camille se trouvait là durant la Semaine sanglante, lui avait raconté Coralie. Elle est restée aux côtés de son ami d'enfance Léon jusqu'au bout. Après… ma foi, c'est après que nous nous sommes rencontrées toutes les deux. Nous étions prisonnières, traitées plus bas que terre. On nous a traînées, enchaînées, jusqu'à Versailles. »

Sa voix s'était brisée. Flora avait alors mesuré combien cette période douloureuse l'avait marquée. Elle ne doutait pas qu'il en allait de même pour Camille.

Grâce à Coralie, elle avait pu rencontrer Louise Michel, quelques mois avant sa mort, en 1905. Celle-ci l'avait impressionnée par l'acuité de son regard et la vivacité de son esprit. Mais, ce qui l'avait profondément touchée, c'était sa remarque :

« Ma grande, tu ressembles beaucoup à ta mère ! »

Flora avait écrasé la larme qui roulait sur sa joue. Si ses deux parents lui manquaient, c'était de Camille qu'elle se sentait le plus proche. Camille, sa mère, qui ne fêterait jamais ses quarante-trois ans…

*

Chaque matin, après ses ablutions, Flora se campait devant le miroir du cabinet de toilette, attachait ses cheveux nattés et fixait son voile. Elle était fière de son uniforme immaculé comme de sa jupe bleue, de ses bottines noires et de sa coiffe. Parfois, elle s'attardait quelques instants à contempler son teint clair et ses yeux verts, à la recherche de cette ressemblance avec sa mère que Coralie évoquait souvent.

Dans la pièce voisine, Pauline s'impatientait.

— Pas encore prête ?

Pauline et Flora partageaient cet appartement du passage des Thermopyles comme elles avaient toujours tout partagé depuis l'Institution Bellevue. Elles travaillaient toutes les deux pour l'Assistance publique, à laquelle les liait leur contrat. Elles se complétaient l'une et l'autre. Pauline contrebalançait le côté impulsif de Flora et celle-ci l'incitait à ne pas douter de ses capacités. Inséparables, elles n'avaient pas souvenir d'une seule querelle.

Les parents de Pauline, rosiéristes à Sceaux, considéraient Flora comme leur deuxième fille, et Édouard, son frère aîné, lui avait appris la valse. Grâce à eux, elle se sentait presque normale.

Une journée chargée les attendait. Et, comme chaque matin, Pauline lui posa la question.

— Tu crois qu'il sera sur son pas de porte ?

Il, c'était monsieur Benavent, libraire de son état. La petite quarantaine, toujours tiré à quatre épingles, il avait séduit Pauline qui lui décochait chaque matin des regards énamourés.

— Nous verrons bien, lui répondit Flora d'un ton apaisant.

Monsieur Benavent était-il sensible au charme de son amie ? Flora l'ignorait et, pour dire le vrai, la différence d'âge qui les séparait lui paraissait un peu trop importante.

— Flûte !

Pauline ne chercha pas à dissimuler sa déception. Monsieur Benavent n'avait pas encore ôté les volets de bois qui protégeaient sa boutique.

— Demain est un autre jour, la rassura Flora.

Son amie lui adressa une horrible grimace et elles accélérèrent le pas pour grimper dans leur autobus.

Une nouvelle journée commençait !

★

« N'oublie pas, recommandait Lucile à Flora depuis une semaine. Vendredi soir, nous avons rendez-vous chez Coralie. »

Elles avaient instauré cinq ans auparavant la tradition des dîners du vendredi, une fois par mois, et n'y dérogeaient pas. Ce soir-là, c'était Coralie qui recevait dans son appartement du boulevard de Bonne-Nouvelle.

Chaque fois qu'elle y pénétrait, Flora cherchait l'ombre de Camille, bien que Coralie lui ait souvent répété qu'elles se voyaient trop peu.

« Elle courait toujours après le temps », lui avait-elle expliqué.

Flora avait cette fâcheuse habitude, elle aussi, de désirer effectuer plusieurs tâches en même temps.

Chez Coralie, beaucoup de bleu, sa couleur préférée, des meubles confortables, une atmosphère douillette. Depuis qu'elle avait perdu Roger, l'homme qu'elle aimait, mort subitement d'une attaque, elle vivait en la seule compagnie de César, son petit caniche.

« Je suis trop vieille à présent pour chercher à me caser ! » plaisantait-elle. Vieille, elle ? Elle était restée vive, avait une peau fraîche, un regard lumineux, un délicieux sourire, un brin canaille, qui permettait d'imaginer la jeune Coralie briseuse de cœurs.

Lucile avait changé elle aussi depuis qu'elle était mère. Rajeunie, elle s'habillait de couleurs claires, souriait beaucoup plus qu'auparavant, et ne cachait pas son entente avec son époux. Cependant, elle semblait soucieuse.

— Mère ne va pas très bien, annonça-t-elle.

— Voulez-vous que nous remettions notre dîner ? proposa Coralie.

Lucile esquissa un petit sourire contrit.

— Non, non. Ça ira.

Sa mère et elle éprouvaient-elles de l'affection l'une pour l'autre ? C'était si complexe…

Flora avait conscience de ne pas partager beaucoup d'affinités avec les Sénéchal, bien que son père lui ait donné son nom. L'univers de Camille lui paraissait plus familier. À moins qu'il ne s'agisse d'une illusion ?

De nouveau, elle oscillait entre deux mondes, sans savoir auquel elle appartenait vraiment.

Cependant, cela avait-il réellement quelque importance ?

Elle avait un métier, elle était une jeune femme libre.

39

1914

Coralie et Flora avaient réveillonné chez les Damiens. Le repas copieux et délicieux, les sourires de Juliette qui souhaitait « Bonne année » aux convives n'avaient pas suffi à dérider le front soucieux de Scipion.

« La politique ! » soupirait Lucile.

On était en petit comité, et c'était agréable de se réunir dans l'appartement chaleureux de la rue de Courcelles. Bonne-Maman avait décliné l'invitation de sa fille et de son gendre. « Moi, être reçue à la table d'un socialiste ? Quelle indignité ce serait ! ».

Désormais, elle vivait cloîtrée dans sa chambre. Son chien étant mort, elle ne l'avait pas remplacé. Flora se rendait rue Saint-André-des-Arts deux fois par mois, lui apportait quelques douceurs. Elle agissait par sens du devoir, ce qui la navrait. Elle aurait tant souhaité bien s'entendre avec sa grand-mère, échanger avec elle comme elle le faisait avec Coralie !

Mais, naturellement, c'était impossible. La vieille dame refusait de toutes ses forces le XXe siècle. La veille, elle avait tapoté du bout de son face-à-main un article du *Figaro*.

« Lis ! » avait-elle ordonné.

Flora avait failli éclater de rire en découvrant que monseigneur Amette, archevêque de Paris, condamnait le tango, « une danse lascive et offensante pour la morale ».

Coralie lui avait fait découvrir le tango sur son gramophone. La voix chaude de Carlos Gardel l'avait troublée, tandis qu'elle lui enseignait les pas de cette danse scandaleuse. Ou, plutôt, elle lui expliquait qu'il s'agissait d'une marche, née dans les bas-fonds de Buenos Aires, les *conventillos*.

« À la fin du siècle dernier, lui avait-elle raconté, il y avait en Argentine, terre d'immigration, beaucoup plus d'hommes que de femmes. Ces derniers s'entraînaient entre eux dans la rue avant de se rendre au bordel où ils dansaient une bonne partie de la nuit avec la prostituée de leur choix. Pourtant, ce n'était pas une question de pas. Le tango, c'est une approche sensuelle de deux corps qui improvisent tout en se rapprochant grâce à l'*abrazo*, l'enlacement. L'homme impose son rythme, la femme suit, jusqu'à un crescendo de sensations. »

Flora s'était amusée.

« Seigneur, Coralie ! Comment sais-tu tout cela ? »

Son amie avait alors esquissé un sourire empreint de nostalgie.

« Roger avait vécu quelques années à Buenos Aires. Il y retournait tous les deux ans pour ses affaires. C'est lui qui m'a initiée au tango. »

Flora percevait toute l'émotion de son amie.

Aussi, quand elle entendit Bonne-Maman critiquer le tango, éprouva-t-elle le besoin de la contrer.

« Cette danse est merveilleuse », lui dit-elle.

Madame Sénéchal manqua s'étrangler.

« Flora Sénéchal ! Tu renies ton éducation, ta famille ! »

Elle ne put résister à la tentation de répliquer : « Parce que j'ai une famille ? »

Elle aurait dû deviner qu'elle n'était pas de taille. Au lieu d'accuser le coup, sa grand-mère lui décocha un regard dur.

« Décidément, tu ne seras jamais une véritable Sénéchal ! » lui asséna-t-elle.

Vaincue, Flora tourna les talons.

*

Juillet 1914

— N'oublie pas, surtout : le 5, nous nous réunissons toutes aux Tuileries !

Flora vit les yeux de Coralie briller. Brûlait-elle du désir de prendre sa revanche… pourquoi pas sur l'année 1871… quarante-trois ans auparavant ? Elle fut saisie de vertige à cette idée, se livra à un rapide calcul. Camille aurait dépassé les soixante ans !

Inimaginable pour elle : il lui semblait qu'elle avait vingt ans pour toujours.

Elle sourit à son amie.

— Promis ! Je ne raterai ça pour rien au monde.

Lucile ne les accompagnerait pas, elle se disait obligée à un certain devoir de réserve puisque Scipion était député. La situation politique était déjà assez compliquée !

Pauline ne viendrait pas non plus : elle pouponnait Alice, la filleule de Flora, âgée d'un mois. Mariée à monsieur Benavent depuis l'été dernier – à partir du moment où ils avaient échangé quelques mots, tout était allé très vite entre eux –, son amie rayonnait. Elle avait cessé de travailler juste avant son mariage, ce qui avait laissé Flora rêveuse.

Elle-même serait-elle prête à renoncer à son indépendance ?

Le 5 juillet, Flora tenta de discipliner ses cheveux fous et s'habilla avec soin. Jupe en tussor bleu marine, chemisier blanc à col lavallière, veste marine légèrement appuyée sur les hanches et canotier de paille orné d'un camélia blanc.

Elle retrouva Coralie vêtue de bleu marine, elle aussi, rue des Pyramides. Elle brandissait une ombrelle d'un geste belliqueux.

— Elle pourra nous être utile si l'on nous charge ! annonça-t-elle.

— Nous ne sommes pas à Londres !

— Dieu merci ! C'est horrible la façon dont les suffragettes y sont traitées !

Le droit de vote paraissait à Flora une notion un peu abstraite mais, grâce à Scipion, elle réalisait que la situation actuelle ne pouvait perdurer. De plus, c'était pour elle une façon de mettre ses pas dans ceux de Camille et de Paul. Ses parents.

Au fur et à mesure qu'elles se rapprochaient des Tuileries, elles constatèrent que de nombreux groupes de femmes convergeaient dans la même direction.

Vêtements sobres, visages résolus, elles se ressemblaient toutes un peu, malgré leurs différences d'âge.

— Regarde ! souffla Coralie, désignant une femme d'allure imposante, à l'abondante chevelure blanche. C'est Séverine, la célèbre journaliste. Camille la connaissait bien.

Malgré les craintes de Coralie (à moins qu'elle ne souhaitât en découdre avec les forces de l'ordre), la manifestation se déroula dans le calme. Elles eurent même la surprise de voir des représentants de la gent masculine les rejoindre. Les manifestantes allèrent fleurir la statue de Condorcet, grand défenseur des droits des femmes, quai de Conti.

Flora sursauta quand une main se posa sur son épaule.

— Mademoiselle Sénéchal ? C'est bien vous ?

Stupéfaite, elle reconnut la voix grave du professeur Génin. Elle n'imaginait pas en effet que son chef de service se rendrait à ce genre de manifestation. Il portait un simple complet veston et paraissait beaucoup s'amuser.

— Ma sœur m'a incité à me rendre à cette manifestation, déclara-t-il, et, ma foi, je n'en suis pas fâché. Mesdames, vous vous comportez fort dignement.

— À quoi vous attendiez-vous donc ?

— Eh bien, je craignais que certaines ne se laissent aller à de regrettables excès. Vous savez, comme les suffragettes britanniques. J'ose croire que vous êtes plus avisées.

— L'avenir nous le dira ! répliqua la jeune fille.

Le visage du professeur s'assombrit.

— Je ne suis guère optimiste en ce qui concerne l'avenir, précisément. Mais... je ne veux pas ternir cette journée. Prenez soin de vous, mademoiselle Sénéchal.

Il toucha de deux doigts son chapeau avant de s'éloigner à grands pas vers le pont des Arts.

Songeuse, Flora le suivit d'un regard intrigué.

40

1914

Flora devait souvent songer au pessimisme du professeur Génin durant ce mois de juillet pas comme les autres.

La lecture des quotidiens suscitait espoir et inquiétude. Scipion estimait que Jean Jaurès aurait suffisamment d'influence pour sauver la paix. Lucile priait. À l'hôpital, le professeur Génin demandait de procéder à un inventaire des ressources en pansements, bandages, charpie, désinfectant.

Son visage s'assombrissait au fil des jours, et Flora imaginait fort bien à quoi il pensait. Certains moments, elle aurait aimé lui proposer : « Venez, parlons un peu de ce qui vous préoccupe », sans toutefois oser le faire. Leur rencontre à la manifestation du 5 juillet le lui avait fait découvrir sous un autre angle. S'il avait toujours été courtois, il était désormais différent avec Flora. Presque… complice.

Elle l'admirait, son habileté en salle d'opération l'émerveillait, tout comme son empathie vis-à-vis de ses patients. On murmurait à l'hôpital qu'il avait été marié, puis avait divorcé. Une sordide affaire d'adultère, son épouse étant partie avec un comte, ou un industriel normand, sur ce point, les avis divergeaient.

Cette histoire l'auréolait de mystère. On le plaignait, tout en considérant qu'il se consacrait sans relâche à son métier et que, peut-être, cela expliquait le départ de sa femme. Un parfum de scandale flottait autour de lui. Dans son milieu, en effet, on ne divorçait pas.

« Le mariage vous lie à vie », aurait dit Bonne-Maman.

Flora rendait visite de moins en moins souvent à sa grand-mère, tout en le déplorant. Cependant, chaque fois qu'elle sortait de l'hôtel de la rue Saint-André-des-Arts, elle ne parvenait pas à retenir ses larmes tant la vieille dame se montrait odieuse.

Elle lui avait trouvé une garde-malade efficace, mademoiselle Delaunay, et, en d'autres circonstances, se serait amusée de voir sa grand-mère filer doux sous sa férule.

Scipion avait recommandé à Lucile de voir sa mère le moins possible, la pauvre étant devenue son souffre-douleur. Lucile serait excommuniée parce qu'elle avait épousé un socialiste, anticlérical de surcroît, les enfants d'Edmée l'avaient trahie, son existence était un long chemin de croix… Il était difficile de rester sereine face à tout ce qu'elle pouvait lui jeter au visage.

Lorsque Flora osa évoquer ce sujet douloureux avec le professeur Génin, il lui parla sans détours de démence sénile et lui indiqua le nom d'un de ses amis qui pourrait être de bon conseil. Elle transmit l'information à Lucile, qui ne souhaita pas donner suite.

Sa tante vivait de plus en plus mal la dégradation de l'état de sa mère. Par bonheur, Juliette l'aidait à surmonter ce passage. C'était une petite fille vive, pleine de gaieté, et câline. Régulièrement, lorsque Flora la serrait contre elle ou jouait avec elle, elle se disait : Pourvu que ses parents puissent continuer à la chérir longtemps…

Même si le temps avait passé, elle n'avait pas oublié les années durant lesquelles elle avait subi l'éducation impitoyable de Mademoiselle. Celle-ci n'avait pas éprouvé de compassion pour l'orpheline, la privant de toute manifestation de tendresse, traquant chez elle le moindre accès de sensibilité.

« Se tenir droite, tel est le secret dans la vie », lui répétait-elle.

Au point qu'aujourd'hui encore, on la complimentait sur son port de tête et son allure.

En ce jour chaud de la fin juillet, Flora prit le chemin de la rue Saint-André-des-Arts. Sa conscience la tourmentait.

Rien ne semblait avoir changé dans l'hôtel particulier, si l'on exceptait le fait que l'atmosphère de la demeure paraissait de plus en plus sépulcrale.

Il flottait dans le boudoir de Bonne-Maman une odeur douceâtre aisément reconnaissable, sanies et désinfectant mêlés. Fidèle au poste, mademoiselle Delaunay lui dressa un bref résumé de la situation. Sa grand-mère passait par des alternances de somnolence et d'agressivité. Elle affirmait être victime de vol, se relevait la nuit pour dissimuler ses bijoux dans les cachettes les plus saugrenues, et se laissait parfois aller à lâcher des bordées d'injures.

— Le tableau classique, conclut-elle, et le cœur de Flora se serra.

Dans son enfance, Bonne-Maman lui paraissait être toute-puissante. Or, elle était désormais une vieille dame perdant la tête qui posait sur elle un regard empreint d'angoisse.

— Lucile ? Ce n'est pas toi ? fit-elle.

Flora s'approcha d'elle, se pencha pour poser un baiser sur son front. Jadis, elle se serait rejetée en arrière en se récriant : « Pas d'embrassades ! C'est d'un vulgaire ! »

Cette fois, elle ne protesta pas, se contentant de soupirer.

— Non, ce n'est pas Lucile. Elle ne quitte pas son mouchoir. Vous avez plus de cran, jeune fille. Oh ! Flora. C'est bien cela, n'est-ce pas ? Vous êtes Flora.

Elle inclina la tête.

— En effet, Bonne-Maman.

Celle-ci gâcha tout en chantonnant :

— Flora la bâtarde. La fille de la pétroleuse.

C'en était trop ! Malgré ses bonnes résolutions, la jeune femme fit demi-tour, sans plus se soucier de sa grand-mère qui s'égosillait :

— La fille de la pétroleuse ! Ah ! Ah !

En fait, pensait-elle, elle n'était pas plus forte que Lucile. Elle parcourut d'un pas rapide la distance qui la séparait du hall et s'effondra en larmes sur la banquette recouverte de velours vert. Elle se tamponna les yeux.

Mademoiselle Delaunay la rejoignit. Son visage exprimait la compassion et Flora se redressa instinctivement. Ne pas susciter la pitié, jamais.

— Elle ne sait plus ce qu'elle dit, souffla-t-elle.

Flora laissa échapper un petit rire qui ressemblait à un sanglot.

— Détrompez-vous, mademoiselle. Elle sait encore très bien décocher des piques. Adieu.

Elle franchit la porte de l'hôtel des Sénéchal pour la dernière fois.

Quoi qu'il arrive, elle savait qu'elle n'y reviendrait pas.

Plus jamais.

41

1914

La nouvelle la prit de court et lui fit monter les larmes aux yeux. Scipion lui en fit part au téléphone alors qu'elle venait de rentrer.

— Jaurès est mort, déclara-t-il d'une voix blanche, avant d'ajouter : Assassiné au café du Croissant, il y a moins d'une heure. Peux-tu venir tenir compagnie à Lucile ? Elle est effondrée et j'ai une réunion à la Chambre.

Elle répondit : « Oui, j'arrive », et prit à peine le temps de se changer. La chaleur lourde en ce 31 juillet lui donnait la sensation d'étouffer. Elle attrapa l'autobus au vol.

Lorsqu'elle arriva chez Lucile et Scipion, ce dernier fila aussitôt après lui avoir recommandé de garder son calme.

Lucile se tordait les mains. Elle lui sauta au cou. Juliette dormait dans sa chambre, heureusement.

— Nous sommes perdus ! hoqueta-t-elle. La guerre… Jaurès était notre dernier rempart.

À cet instant, une boule d'angoisse noua la gorge de Flora. À vingt-quatre ans, elle ignorait tout de la guerre mais elle estimait que des hommes de pouvoir comme Scipion étaient au fait de la situation.

Elle incita sa tante à s'asseoir, lui proposa une tasse de thé. Elle se rendit à l'office, désert à cette heure, mit de l'eau à chauffer. Lucile faisait venir de Saint-Pétersbourg un thé noir aromatisé à la bergamote et aux agrumes qu'elles appréciaient toutes les deux. Flora le sucra abondamment et en apporta une tasse à sa tante. Celle-ci la remercia d'un sourire tremblé.

— Pardonne-moi, ma chérie, j'ai tant prié pour que nous échappions à la guerre… Cela me fait peur, tu ne peux imaginer à quel point. Juliette est si petite, elle a besoin de son père et moi… sans Scipion, je suis perdue. C'est grâce à lui, grâce à son amour, que j'ai trouvé la force de tenir tête à ma mère. J'ai fait preuve d'une telle lâcheté, avant de rencontrer Scipion…

Elle lui raconta qu'elle n'était pas parvenue à s'opposer à Bonne-Maman lorsque celle-ci avait refusé de recevoir Camille.

— J'ai été élevée dans l'idée que je devais un respect total à mes parents, poursuivit-elle. Mon père étant décédé relativement jeune, ma mère a pris le pli de tout régenter, ce qui convenait fort bien à son caractère. Ton père, Paul, ne l'a pas supporté et a choisi de vivre à sa façon. De toute manière, notre père l'avait déjà chassé quand Paul a refusé de lui succéder. Moi, la seule fille, j'ai dû m'incliner. Les bonnes œuvres, le thé du jeudi, les visites de l'archiprêtre de la paroisse… j'ai tout supporté. Jusqu'au jour où ma rencontre avec Scipion m'a ouvert les yeux…

— Ce fut une chance pour toi, lui dit Flora.

Lucile, émue, inclina la tête.

— Nous nous aimons tant. Malgré tout. Parce que, tu sais, ma mère a multiplié les chausse-trappes et tout mis en œuvre pour nous séparer. Jusqu'à colporter une rumeur selon laquelle il aurait deux enfants naturels.

— C'est le passé, lui rappela Flora, soucieuse de la réconforter. Vous avez surmonté les obstacles.

— Mais s'il est mobilisé ? Il va partir et moi, je mourrai d'angoisse. Oh, que cette vie est injuste !

Flora réprima un soupir. Lucile lui semblait tout à coup très puérile, et pusillanime. Mais elle n'avait jamais travaillé dans un hôpital, n'avait pas suturé de plaies profondes, ni tenu la main d'un patient qui ne verrait pas le soleil se lever… Son éducation avait préservé Lucile des réalités de la vie, ce qui la rendait encore plus attachante. Malgré la vingtaine d'années qui les séparait, Flora éprouvait le besoin de la protéger.

— Essaie de garder espoir, lui dit-elle, un peu rudement. Le pire n'est jamais sûr. Il est peut-être encore possible de sauver la paix.

Sa tante secoua la tête avec une obstination qui l'aurait fait sourire en d'autres circonstances.

— Tu verras ! Je sais que je ne me trompe pas, hélas ! Promets-moi une chose : tu t'occuperas de Juliette s'il en est besoin ?

— Si cela peut te tranquilliser, promis ! Mais cesse de te tourmenter ainsi et bois ton thé.

Sa tante lui adressa une grimace qui lui rappela la Lucile d'autrefois, celle qui la faisait rire pour l'aider à oublier les avanies de Mademoiselle. Certains jours, elle aurait tout donné pour pouvoir s'échapper de la demeure des Sénéchal.

Elle osa alors poser une question qui lui brûlait les lèvres depuis longtemps :

— Dis-moi… t'entendais-tu bien avec Paul, mon père ?

Lucile marqua une hésitation après avoir bu une gorgée de thé.

— Paul était mon héros ! Grand, beaucoup de charme, auréolé d'une réputation sulfureuse. Il s'affirmait athée et de gauche, ce qui faisait de lui l'équivalent de l'Antéchrist, pas moins. Il m'avait rapporté d'un de ses reportages en Russie une série de poupées russes, me parlait des tribus indiennes et de la guerre de Crimée. Génial touche-à-tout, il écrivait des articles à la fois bouleversants et pétris d'intelligence. Que pourrais-je dire de plus ? C'était mon frère, et je l'adorais.

Sa voix se brisa.

— Toutes ces années perdues… poursuivit-elle. C'est en mémoire de mon frère, aussi, que j'ai décidé de me rebeller. Ta mère et lui n'ont pas longtemps profité de leur choix de vivre ensemble. Ils le méritaient, pourtant !

Flora souffla : « Je suis désolée », sans parvenir à déterminer ce qui lui faisait le plus de peine. Les choix tardifs de Lucile ? Ou bien le fait que Bonne-Maman ait tenu les siens sous un joug sévère ? Elle n'aurait su le dire.

Une larme coula le long de la joue de Lucile.

— Je crois que je vais suivre ton conseil, déclara-t-elle. Avancer, sans plus me soucier du passé. Même si c'est difficile.

— Nous n'avons pas le choix, de toute manière !

Après avoir bu leur thé, Lucile proposa un verre de cognac, « pour nous remettre les idées en place », et Flora accepta.

Au bout du troisième verre, elles étaient pompettes, comme aurait dit la mère de Pauline. Scipion n'était pas encore revenu, mais Lucile ne paraissait plus s'en soucier.

Flora la conduisit jusqu'à sa chambre, lui ôta son déshabillé et la mit au lit. Elle murmura un vague « Merci » et s'endormit sitôt la tête posée sur l'oreiller. Puis Flora passa voir Juliette qui dormait profondément en émettant de légers bruits de succion.

Elle retourna au salon. Elle lava les tasses et les verres à l'office, elle avait besoin de s'activer pour ne pas trop s'inquiéter.

La pendule sur la cheminée indiquait deux heures quand Scipion rentra enfin. Il avait l'air épuisé, se tenait légèrement voûté.

— C'est fini, lui annonça-t-il d'une voix détimbrée.

Il chercha Lucile du regard, Flora lui raconta leur soirée, et l'épisode du cognac le fit sourire.

Il se laissa tomber lourdement sur un fauteuil confortable.

— Ma petite Flora, nous allons droit à la catastrophe, commença-t-il d'une voix empreinte de lassitude. Je t'en conjure, ne le répète pas à ta tante, mais nous ne sommes pas prêts pour cette guerre que les nationalistes appellent de leurs vœux. Nous sommes un pays plus rural qu'industriel et, de surcroît, un pays vieillissant. Je ne te parle même pas de l'équipement de nos soldats ! Cela fait des mois que nous nous battons à la Chambre pour faire supprimer ce pantalon garance grotesque qui fait de nos hommes de parfaites cibles. En vain, naturellement ! Les vieilles badernes de l'état-major ne veulent pas entendre parler de changement.

— Lucile redoute que tu participes aux combats.

— Hé ! Voudrait-elle donc que je me cache dans un buisson, « tremblant comme un philosophe[1] » ? C'est hors de question !

Flora réprima un soupir.

— C'est bien ce que je pensais.

Elle amorça le mouvement de se lever.

— Mon cher Scipion, je t'abandonne. J'ai besoin de dormir un peu.

---

1. Allusion à une célèbre scène de *Candide* de Voltaire.

— Installe-toi dans ta chambre.

— Merci, je préfère rentrer. Je suis partie si vite que je n'ai pas donné sa pâtée à Salammbô.

Il rit.

— La guerre va être déclarée d'un jour à l'autre, et tu te soucies de ton chat ! J'admire ton calme.

Elle soutint son regard amusé.

— Ai-je vraiment le choix ? Mon attitude ne changera rien au drame que nous vivons, n'est-ce pas ? Alors, autant continuer de vivre, tant que nous le pouvons.

— Oui, tant que nous le pouvons, répéta-t-il.

C'était le 1er août 1914.

42

1914

— Attendez-moi, mademoiselle Sénéchal !

Le professeur Génin venait de rattraper Flora sur le seuil de la salle d'opération. Il ôta son calot blanc, passa sa main écartée dans ses cheveux grisonnant aux tempes.

Quel âge pouvait-il avoir ? se demanda-t-elle tout à trac. La quarantaine.

Elle inclina la tête. La veille, elle lui avait confié : « J'aimerais m'impliquer davantage dans la défense de mon pays. »

Même si l'ennemi se rapprochait, Paris était encore épargné. Cependant, les journaux présentaient en première page des images effrayantes de réfugiés belges, hagards, terrorisés par le million de militaires allemands ayant déferlé sur leur pays. Le plan de von Schlieffen d'offensive éclair par la Belgique avait porté ses fruits et jeté sur les routes de l'exil un million et demi de Belges, en charrette, à pied, et même en brouette.

Elle comprenait mieux désormais ce que Scipion avait voulu dire le soir où il lui avait confié : « Nous ne sommes pas prêts. »

C'était tragiquement vrai.

Le professeur Génin plissa les yeux tout en observant Flora avec attention.

— Vous n'avez pas de charge de famille, n'est-ce pas ?

Elle secoua la tête.

— Ma grand-mère a une dame de compagnie, et ma tante va la voir régulièrement. Je n'ai ni époux ni enfant.

— C'est bien ce qu'il me semblait. Des collègues et moi réfléchissons à un projet d'envergure mais nous avons besoin de personnes totalement disponibles. Puis-je compter sur vous ?

L'espace d'un instant, juste avant d'acquiescer, Flora eut de la peine à dissimuler son excitation. Elle avait tant envie d'être utile ! Comme si elle avait eu quelque faute obscure à racheter.

Malgré ses efforts, elle savait que les épithètes peu flatteuses de sa grand-mère l'avaient profondément marquée.

Elle était une enfant illégitime.

« Nuance ! corrigeait Coralie, les yeux rieurs. Une enfant de l'amour ! Voilà qui change tout ! »

Malgré son emploi du temps plus que chargé, Flora se rendait toujours chez l'amie de sa mère, qui était devenue pour elle comme un membre de sa famille. Après avoir rempli ses placards et son cellier de provisions, Coralie s'estimait prête à affronter l'invasion des Prussiens… tout en espérant ne pas les revoir sur les Champs-Élysées comme en 1871 !

Malgré ses soixante-cinq ans, elle demeurait une âme forte et Flora l'admirait autant qu'elle l'aimait. En elle, elle croyait souvent deviner des traits de caractère de sa mère.

De son côté, Lucile s'efforçait de ne pas laisser voir sa peur panique de la guerre. Par amour pour Scipion, elle restait sereine en apparence après avoir passé plusieurs nuits à tremper ses mouchoirs de larmes. Elle s'était inscrite à la Croix-Rouge et consacrait ses après-midi à préparer pansements et charpie, tout en priant pour ne pas être confrontée aux blessés.

« Je serais capable de m'évanouir, avait-elle confié à sa nièce. Tu imagines le scandale ! »

Camille était-elle forte comme Coralie ? Flora le croyait. Au fur et à mesure que les années passaient, ses questions au sujet de Camille se faisaient plus pressantes.

Elle aurait pu croire que le temps apaiserait ses interrogations. Or, il n'en était rien. Elle voulait savoir.

Et puis, le professeur Génin réclama sa présence et elle n'eut plus le temps de se poser des questions.

Il l'avait invitée à venir assister à une conférence donnée à l'hôpital du Val-de-Grâce. Flora perçut celle-ci comme un constat accablant. En effet, le conférencier, un médecin-major, leur apprit que les effectifs en médecins et infirmiers étaient de loin inférieurs à ceux initialement prévus.

Dès les premiers mois, les postes de secours régimentaires étaient débordés. Des matelas, des canapés, voire de la paille, étaient destinés aux blessés qui avaient parfois été évacués par ambulance hippomobile avec les risques qu'on pouvait imaginer en matière d'hémorragie ou d'infection.

Le personnel médical de chaque poste de secours se composait d'un aide-major, d'un médecin auxiliaire, d'un infirmier étudiant en médecine, d'infirmiers régimentaires et d'habitants bénévoles.

Le matériel se limitait à des paniers de pansements de cavalerie, des sacs d'infirmiers et des pansements individuels.

Il n'existait que vingt-cinq sections sanitaires d'évacuation pour l'ensemble de l'armée.

— Voilà à quoi nous en sommes réduits ! tonnait le conférencier, alors que nous avions reçu mille et une promesses et avons eu la faiblesse de leur accorder foi !

Il céda alors la parole au professeur Génin qui décrivit à son tour une situation apocalyptique. La France manquait de tout et les premiers mois de guerre avaient tragiquement démontré l'importance de ses lacunes. Les trains réquisitionnés pour transporter les blessés du front jusqu'aux hôpitaux de l'arrière étaient beaucoup trop longs, et le trajet trop pénible. Trois jours de voyage dans des fourgons étouffants, dans une odeur insoutenable de sang, de transpiration et de crasse, sans équipement autre que des lampes pour éclairer les blessures ou refaire des pansements, constituaient une épreuve dont peu revenaient vivants.

— Dans ces conditions, poursuivit le professeur Génin, il nous faut procéder à l'envers et amener les hôpitaux directement sur le front.

Un silence se fit.

Flora regarda autour d'elle en se disant : Mais bien sûr ! Pourquoi personne n'y a-t-il pensé ?

Elle entendit le professeur évoquer une salle d'opération mobile conçue par un certain Paul Boulant, ingénieur havrais, puis une ambulance chirurgicale expérimentale installée près d'Hesdin, à dix kilomètres du front. Soixante-dix blessés y avaient été opérés en l'espace de deux semaines. N'était-ce pas merveilleux ?

— Nous allons développer ces ambulances, qu'on appelle déjà « autochirs », conclut le professeur. C'est la solution d'avenir.

In petto, Flora songea que la guerre n'était pas près de s'achever si l'on souhaitait en haut lieu prévoir pour le long terme !

Mais, ce point excepté, cette solution d'avenir l'enthousiasmait.

*

Juillet 1915

Enfin ! Nous y sommes ! songea Flora.

Elle était heureuse, et fière, d'avoir été choisie pour faire partie du personnel sanitaire d'une autochir au front, sous le commandement d'Henri Génin. Il savait motiver les membres de son « équipe de choc », comme il les appelait.

Ils étaient une bonne quarantaine, médecins, infirmiers, chauffeurs, techniciens, tous unis pour opérer les blessés les plus graves sur le front.

Leur autochir était répartie en cinq camions Berliet type CBA, deux camionnettes plus légères et quatre véhicules sanitaires Renault.

Le camion A, réservé à la stérilisation, contenait les autoclaves, bouilloires, étuves, chauffe-linge... alimentés par un générateur à vapeur ainsi que les radiateurs de chauffage central et les paniers de chirurgie.

Le camion B était le camion de radiologie.

Dans le camion C, les panneaux démontables d'une salle d'opération, la pharmacie et le groupe électrogène.

Les deux autres camions transportaient la literie.

Personnel et matériel administratif trouvaient place dans les deux camionnettes. Les quatre véhicules sanitaires transportaient des infirmiers et étaient utilisés, le cas échéant, pour évacuer les blessés.

Le pavillon opératoire, quinze mètres de long sur cinq mètres de large, se montait en trois heures.

Il se composait de panneaux interchangeables en contreplaqué et les fenêtres possédaient des carreaux en mica. En guise de toiture, une toile verte imperméable. Le plafond était une sorte de vélum blanc.

Flora était très fière de cette organisation.

Elle s'était liée avec deux autres infirmières, Sophie et Alix. Célibataires aussi, sans charge de famille, elles partageaient son engagement. Elles travaillaient dur et, lorsqu'elles se retrouvaient, en général dans un café de l'arrière, elles n'hésitaient pas à commander un cognac plutôt qu'une limonade. Elles n'avaient pas, cependant, de problèmes avec leurs collègues masculins. Confrontés aux mêmes horreurs qu'elles, ils comprenaient leur besoin de se changer les idées et de tenter d'oublier. Elles restaient sages, cependant, et rentraient se coucher à minuit au plus tard. Flora n'avait plus de nouvelles de Pauline, partie sur la Riviera avec sa fille et ses parents pendant que monsieur Benavent se battait dans l'Est.

Les autochirs représentaient un énorme progrès.

Les blessés les plus graves n'étaient plus envoyés vers l'arrière, dans des trains inconfortables qui risquaient d'être mitraillés ou bloqués sur une voie de garage. Les médecins procédaient notamment à des interventions abdominales, représentant le plus gros risque de mortalité.

Certaines blessures étaient si repoussantes que les infirmières devaient faire appel à toute leur maîtrise pour ne pas s'évanouir.

Parfois elle songeait à ses parents, morts tous deux suite à l'explosion d'une bombe dans le restaurant où ils dînaient en amoureux, et elle se demandait si elle aurait pu les sauver. Il y avait plus de vingt ans… les connaissances en chirurgie avaient progressé.

Vite, elle s'efforçait de ne plus y penser. Les blessés étaient leur priorité.

Alix et Flora travaillaient souvent en binôme en « salle d'op ». Henri Génin affirmait qu'elles étaient les meilleures et il arrivait que Flora le crût. Son opinion avait de l'importance pour elle.

En fin de journée, ils effectuaient leur « tournée des malades ». Leur installation paraissait luxueuse par rapport aux conditions qu'ils avaient connues durant les premiers mois de la guerre.

Son seul regret était le nombre nettement insuffisant de ces autochirs. Mais Henri Génin restait optimiste.

« Le mouvement est amorcé, répétait-il. Les autorités ne peuvent pas le nier. »

Ils gagneraient, ils en étaient tous certains. Même si, de l'autre côté des tranchées, l'ennemi pensait exactement la même chose !

43

Novembre 1915

En toute logique, conformément à l'éducation qu'elle avait reçue, Flora aurait dû avoir honte de son comportement. Mais cette pensée l'avait à peine effleurée.

Le soir où elle avait accompagné Henri dans sa chambre, alors qu'ils se trouvaient dans la Marne, elle savait ce qu'elle désirait.

Qu'il la caresse, qu'il l'aime, en lui faisant oublier tout ce qui n'était pas eux deux.

Ils avaient perdu Bleuet, un blessé si attachant que Flora aurait voulu donner sa vie pour lui. Il ne s'appelait pas Bleuet, naturellement, mais ils l'avaient surnommé ainsi à cause de ses yeux d'un bleu étonnant, à la fois profond et limpide.

Il était si jeune, aussi ! Dix-huit ans à peine, la candeur d'un adolescent. Henri avait déjà dû l'amputer d'une jambe gangrenée. Il était mort d'un choc septique et ils avaient tous pleuré.

« J'ignore jusqu'à son prénom », avait sangloté Alix sur l'épaule de Flora.

Celle-ci avait répondu :

« Je crois qu'il s'appelait Marcel mais pour nous, il restera à jamais Bleuet. »

Il pleuvait ce jour-là, une pluie lente et inexorable, qui transformait leur environnement en bouillasse infâme.

Ce temps déprimant affectait leur moral, même si elles prétendaient ne plus y prêter attention.

À l'est de Reims, dans le secteur de Suippes, l'ennemi avait tenté deux assauts des positions françaises après un violent bombardement. Le premier assaut avait été arrêté. En revanche, le second avait permis aux soldats allemands de pénétrer les premières lignes françaises.

Chaque offensive se soldait par un nouvel afflux de blessés.

Certains soirs, Flora était si épuisée qu'elle tombait sur son lit de camp sans même prendre la peine de se dévêtir. Elle se réveillait au milieu de la nuit, en proie à d'horribles cauchemars.

Était-ce pour cette raison qu'elle préférait passer ses nuits dans les bras d'Henri ? Ils s'étaient rapprochés au bloc opératoire. Un trouble insidieux lorsque leurs doigts s'effleuraient par inadvertance. Au fond d'elle-même, elle devait reconnaître qu'il y avait quelque chose entre eux depuis le jour où elle avait intégré son équipe, deux ans auparavant. Elle se rappelait son émoi quand elle l'avait croisé le dimanche de la manifestation des femmes.

Henri savait-il déjà qu'ils étaient attirés l'un par l'autre ? La seule certitude de Flora : elle se sentait en sécurité lorsqu'il se trouvait non loin d'elle. Une sensation qu'elle recherchait depuis la mort brutale de ses parents.

Ils devisaient après l'amour. Elle n'éprouvait aucune gêne dans ses bras, peut-être parce qu'elle était à l'aise avec son corps. Il lui disait qu'elle était belle.

Dans ses bras, elle oubliait tout ce qui n'était pas eux. Cependant, dès qu'elle l'avait quitté, elle reprenait son statut et son uniforme d'infirmière d'une autochir.

Ils côtoyaient de telles atrocités qu'ils avaient besoin de s'évader durant leurs rares moments de repos.

Alix était plus sage que Flora et n'avait pas d'amoureux attitré. Ce qui ne l'empêchait pas de flirter effrontément avec les jeunes gens qu'elle pouvait rencontrer.

Bonne-Maman aurait été scandalisée si elle avait eu connaissance de leur mode de vie. Cela importait peu à Flora, désormais. Les horreurs de la guerre avaient contribué au changement des mentalités. Même si elle devinait que, dès la fin des hostilités, les femmes perdraient leurs acquis. Scipion le lui avait souvent répété : « Le monde n'est pas prêt à accepter l'égalité entre les hommes et les femmes. »

À chacune de ses permissions, elle se rendait à Paris afin d'embrasser Lucile et la petite Juliette. Elles étaient sa seule famille avec Scipion et Coralie. Sa vieille amie, soucieuse de se rendre utile, servait en tant que bénévole.

« Camille m'aurait accompagnée, si elle avait été encore là », lui avait-elle confié, et Flora en était convaincue. Peut-être même serait-elle venue avec son carnet de croquis et ses sanguines, afin de réaliser le portrait de blessés.

Même si sa douleur s'était estompée, elle souffrait toujours du manque de ses parents. C'était pour elle une faille dans sa vie qui ne serait jamais comblée.

★

Mars 1916

La mitraille pleuvait sans interruption, les projectiles se croisaient en tous sens dans la nuit de mai, au-dessus des pentes du Mort-Homme. Le bombardement, d'une violence inouïe, avait mis à mal la défense des 19e et 20e Compagnies. On défendait chèrement ses positions, à la grenade et au lance-flammes, malgré l'usage, en face, de gaz suffocants.

À l'intérieur du bloc, ils opéraient en silence malgré l'urgence. Faire vite, toujours plus vite, sans pour autant bâcler leur travail. Flora éprouvait une compassion croissante pour les blessés qu'on leur amenait. Couverts de sang, en état de choc, inconscients ou hagards, ils étaient les seigneurs de cette terre meusienne boueuse. Il fallait tailler, découper les vêtements auxquels collaient des lambeaux de chair, nettoyer les plaies couvertes de sang coagulé, surmonter la répulsion face aux blessures ouvertes.

À la fin de cette nouvelle journée passée à sauver des inconnus qui devenaient pour elle aussi importants que ses proches, elle ressentit le besoin de s'éloigner du convoi. Il lui semblait sentir encore l'odeur d'éther et de phénol, ses épaules étaient douloureuses, il fallait qu'elle respire l'air du soir même si elle percevait toujours l'écho des combats.

Dans leur monde, ils côtoyaient le sang et les sanies, ils entendaient les gémissements et les éclats d'obus plus que les chants des oiseaux.

Elle songeait souvent à Scipion qui lui avait confié : « Nous ne sommes pas prêts. » C'était la vérité. Depuis août 1914, Flora avait le sentiment qu'ils avaient toujours un train de retard sur l'ennemi. Les pantalons couleur garance des soldats, l'absence cruelle de casque protecteur, les tranchées françaises plus rudimentaires que celles de l'ennemi… tout révélait un manque de préparation flagrant. Et les leurs tombaient, à cause des failles de l'état-major.

Le jour où elle osa aborder ce sujet avec Génin, il poussa un énorme soupir.

— Certes, des généraux comme Pétain se battent sans répit pour améliorer la condition du soldat, lui répondit-il. Pourtant, la situation n'évolue guère ! On prétend en haut lieu que nous sortirons de cette guerre plus puissants. Quelle belle farce ! Ma mission est de sauver le plus possible d'hommes. Le reste m'importe peu.

Ce jour-là, elle comprit qu'ils partageaient le même idéal humaniste.

Et elle l'en admirait plus encore.

44

Juin 1916

Les journées étaient terribles. Un déluge de feu et de mitraille s'abattait sans discontinuer sur les derniers bastions protégeant la citadelle de Verdun. Il se chuchotait que le Kaiser lui-même avait fait le déplacement pour assister au triomphe de ses troupes. Le 22 juin, le futur front d'attaque était couvert d'une nappe d'obus asphyxiants. Des ouvrages comme le fort de Douaumont étaient pris, perdus, puis repris au prix de combats acharnés.

Henri effleura de la main le front de Flora. Il lui avait fait l'amour avec passion et elle aimait cette sensation de flotter en apesanteur qu'elle éprouvait dans ses bras. Lui, si attentif, lui procurait la merveilleuse sensation d'être vivante.

— J'ai l'impression que je m'attache à vous, lui avoua-t-il d'un coup.

Elle tenta de plaisanter :

— Ce n'était pas prévu au programme !

Le regard gris d'Henri s'assombrit.

— Quel programme ?

Elle perdit pied. Comme aurait dit Coralie, elle était encore jeune et dénuée d'expérience alors que lui était un homme mûr.

Elle tira le drap sur son corps, le remonta jusqu'au menton. Elle qui croyait ne pas avoir de problèmes avec la nudité, elle réalisait qu'une simple remarque de la part d'Henri avait suffi à la déstabiliser.

— Ne faites pas attention, lui dit-elle tandis que ses joues s'empourpraient.

Elle se sentait misérable, avait réagi comme une gamine écervelée. Elle tenait à lui. Elle avait besoin de lui. Spontanément, elle lui tendit la main.

— Profitons de l'instant présent, Henri, je vous en prie.

Il marqua une hésitation avant de l'attirer à nouveau vers lui.

— Vous avez raison, ma chère, je deviens trop sentimental.

L'avait-elle blessé ? Elle le redoutait, tout en regrettant sa réponse.

Elle ne supportait pas la seule idée de lui mentir. Elle avait trop d'estime et de respect pour lui. Une ombre pesa sur son cœur. Elle tenait à Henri, même si elle s'en défendait.

Comme s'il avait deviné son trouble, il lui caressa la joue d'un geste empreint de tendresse.

— Allez vite dormir, lui conseilla-t-il. Les journées sont longues et éprouvantes.

Elle lui adressa un baiser du bout des doigts et, enveloppée dans sa cape d'infirmière, se glissa dehors. La nuit était douce mais éclairée par les Minenwerfer[1] qui sillonnaient le ciel. Elle se demanda alors combien de temps encore cet enfer se poursuivrait.

La nuit avec Henri lui laissait un goût d'inachevé. Perdue dans ses pensées, elle trébucha et s'étala de tout son long sur le sol boueux. Elle en aurait pleuré, de lassitude et d'énervement ! Il lui serait difficile de trouver de l'eau à cette heure de la nuit.

Elle hésita quelques instants, le temps qu'une main ferme l'aide à se relever et l'entraîne.

— Décidément, je ne puis vous laisser seule quelques minutes ! grogna une voix familière.

Henri ! Elle lui pressa la main et acquiesça :

— On dirait que j'ai bel et bien toujours besoin de vous !

Il se procura de l'eau chaude par elle ne sut quel tour de passe-passe, l'aida à se débarrasser de la gangue boueuse qui séchait déjà. Ses gestes précis et doux, ses mains, longues et fines, lui offraient tout le réconfort dont elle avait besoin. Cette nuit-là, blottie dans l'un de ses pyjamas, trop grand pour elle, elle se cramponna à lui et faillit lui avouer qu'elle l'aimait. Elle parvint à se retenir, à cause de, ou grâce à son amour-

1. Pièces d'artillerie légère allemandes, précurseurs du mortier moderne et du lance-grenades.

propre. Elle aurait eu peur en effet qu'il ne se moque d'elle, même si elle savait que cela ne lui ressemblait pas.

Il la réveilla tendrement à six heures.

— Flora, ma chère, j'ai aimé cette nuit ensemble.

Pour toute réponse, elle le gratifia d'un baiser.

Ses vêtements n'étant pas secs, il lui prêta une robe de chambre et elle rejoignit son quartier en courant, prenant bien garde cette fois où elle mettait les pieds.

Rentrée chez elle, elle procéda à de nouvelles ablutions, brossa longuement ses cheveux et enfila son uniforme. Face à l'étroit miroir, elle observa son teint rose, ses yeux brillants. Elle avait passé la nuit dans les bras de son amant. Cela se voyait-il ? Peu lui importait ! Elle était heureuse.

Elle traversa la journée sur un nuage malgré l'afflux de blessés. Lorsque leurs doigts se frôlaient, elle ressentait comme une décharge électrique. De son côté, Henri restait tout à fait maître de lui. Seul un léger tressautement de la paupière droite le trahit alors que leurs regards venaient de se croiser. Elle se mordit les lèvres. Elle ne pouvait s'empêcher de songer à leur nuit, à cette merveilleuse impression de bien-être qui l'avait envahie…

— Bon travail, mademoiselle Sénéchal, lui dit-il à la fin de la journée alors que la fatigue et la tension nerveuse pesaient sur leurs épaules.

Ils avaient opéré sans relâche. Ils avaient aussi été confrontés à plusieurs cas de ce qu'on nommait

« obusite ». Il s'agissait de tremblements incontrôlés, d'hallucinations et d'absences, observés chez des soldats victimes d'ensevelissements ou d'attaques aux bombes chimiques.

Génin refusait de les considérer comme des lâches, au contraire de certains de ses confrères. Il cherchait des asiles où ils pourraient être soignés.

— Allez prendre un peu de repos, suggéra-t-il. Vous êtes harassée.

Les infirmiers emmenaient les blessés sur des brancards. Certains gémissaient sourdement. La plupart étaient encore sous l'effet du chloroforme.

Brusquement, Flora prit conscience de son épuisement et chancela.

Henri la rattrapa, la soutint.

— Je vous en prie, souffla-t-il.

Elle finit par céder et se réfugia dans son baraquement.

Elle sombra aussitôt dans un sommeil lourd, entrecoupé de cauchemars.

Son amie Alix la réveilla en lui secouant l'épaule et, l'espace d'un instant, elle pensa qu'elle était revenue chez Lucile et Scipion.

— Flora ! lança-t-elle d'une voix pressante. Si tu savais…

Elle s'assit sur son lit de camp. Elle avait écrit à Coralie qu'elle se prenait pour Napoléon qui, selon les historiens, avait dormi l'essentiel de sa vie dans un lit de camp. Cela l'avait fait rire. Flora ignorait pourquoi, elle se raccrochait à cette idée. Le lit de camp de Napoléon.

Alix tendit la main vers elle. Son visage était livide.

— Génin est mort, lui asséna-t-elle.

45

Juin 1916

Un obus, comme tant d'autres, comme il en tombait des centaines chaque jour. Celui-ci avait fait exploser la tente où les médecins se réunissaient quelques minutes chaque soir pour échanger leurs impressions de la journée.

« Nous soufflons, en quelque sorte », lui avait confié Henri une nuit.

Elle ne le reverrait plus. Il ne lui ferait plus l'amour. Il ne caresserait plus ses cheveux. Ils ne travailleraient plus ensemble au bloc, en profonde harmonie. Elle savait exactement de quels instruments il avait besoin, quels pansements il préférait. Leur entente leur permettait une économie de mots et de gestes. Ils se comprenaient d'un coup d'œil, d'un battement de cils.

Elle avait demandé à le voir. Ou, plutôt, exigé. Les larmes ruisselaient le long de ses joues sans qu'elle songeât à s'essuyer le visage. Elle était en état de choc et, en même temps, étrangement calme, comme si elle avait été extérieure à elle-même.

Henri reposait avec ses deux collègues morts eux aussi sur le coup sous une tente située un peu à l'écart. Les corps allaient être transférés à Paris et rendus à leurs familles. Deux ans auparavant, il lui avait appris qu'il avait une sœur. Elle se pencha, effleura de la main son visage. On avait entouré sa tête d'un bandage, « pour rendre la blessure plus supportable », lui assura-t-on.

Elle se retint pour ne pas éclater de rire. Comme si tout ce qu'ils vivaient, depuis près de deux ans, avait été « supportable » ! Ils voyaient mourir chaque jour des jeunes gens, tentaient de sauver des hommes en se demandant comment ils vivraient par la suite avec des blessures aussi atroces, opéraient dans des conditions extrêmement précaires… tout cela pour quoi ? Pour gagner quelques mètres sur l'ennemi ?

Elle en avait la nausée.

Elle murmura « Henri » puis tourna les talons. Elle n'avait pas le cœur à esquisser un signe de croix, ni à prier. Dieu ne pouvait exiger de tels sacrifices durant tant de mois ! Elle s'enfuit en courant, regagna le refuge de sa chambre. Elle mesurait soudain combien la vie sans Henri lui paraîtrait difficile. Intolérable.

*

Bien sûr, il lui fallut prendre sur elle. C'était l'attitude qu'on attendait de sa part, lui fit-on savoir. Elle n'obtint pas de permission afin d'assister aux obsèques de son amant. Ils n'étaient pas mariés, n'est-ce pas ? Elle n'avait aucun droit.

Elle pleura convulsivement durant plusieurs nuits. Alix, mise dans la confidence, la soutint avec toute son amitié. Ses autres collègues se comportaient comme si de rien n'était. De toute manière, ils n'avaient pas le choix ! La guerre n'avait pas cessé parce que trois chirurgiens avaient été tués. Elle se le répétait, comme pour mieux s'en convaincre. Ce qui ne l'empêcha pas d'envoyer un télégramme à Coralie pour lui demander de se rendre à sa place aux obsèques du professeur Henri Génin. Son amie répondit par retour qu'elle s'acquitterait de sa mission. C'étaient exactement ses mots, et ils émurent Flora. Coralie lui ferait un compte rendu détaillé. Elle n'en éprouverait pas de consolation mais avait besoin de savoir.

Il lui semblait qu'Henri avait tout emporté avec lui. N'était-ce pas stupide ? Elle n'était même pas certaine de l'avoir aimé. Pourtant, rien n'y faisait, elle ne parvenait pas à supporter son absence.

Henri avait été son premier amant comme son initiateur. La lettre de Coralie renforça sa sensation de manque. Flora aimait depuis toujours son style imagé, et elle l'apprécia une nouvelle fois.

Ma belle et douce Flora, lui écrivait l'amie de sa mère. *J'ai accompli la mission que tu m'avais confiée non pas de gaieté de cœur mais en pensant fort à toi, là-haut, sous les bombes. Cérémonie triste et douloureuse, tu t'en doutes. Nous n'étions pas nombreux, si bien que mademoiselle Génin, la sœur de ton ami, est venue vers moi. Ne sachant quoi dire, j'ai bredouillé que je représentais une amie.*

Elle a hoché la tête et déclaré : « Je pense savoir de qui il s'agit. Dites-lui bien que mon frère l'aimait. »

Voilà, ma poulette. Je suis restée muette avant de promettre que je te ferais part de sa remarque. J'ai l'impression que ce monsieur Génin était quelqu'un de bien et n'en suis que plus triste pour toi, ma Flora. Prends soin de toi, surtout. J'ignore quand cette maudite guerre s'achèvera. À Paris, la nourriture se raréfie et les prix atteignent des sommets. Je vois tout de même Lucile et Juliette une à deux fois par mois. La petite a grandi et est très proche de sa mère.

Nous espérons te revoir bientôt, ma grande.

Je t'embrasse avec toute mon affection.

Flora pleura en repliant la lettre.

« Quelqu'un de bien »… c'était vrai. Elle était très surprise qu'Henri ait parlé d'elle à sa sœur.

Il lui manquait tant ! Chaque matin, elle le cherchait du regard en pénétrant dans le bloc. Celui qui l'avait remplacé, un certain Morhange, ne lui inspirait pas la moindre sympathie mais elle lui faisait certainement payer le fait d'avoir pris la place d'Henri. Âgé d'une cinquantaine d'années, il était bon chirurgien mais manquait un peu trop d'empathie à son goût. Il tenait à opérer le plus grand nombre de blessés par jour, ne s'attardait pas sur les conséquences des amputations comme Henri l'aurait fait.

Elle gardait ses réflexions pour elle, tout en tentant d'anticiper ses demandes, comme elle en avait eu l'habitude avec Henri. La nuit, elle se tournait et se retournait en quête de son épaule, de ses bras, de sa chaleur rassurante.

Il n'était plus… Elle devait apprendre à vivre sans lui. Comme c'était difficile ! Si elle réussissait à obtenir rapidement une permission, elle se fit la promesse d'aller saluer mademoiselle Génin.

Pour évoquer Henri.

46

1917

« Ils arrivent ! »

Le même cri, partout. Le même enthousiasme, la même fièvre. « Ils » étant les Américains, dont l'entrée en guerre avait été votée par le Congrès le 6 avril 1917 par 373 voix contre 50.

Ils forçaient l'admiration des Français, avec leur haute taille, leur assurance, et jusqu'à cette démarche particulière donnant l'impression qu'ils descendaient de cheval. Ils paraissaient très pittoresques dans leur uniforme de drap olive, avec leurs feutres à large bord et leurs ceintures à pochettes multiples.

Parmi la foule brandissant des drapeaux américains, Flora avait agité le sien en criant : « Vive nos alliés ! Souvenons-nous de La Fayette ! »

Pourtant elle avait vite compris qu'il convenait de ne pas s'illusionner. S'ils avaient franchi l'Atlantique, ceux que les Français appelaient « les Sammies » car ils venaient du pays de l'oncle Sam n'étaient pas prêts à se battre dans les tranchées. En effet, l'armée américaine n'était pas une armée de métier. Comment les hautes instances avaient-elles pu se tromper à ce point ?

Flora en aurait pleuré de rage !

Tout restait à faire.

Cependant, l'arrivée massive des soldats américains apportait une formidable bouffée d'oxygène. Les Alliés se sentaient soutenus, et les États-Unis leur envoyaient également du matériel, des chevaux, ainsi que des capitaux.

Les derniers mois leur avaient réservé tant de déconvenues qu'ils avaient terriblement besoin de réconfort moral. Il y avait eu la disparition brutale d'Henri, qu'elle n'était toujours pas parvenue à surmonter, mais aussi la saignée du Chemin des Dames et enfin les mutineries au printemps de cette année 1917.

Flora entendait le désarroi et le désespoir des « poilus » qui s'estimaient oubliés, voire méprisés, par l'état-major.

En haut lieu, on raisonnait en termes de terrain gagné, pas en pertes humaines.

Eux, au front, côtoyaient des blessures terribles et la mort au quotidien. Ils ne pouvaient que panser, réconforter, tailler dans les chairs déchiquetées ou gangrenées. Certains soirs, elle était si lasse qu'elle aurait voulu dormir durant quarante-huit heures d'affilée. Malheureusement, cela lui était impossible !

Morhange n'avait pas eu la tâche facile en prenant la place d'Henri. Au fil des jours, Flora appréciait davantage son travail, même si leurs relations demeuraient très formelles. Il était le patron, ses amies et elle restaient les infirmières.

Les soignants avaient toujours des journées aussi chargées, ce qui finissait par jouer sur leur moral. Flora cherchait souvent comment améliorer le sort des blessés. Les mutilés de la face la désespéraient car elle imaginait qu'ils devraient supporter leur vie durant l'image qu'ils renvoyaient comme les réactions horrifiées de leurs proches et de leurs interlocuteurs. Certains disaient froidement : « Ne perdez pas votre temps avec moi. Dès que je le pourrai, je me ferai sauter le caisson. »

Qu'avaient-ils donc fait pour vivre une telle situation ? s'interrogeait la jeune femme. Quand donc cette guerre s'achèverait-elle ?

Scipion partageait son pessimisme. Il avait été blessé à l'épaule à Verdun, blessure qui avait été accueillie avec soulagement par Lucile.

« Enfin ! Je ne tremblerai plus pour lui ! »

Le connaissait-elle donc si mal ? À peine remis sur pied, il était retourné au front, provoquant une nouvelle crise de désespoir chez son épouse.

Flora profita d'une permission de six jours pour se rendre à Paris. Lucile la reçut avec transport, même si elle ne parvint pas à dissimuler sa surprise en découvrant son état d'épuisement.

« Ma pauvre chérie ! On dirait que tu reviens de l'enfer ! Et cette petite mine… Entre. »

Il fallait qu'elle voie Coralie, vite, se dit-elle. Elle saurait trouver les mots pour lui rendre le sourire. Le petit visage grave de Juliette la bouleversa. Sa mère passait son temps à étudier des cartes d'état-major et à suivre l'avancement des troupes, quand elle ne se rendait pas à l'église pour d'interminables prières.

Après avoir pris un long bain chaud parfumé à la violette – un luxe, après les conditions de vie spartiates du front ! –, Flora s'habilla avec soin puis partit chez Coralie. Lucile, dolente, un gant humide posé sur le front, souffrait d'une violente migraine. Flora avait compris depuis déjà longtemps que ses crises, qui pouvaient durer plus de quarante-huit heures, étaient pour elle un moyen d'échapper aux angoisses trop prégnantes, mais elle se sentait impuissante à l'aider. Elle savait qu'elle réagirait très mal si elle lui faisait part de sa conviction.

Elle souffrait, réellement, tant elle avait peur pour Scipion. Flora se contenta donc de lui préparer une tasse de café très fort qu'elle accepta avec un sourire de gratitude.

— Ma mère ne peut plus marcher du tout, déclara Lucile tout à trac. Elle s'affaiblit. Sans que son caractère s'adoucisse pour autant, d'ailleurs ! Il n'empêche… Je me sens coupable de ne pas la prendre chez nous.

Flora sursauta.

— Ne fais pas ça, je t'en conjure ! Tu la connais assez pour savoir qu'elle fera de ta vie un enfer.

— Je sais, acquiesça Lucile sans pour autant se montrer convaincue. Il faudrait que j'en parle à Scipion.

Déjà lassée de son impuissance à la faire changer d'avis, Flora fila boulevard de Bonne-Nouvelle.

Coralie, prévenue par un télégramme, faisait le guet à son balcon. Elle restait telle que Flora l'avait toujours connue avec ses cheveux blonds coiffés en chignon et sa robe bleu roi, assortie à ses yeux.

Lorsqu'elle étreignit sa jeune amie, celle-ci eut l'illusion d'embrasser sa mère, et ne parvint pas à dissimuler son émotion. Elle se recula d'un pas, lui sourit, bravement.

— Quelle mine tu as ! se récria-t-elle. On vous nourrit, au moins, là-haut ? Tu as bien besoin de te remplumer. Je t'ai préparé une blanquette, tu m'en diras des nouvelles ! Mon boucher me prévient lorsqu'il a un arrivage, j'ai de la chance car tout ici est rationné.

— L'effort de guerre ! On nous le répète à longueur de journée !

— Ça dépend pour qui ! répliqua sa vieille amie avec sa gouaille coutumière. Crois-moi, il y en a encore quelques-uns qui se gobergent aux frais de la princesse ! Et cette pauvre Lucile, comment va-t-elle ? J'ai bien peur qu'elle ne file un mauvais coton.

— Elle parle de prendre ma grand-mère chez elle.

— La malheureuse ! Elle n'a donc pas encore assez souffert de son égoïsme ?

Flora soupira.

— Tu connais Lucile. Elle a vécu tant d'années sous la férule de Bonne-Maman qu'elle est restée marquée. J'espère que Scipion saura la convaincre de renoncer à ce projet.

— C'est un cas de divorce, glissa Coralie d'un ton suave.

Flora éclata de rire.

— Coralie ! Tu n'as pas changé !

— Parbleu ! Il vaut mieux, ne crois-tu pas ? Sinon, je serais déjà six pieds sous terre ! Mais toi, raconte-moi… tu te remets ?

La sollicitude dont elle faisait preuve à son égard émouvait toujours Flora. Face à Coralie, elle mesurait mieux l'importance des liens du cœur.

Elle lui adressa un sourire mélancolique.

— Il me manque. Je ne pensais pas l'aimer, pourtant…

— Ne mélange pas tout ! la coupa-t-elle. C'était ton premier amant, voilà tout, et, par chance pour toi, il a dû être un bon initiateur. Ajoute à cela la guerre, les bombes, les rencontres clandestines… c'est infiniment triste mais ta vie n'est pas finie, Dieu merci ! Pourquoi ris-tu ?

— Oh, Coralie ! Tu as une façon bien singulière d'exprimer les choses !

— Heureusement ! Ne compte pas sur moi pour te tenir un discours du genre : « Tu as perdu l'unique homme de ta vie et, par-dessus le marché, vous n'étiez pas mariés. » Tu me connais assez pour savoir que cela ne me ressemble pas. Tu n'as que vingt-sept ans et toute la vie devant toi. Dieu merci, tu ne traîneras pas le statut déprimant de « veuve de guerre ». Tu aimeras à nouveau, et c'est fort bien ainsi.

Flora sourit.

— Tu as toujours su me parler en toute franchise.

— Encore heureux, ma belle ! Raconte… tu es là pour combien de temps ?

— Six petits jours. J'ai besoin de sortir, d'assister à des spectacles, de ne plus entendre les bombardements…

— Voilà un programme qui me convient tout à fait !

Elles rirent, et c'était si bon que Flora en eut les larmes aux yeux.

Elle parvenait mal à maîtriser ses émotions ces derniers temps mais avec Coralie, cela n'avait pas vraiment d'importance. Elle était certaine qu'elles partageraient une excellente semaine toutes les deux. Malgré tout.

47

Mai 1917

Même si Flora pensait encore souvent à Henri Génin, il lui semblait que son souvenir s'était dilué au cours des derniers événements.

Ainsi qu'elle se l'était promis, elle avait rendu visite à sa sœur Marie-France.

Coralie l'avait accompagnée jusqu'à la porte cochère d'un immeuble haussmannien de la rue des Saints-Pères, sur la rive gauche, avant de lui lancer : « À toi de jouer, ma belle ! C'est le genre de démarche qu'on effectue seule, n'est-ce pas ? »

Flora était d'accord. Même si elle redoutait l'instant où mademoiselle Génin et elle se retrouveraient face à face.

Finalement, leur rencontre s'était plutôt bien passée. Flora apprit qu'Henri lui avait parlé d'elle, vantant son sérieux et sa passion pour les interventions compliquées.

Elle chercha en vain une ressemblance avec son amant. Mademoiselle Génin avait un beau visage aux traits fins, des cheveux bruns coiffés en bandeaux. La visite de Flora ne parut pas la surprendre.

« Je vous attendais. »

Le regard de la jeune femme fut tout de suite attiré par une photographie d'Henri. Il posait devant « leur » autochir, avec ce sourire incertain, cette réserve, qu'elle aimait tant.

Son hôtesse soupira.

« J'ai reçu ce cliché moins d'une semaine avant sa mort. Vous dire quelle fut mon émotion par la suite... Cependant, il ne se plaignait jamais. Non, il me parlait dans ses lettres de la souffrance des soldats, qui le révoltait. »

À l'issue de leur entretien, elle lui offrit ce cliché avec ces mots : « Je sais que c'est ce qu'il aurait désiré. »

Tout le long du trajet de retour, Flora sanglota sans pouvoir s'arrêter. Ces larmes eurent un pouvoir libérateur. Elle savait désormais qu'il l'avait aimée, même si les circonstances ne lui avaient pas laissé le temps de se déclarer. Aurait-elle accepté de l'épouser s'il le lui avait demandé ? En vérité cela n'avait plus guère d'importance. Elle ne désirait garder que les bons souvenirs de leur liaison.

À la fin de sa permission, elle regagna ses quartiers le cœur un peu plus léger. Si Henri lui manquait toujours autant, elle se sentait en paix avec elle-même. Elle ne pouvait se permettre de sombrer dans la délectation morose. Le meilleur moyen de poursuivre son œuvre était de travailler sans relâche, après avoir fait ses adieux aux siens.

Ils avaient la détestable impression d'être enlisés dans la boue de la Champagne. Ils découvrirent rapidement que le Chemin des Dames constituait un gigantesque piège. Malgré les moyens titanesques mis en œuvre par le général Nivelle – un million cinq cent mille soldats, cent cinquante mille chevaux, cinq mille trois cents canons, quatre-vingts chars –, l'offensive française se brisa sur les défenses allemandes.

Ils devaient affronter des situations toujours plus terribles. Alix et Flora étaient lasses, découragées, face à des blessures toujours plus effrayantes.

Flora ne parvenait plus à trouver le sommeil. Elle se redressait parfois en hurlant, ce qui lui valut à plusieurs reprises le passage de Rosemonde, leur chef de groupe.

— Vous ne pourrez pas continuer ainsi, lui déclara-t-elle un matin.

Elle-même avait des cernes bistre sous les yeux et le teint blême.

Le visage de Flora se défit.

— Vous et moi avons-nous le choix ? répondit-elle. Non, n'est-ce pas ! Il nous faut serrer les dents et nous battre encore. Jusqu'au bout.

Elle désigna d'un coup de menton les « Sammies » qui défilaient au pas.

— Nous n'allons pas flancher alors que les Américains nous envoient enfin les renforts tant attendus !

Rosemonde acquiesça.

— Ce ne serait pas de bonne politique, en effet, admit-elle.

Elle ajouta :

— Avec un peu de chance, nous serons rentrées chez nous pour l'été !

Flora n'y croyait guère, mais elle acquiesça.

Peu à peu, elle apprenait à mentir.

Parce qu'il était parfois trop difficile de regarder la réalité en face.

*

Flora avait pris l'habitude de sortir du campement et de marcher au hasard lors de ses longues insomnies. La nuit, tout était différent. Elle aurait presque pu croire qu'ils étaient loin, très loin, de la guerre.

Leur campement était installé près de Chéry-Chartreuve, non loin de Fismes, sur cette terre de Champagne qui avait déjà payé un lourd tribut au conflit.

Sa lampe torche à la main, elle se dirigea vers un bosquet de chênes. Certes, le paysage était saccagé, meurtri par les bombardements intensifs, mais le fait de profiter, ne serait-ce qu'un temps, de la nature l'émouvait toujours. Elle était si habituée à patauger dans la boue, à côtoyer des endroits sinistres, qu'elle ne parvenait pas à croire sa chance de se trouver à l'orée d'une forêt. Cela lui paraissait irréel.

Elle marchait, tout en songeant à Bleuet, qui lui manquait encore, et aussi à Génin. Il lui semblait qu'il avait emporté avec lui sa combativité, sa rage de vaincre.

Elle serra les poings pour ne pas hurler son désarroi, comme son impuissance. Elle avait la crainte d'être condamnée à côtoyer des drames. Était-ce à cause de l'attentat qui avait causé la mort de ses parents ? Elle préférait ne pas trop se poser de questions à ce sujet.

Un oiseau de nuit hulula à deux reprises, la faisant sursauter. Elle rit nerveusement de sa frayeur.

De nouveau, elle songea à Génin. Elle aurait aimé rire d'elle-même avec lui. Elle avait besoin qu'il lui relève le menton et lui sourie tendrement. Pourquoi n'avait-elle pas su reconnaître le bonheur alors qu'il était à sa portée ?

Elle fit demi-tour et regagna le bâtiment des infirmières. Son cœur était lourd.

Comment, se demanda-t-elle avec angoisse, pourrait-elle renouer avec sa joie de vivre ?

48

1918

Ce devait être un jour semblable à tant d'autres, pourtant Flora éprouva une sorte d'agacement en découvrant un inconnu posté devant la porte de l'autochir.

— Mademoiselle, je tiens à me rendre au chevet de mon neveu, James Scott.

Son interlocuteur, bien droit dans son uniforme d'officier américain, tentait visiblement de lui en imposer. Il parlait un français presque parfait.

Elle secoua la tête.

— Je regrette, c'est impossible. Monsieur Scott est encore trop mal. Toute visite le fatiguerait inutilement.

Il ne chercha pas à dissimuler son irritation.

— C'est stupide, voyons ! Je vais devoir retourner en opérations dès ce soir. Vous ne pouvez m'interdire de voir mon parent !

— J'ai bien peur que si.

Il lui décocha un regard furibond avant de tourner les talons et de foncer vers le bloc où opérait encore le professeur Morhange.

Elle réprima un sourire. Ce dernier était encore plus intransigeant qu'elle !

Pourtant, à sa grande surprise, il la rejoignit quelques minutes plus tard. Son visage exprimait une profonde lassitude.

— Mademoiselle Sénéchal, je vous demande une dérogation exceptionnelle pour le capitaine Scott.

Alors que Flora fronçait les sourcils, il lança :

— C'est sans discussion !

Son regard devait exprimer son incompréhension et sa colère.

Cependant, parce qu'il lui restait un soupçon de bon sens, elle choisit de s'incliner. Tout en vouant le capitaine Scott aux gémonies.

*

— Je conçois avoir manqué de diplomatie.

Le capitaine Scott rattrapa Flora alors qu'elle sortait du bloc.

— Je suis désolé, reprit-il, mais lorsque j'ai appris que James venait d'être blessé… Je me suis beaucoup occupé de lui après la disparition de son père, mon frère aîné. Il fallait que je le voie, que je me rende compte…

Ses phrases hachées révélaient sa tension, ainsi que son angoisse.

Un homme comme tant d'autres, pensa Flora, émue.

— Il souffre beaucoup, n'est-ce pas ? s'inquiéta-t-il.

Elle ne chercha pas à tricher.

— Les prochaines vingt-quatre heures seront décisives. Mais, rassurez-vous, l'intervention du professeur Morhange a été réussie.

— Ce qui ne sauve pas mon neveu pour autant !

Le ton cassant de l'officier irrita Flora. Cet homme-là avait été habitué à commander dès l'enfance. Il devait approcher de la quarantaine, estima-t-elle. Yeux bleu foncé, visage aux traits nets, fossette au menton, il dégageait un charme puissant.

— Je reviendrai ce soir, annonça-t-il – et elle fut tentée de se mettre au garde-à-vous.

La situation n'avait rien de cocasse mais l'attitude du capitaine Scott l'irritait et l'amusait en même temps.

Ce devait être le genre de personne à ne pas supporter le moindre manquement aux ordres qu'il donnait.

Il la salua d'un bref signe de tête puis effectua un demi-tour parfait avant de s'éloigner, son stick sous le bras.

Elle poussa un léger soupir. Mesurait-il leur charge de travail et leur épuisement ? Avait-il conscience des difficultés rencontrées chaque jour ? Problèmes de logistique, d'évacuation des blessés, de matériel insuffisant…

De plus, en cette année 1918 se posait la question de l'unité du commandement. Français, Britanniques, Américains… tous étaient persuadés d'être les meilleurs stratèges. Or, les Français se battaient sur leur sol.

Flora avait vite compris, en discutant avec ses amis, que le principal mérite des Américains était d'amener des troupes fraîches. Pour le reste, les Alliés avaient beaucoup à apprendre. Ils ignoraient tout de la guerre des tranchées, ayant jusqu'alors essentiellement combattu Indiens ou Mexicains par petites unités. Ils étaient aussi curieusement indisciplinés et imprévoyants, n'hésitant pas à se débarrasser de leur barda lorsqu'ils montaient à l'assaut.

Mais ils étaient si jeunes et paraissaient en si bonne santé qu'ils étaient porteurs d'espoir.

Flora, comparée à eux, se sentait sale, maigre, pâle. Depuis combien de temps n'avait-elle pas pris de bain ? Elle préférait ne pas chercher à s'en souvenir ! Elle avait appris à se contenter du minimum. Heureusement, elle avait été à bonne école à l'Institution Bellevue !

Le professeur Morhange la rejoignit alors qu'elle se dirigeait vers son baraquement. Elle remarqua tout de suite son visage soucieux.

— Notre blessé, James Scott, ne va pas bien du tout, lui annonça-t-il.

Elle rajusta son voile.

— Je viens avec vous.

Allongé sur un lit de camp, le neveu du capitaine Scott était blême et respirait avec difficulté. Flora constata que la fièvre avait monté depuis qu'elle avait pris ses constantes. Son pouls était désordonné. Sa peau se colorait de jaune et il s'agitait beaucoup. Elle lui humecta le front et les mains, se retourna vers le professeur Morhange.

— Une infection ?

— J'en ai peur.

Elle devinait ce qu'il pensait. Ils avaient beau être extrêmement vigilants sur l'hygiène, ils n'étaient pas à l'abri, d'autant moins que la blessure de James Scott avait été souillée de boue.

Après s'être longuement savonné les mains et les avant-bras, ils se penchèrent au-dessus de leur patient.

— Lavage de la plaie, ordonna Morhange à Flora.

Elle utilisait de l'eau de Dakin composée à partir d'eau de Javel diluée et de permanganate de potassium et devant être strictement conservée à l'abri de la lumière.

James frémit mais il garda les yeux fermés. Son visage était livide à présent. Elle lui prit la main, lui parla d'une voix douce en anglais.

— Peste, mademoiselle Sénéchal, vous avez donc tous les talents ! s'amusa Morhange.

— Nous ne devons pas le perdre.

— Comme n'importe quel autre blessé, la corrigea-t-il – et la voix ferme du médecin lui fit monter le feu aux joues.

Ce blessé n'était pas à privilégier parce qu'il était parent d'un officier américain. Ou, plutôt, tous étaient à privilégier.

À cet instant, pourtant, elle pensait à son oncle et à la profonde affection liant les deux hommes. Et cet aveu de Génin lui revint en mémoire. « Je voudrais tous les sauver ! »

Seigneur ! Quand cette maudite guerre cesserait-elle enfin ?

49

Si jamais Flora avait douté des compétences du professeur Morhange, la nuit suivante lui apporta la preuve qu'il était un excellent médecin. Ils avaient lutté l'un et l'autre pour tenter de sauver James Scott. L'altération de son état, moins de huit heures après l'intervention, avait inquiété la jeune femme. James souffrait de gangrène gazeuse, cette affection qui commençait à être bien connue après quatre ans de guerre.

La première année, Rosemonde, l'infirmière-chef infatigable, leur avait expliqué qu'elles risquaient d'être confrontées à cette pathologie. En effet, la gangrène gazeuse était une infection microbienne fréquemment décelée sur les plaies de guerre.

C'était dans le but de limiter les infections que les autochirs avaient été créées. Il était beaucoup plus dangereux de faire voyager un blessé dans un train inconfortable plutôt que de le soigner au plus près du champ de bataille.

Pour l'instant, penché au-dessus du corps de James Scott, le professeur Morhange était soucieux.

— Débrider la plaie ou amputer, marmonna-t-il.

C'était l'éternel dilemme. L'amputation, en théorie, offrait plus de chances de sauver le patient. Cependant, il existait différentes techniques, plus ou moins agressives, et l'intervention faisait courir le risque d'un choc opératoire.

De plus, pour les soignants, l'amputation constituait la preuve implicite qu'ils avaient failli. C'était l'opération de la dernière chance.

— Il est très jeune, murmura Flora. Vingt ans à peine, un visage juvénile, à présent marqué par la souffrance…

— Pouvons-nous consulter son oncle ?

Morhange secoua la tête.

— Il est sur le terrain et nous n'avons pas le temps d'attendre son retour.

Il jeta un coup d'œil à l'horloge murale placée à droite de la porte.

— On débride, décida-t-il après avoir pris une longue inspiration.

Flora pensait comprendre ce qu'il éprouvait. Sa décision, quelle qu'elle soit, serait lourde de conséquences pour leur patient. Dans ces moments-là, avoir la foi pouvait aider. Elle ne l'avait pas, préférant croire en l'homme.

S'ensuivit une sorte de duo, orchestré par les injonctions du chirurgien. Ils lavèrent de nouveau leurs mains et leurs avant-bras. Flora se tenait en face de lui, lui présentant les instruments et les pansements au fur et à mesure.

Une odeur fétide avait envahi le bloc. Elle serra les dents. James Scott gémissait sourdement. Elle savait que la gangrène gazeuse provoquait des douleurs importantes dans la région infectée. Celle-ci, enflée, se couvrait de volumineuses vésicules dans lesquelles on pouvait voir des bulles de gaz.

L'intervention serait longue. Il importait de retirer en totalité les tissus morts déjà infectés, et d'enlever les caillots sanguins formés le long du trajet du projectile.

Au bout d'une heure, Morhange se redressa.

— Je pense avoir tout ôté, souffla-t-il. On désinfecte.

Là encore, il fallait choisir entre plusieurs antiseptiques. Flora avait été formée à l'usage de l'eau oxygénée mais, depuis le début de la guerre, elle utilisait de l'eau de Dakin. D'autres lui préféraient l'iode pur.

Morhange, lui, ne jurait que par la technique de drainage de Carrel au liquide de Dakin. Elle mit donc en place le procédé d'irrigation continue en espérant qu'il entraînerait la stérilisation de la plaie.

Elle resta auprès de James plusieurs minutes avant d'organiser son transfert vers la salle de la mairie où avait été installée une « ambulance nourricière ».

Le jeune homme lui était étrangement proche, certainement à cause de son apparence juvénile. Il incarnait à ses yeux tant de jeunes gens envoyés « au casse-pipe », comme disait Lucien, un typographe gouailleur qu'ils avaient dû amputer d'un bras.

Plus les années passaient, plus Flora abhorrait la guerre. Elle aurait voulu échanger à ce sujet avec Scipion par lettres mais, le soir, elle était si épuisée qu'elle s'écroulait sur son lit de camp et sombrait dans un sommeil lourd. Heureusement, Coralie lui écrivait à intervalles réguliers.

Elle décrivait le quotidien à Paris, les alertes incessantes, les bombardements effectués par des escadrons de bombardiers Gotha, poussant les Parisiens à se réfugier dans les stations de métro.

Pas question de quitter mon lit ! affirmait Coralie, bravache.

Elle racontait le Grand Palais transformé en hôpital militaire, les femmes vendeuses de billets dans le métro et les tramways, les « munitionnettes » qui travaillaient dans les usines de munitions, le courage de Clemenceau, nouveau président du Conseil, qui se déplaçait souvent sur le front pour soutenir les troupes.

Elle ironisait : *En tant que personne âgée, j'ai eu droit l'hiver dernier à la livraison de 50 kilos de charbon au prix de 4,75 francs. J'ai failli refuser ! De quel droit fait-on de moi une personne âgée ?*

Merveilleuse Coralie qui n'avait pas perdu son sens de l'humour.

Tout au long de la journée, Flora assista Morhange sans cesser de penser à James. Il en allait souvent ainsi pour certains patients, ils s'y attachaient plus qu'à d'autres, aussi injuste que cela puisse paraître.

Durant deux jours et deux nuits, l'état de James continua de les inquiéter. Blême, il était plongé dans une semi-conscience.

Le troisième jour, son oncle fit irruption dans la première salle de l'autochir et Flora manqua laisser tomber les instruments qu'elle destinait à l'autoclave.

— James ? lança-t-il, sans même la saluer.

Son uniforme était froissé et il paraissait épuisé. À cet instant, sa vulnérabilité émut Flora.

Elle lui résuma la situation en lui conseillant d'aller voir le chirurgien pour de plus amples explications.

Il dissimula mal son anxiété.

— Merci, fit-il avant de tourner les talons.

Songeuse, elle le regarda s'éloigner.

Cet homme-là avait des failles, elle en était persuadée.

50

Mai 1918

James Scott venait d'être évacué vers un hôpital de campagne dans l'Aisne quand Flora reçut un télégramme.

Incapable de l'ouvrir, elle se figea, pensant aussitôt à Scipion.

Alix, s'en emparant, le fit à sa place et lut à haute voix.

— « Mère décédée cette nuit. Viens le plus vite possible. Tendresses. Lucile. » Je suis désolée, ajouta Alix.

Flora soupira avec lassitude.

— Ma grand-mère et moi ne nous entendions pas. C'était une vieille dame au caractère particulièrement difficile.

Cependant, au fond d'elle, elle accusait le coup.

Morhange et Rosemonde lui accordèrent une permission d'une semaine. Elle ne parvint même pas à s'en réjouir. Elle se sentait sans forces.

Une fois arrivée à Paris, cependant, elle retrouva un peu de tonus. Coralie l'attendait dans le hall de la gare de l'Est. Elle s'appuyait désormais sur une canne mais gardait une belle allure. Elle la serra contre elle avec effusion.

— Ma grande… comme je suis heureuse de te revoir ! Désolée pour ta grand-mère mais… ma foi… toi et moi savons ce qu'il en était !

Chère Coralie, toujours aussi spontanée !

Le temps de rentrer avec elle boulevard de Bonne-Nouvelle, elle lui communiqua les dernières nouvelles. Flora apprit ainsi qu'un obus était tombé sur l'église Saint-Gervais durant l'office des Ténèbres, provoquant le décès de quatre-vingt-onze fidèles. Un certain Jean Cocteau était chauffeur d'ambulance pour la Croix-Rouge. Il fallait être vu désormais à Montparnasse plutôt qu'à Montmartre, à la Coupole ou à la Rotonde.

On parlait de Mistinguett pour remplacer Gaby Deslys sur la scène du Casino de Paris.

Les Américains aimaient toujours autant les impressionnistes.

— Comment diable sais-tu tout cela ? lança Flora.

Coralie éclata de rire.

— Il suffit d'avoir un bon réseau d'informateurs ! Et de fréquenter les loges des concierges.

La jeune femme soupira.

— Tu as vu Lucile ?

— Je suis allée la saluer rue de Courcelles. Juliette a bien grandi. Lucile… eh bien, elle est fidèle à elle-même. Désespérée par la mort de sa mère dont elle avait ignoré les appels au secours. J'aime beaucoup ta tante mais elle a de la peine à s'assumer.

Flora partageait ce point de vue, sans pour autant la juger ou, pire encore, la condamner.

Lucile était restée une femme du XIXe siècle, corsetée par les principes et les interdits maternels. Si elle n'avait pas rencontré Scipion, que serait-elle devenue ?

— Je me rendrai chez elle dès la fin de l'après-midi, décida-t-elle.

Coralie secoua la tête.

— Apparemment, Lucile se trouve maintenant rue Saint-André-des-Arts. Sa gouvernante garde Juliette chez elle.

— C'est déjà ça.

Après la violence du front, Flora se sentait un peu perdue. Coralie l'emmena boire un café – de l'eau diluée et de la chicorée, en fait – boulevard de Strasbourg.

Elle avait l'impression d'être une étrangère dans sa ville natale. Elle ne reconnaissait plus rien ! Des planches de bois protégeaient certaines vitrines. Des femmes aux jupes raccourcies, se tenant debout sur la plate-forme de l'autobus, procédaient au contrôle des billets.

Coralie suivit son regard étonné d'un air amusé.

— La vie parisienne a bien changé, n'est-ce pas ? Les femmes font désormais tourner l'économie.

Dans les usines de munitions, mais aussi dans les transports, les restaurants ou encore les musées. Elles distribuent même le courrier !

— Les suffragettes vont être ravies !

Son amie secoua la tête.

— Ne t'illusionne pas, mon petit ! Crois-en ma vieille expérience : pour le moment, on a besoin de nous mais, dès que la guerre sera finie, tout redeviendra comme avant.

— Tu en es sûre ?

— Certaine. Ce ne serait pas la première fois, d'ailleurs. À la fin de la Révolution, déjà...

— Je n'arrêterai pas de travailler.

Un tendre sourire éclaira le visage de Coralie.

— Ma chérie, encore si candide... Tu te marieras, et ton époux préférera que tu restes à la maison à élever vos enfants. Ça se passe toujours comme ça.

Flora aurait voulu expliquer à son amie qu'après toutes ces années, il lui serait impossible de rentrer chez elle. Elle avait désormais besoin de l'adrénaline des batailles, de l'impérieuse obligation de soigner, encore et encore.

Mais elle n'était pas certaine que sa chère Coralie puisse comprendre ce qu'elle ressentait. À cet instant, le front lui manquait déjà, et l'autochir également.

Qui pourrait la comprendre ?

*

L'hôtel particulier avait changé, lui aussi. De nombreuses pièces étaient fermées, pour chauffer plus facilement la bâtisse. Deux domestiques seulement étaient restés : Rose, l'intendante, et aussi Nicolas, le vieil homme à tout faire. Trop âgé pour être efficace, mais Bonne-Maman ne l'aurait jamais renvoyé. Chez les Sénéchal, on gardait les vieux domestiques jusqu'à leur mort. On l'avait souvent répété à Flora quand elle était enfant.

Lucile était invisible. « Madame se repose, lui expliqua Rose. Elle a veillé Madame Edmée toute la nuit. »

Flora aurait aimé pouvoir parler avec Scipion mais il se trouvait quelque part sur le front, du côté de Saint-Mihiel. Tantôt, elle irait embrasser Juliette dans l'appartement de ses parents, rue de Courcelles.

Pour le moment, elle se devait d'aller saluer Bonne-Maman. Une obligation… Elles ne s'étaient pas choisies, c'était la notion de devoir qui les avait rapprochées.

— Je vous conduis à votre chambre, Mademoiselle Flora, suggéra Rose. Madame a toujours exigé qu'elle soit prête à vous recevoir.

La jeune femme acquiesça, bizarrement émue. Il y avait si longtemps… Elle retrouva la grande pièce ouvrant sur le jardin, le lit recouvert d'un jeté brodé, le mobilier en bois de citronnier et le secrétaire sur lequel elle écrivait à Coralie. Tant de souvenirs…

— Installez-vous, mademoiselle, proposa Rose. Vous devez être exténuée.

En effet, la fatigue la rattrapait. Elle eut à peine le temps d'ôter ses bottines. Elle se glissa tout habillée sous le couvre-lit et plongea dans un sommeil sans rêves.

— Flora ! Ma chère Flora !

Elle ouvrit les yeux pour reconnaître sa tante Lucile. Le visage défait, elle se tordait les mains.

Elles s'étreignirent. Elle fondit alors en larmes.

— Je la croyais immortelle, souffla-t-elle.

Flora se sentit aussitôt mal à l'aise. Elle redoutait en effet que Lucile ne vive fort mal le décès de sa mère. N'avait-elle pas été sous son emprise durant plus de trente ans ? Vite, elle se leva, l'entraîna vers la fenêtre.

— Tu as Scipion et Juliette. Tu m'as, aussi. Ne te laisse pas submerger par le chagrin.

Lucile haussa les épaules.

— Oh, Flora, tu es si forte ! Indépendante, courageuse. Moi, j'ai toujours eu peur de tout.

Flora se raidit pour ne pas se laisser envahir par ses souvenirs du front.

— Qui te dit que j'ignore la peur ? Je prends sur moi, voilà tout !

C'était l'une des conséquences de l'éducation – ou, plutôt, du dressage – de Mademoiselle. Mais Lucile n'avait pas son caractère et Flora préféra ne pas insister.

Elle changea de sujet :

— Pour les obsèques ?

Une larme roula sur la joue de Lucile.

— Le père Giraud, le confesseur de mère, est venu l'assister hier. Les sœurs ont procédé à la toilette mortuaire. J'attends une réponse de Scipion pour fixer la date de l'enterrement.

— Il ne pourra peut-être pas se libérer.

Les épaules de Lucile s'affaissèrent.

— Je sais, Flora. Mais laisse-moi espérer.

Sans répondre, la jeune femme enlaça sa tante. Elle savait à cet instant qu'elle devait la protéger.

51

Il pleuvait, une pluie fine et serrée, évoquant un crachin, qui noyait le ciel et faisait piétiner la famille dans une sorte de boue grasse. Ils étaient peu nombreux à suivre le corbillard jusqu'au cimetière du Montparnasse, en ce jour de la fin mai.

Scipion et Flora marchaient en tête. Derrière eux Lucile, Coralie, deux douairières, des amies de Bonne-Maman, la supérieure du couvent et les domestiques de la vieille dame. Ses parents avaient estimé préférable de laisser Juliette rue de Courcelles en compagnie de sa gouvernante.

Il émanait de ce maigre cortège une impression de tristesse infinie, comme pour accentuer la solitude d'Edmée Maréchal.

Dernières phrases prononcées par un vieux prêtre, bénédiction, ultimes condoléances, dernier adieu…

Une fois seuls devant la tombe, Coralie suggéra :

— Allons boire quelque chose de chaud.

Proposition que Lucile s'empressa de décliner. Elle était pressée de rejoindre Juliette. Scipion leur adressa un sourire d'excuse.

— Je t'emmène ! décida Coralie.

C'est ainsi qu'elles s'installèrent chez Angelina, rue de Rivoli, où Flora n'avait jamais mis les pieds. Tout l'y séduisit, depuis le décor Belle Époque, la verrière, les fresques, le raffinement des tables et de la vaisselle, jusqu'à cette atmosphère feutrée qui lui aurait presque fait oublier le front.

Elle comprenait mieux certaines réflexions de « ses » soldats évoquant un monde irréel. Il y avait les tranchées, la boue, l'enfer et puis les lumières, les femmes élégantes, la chaleur, la vie… Comment les poilus en permission auraient-ils pu ne pas se sentir déphasés, abandonnés, même, de l'arrière ?

Cela lui rappelait cette caricature de Forain qu'elle avait découverte dans le journal *L'Opinion*. On y voyait deux poilus dans une tranchée. L'un disait à l'autre : « Pourvu qu'ils tiennent. » « Qui ça ? » demandait l'autre. Et le premier de laisser tomber : « Les civils. »

— Ça s'appelle le décalage, glissa Coralie, l'air de rien.

Flora rougit.

— Je fais une piètre convive, n'est-ce pas ? Mais, entre la disparition de ma grand-mère et tout ce que j'ai vécu ces dernières semaines, ce n'est pas facile.

— J'en ai conscience, ma chérie. N'oublie pas pourtant que tu es jeune et que tu dois profiter de la vie.

Flora laissa échapper un petit rire moqueur.

— Profiter ? Au bloc opératoire ?

— Naturellement non ! Je tiens simplement à te rappeler cette devise à laquelle mon cher Roger était attaché. *Carpe diem.*

— Mademoiselle Sénéchal ?

Elle tourna la tête vers la personne qui venait de l'interpeller et tressaillit. Le capitaine Scott, impeccable dans son uniforme, s'inclinait légèrement devant elle.

— Que faites-vous donc ici ? lança-t-elle étourdiment.

Il eut le bon goût de sourire.

— Je puis vous retourner votre question, mademoiselle.

Voyant qu'il demeurait près de leur table, Flora procéda aux présentations. Coralie le gratifia d'un petit signe de tête, assorti de son plus charmant sourire.

Flora ne put s'empêcher de s'enquérir :

— Avez-vous des nouvelles récentes de votre neveu ? Je suis arrivée hier à Paris.

Le regard de l'Américain s'éclaira.

— Il est sauvé. Grâce à vous et à Morhange. Je n'oublierai jamais.

Elle s'efforça de demeurer impassible.

— Nous avons juste suivi le protocole.

Pourtant, ce disant, elle sentit que l'émotion la submergeait. Elle revoyait leur combat pour sauver James Scott, ces moments d'angoisse et d'espoir traversés ensemble, le professeur Morhange, Alix qui les avait rejoints, et elle.

— Permettez-moi, s'invita le capitaine Scott.

Il tira une chaise, s'assit à la gauche de la jeune femme et souffla :

— Je sais très bien quel fut votre dévouement.

Elle fronça les sourcils. Chez elle, la combativité reprenait vite le dessus.

— Parce qu'une infirmière se doit avant tout d'être dévouée ? Les fameux anges blancs… Vous savez, nous sommes capables de prendre des initiatives.

Son sourire s'élargit, tandis que ses yeux bleu foncé se faisaient moqueurs.

— Je n'en ai jamais douté.

Il se livra à un commentaire en anglais. Malheureusement pour lui, Flora avait étudié cette langue à l'Institution Bellevue, ce qui lui permit de répliquer :

— Avant la guerre, j'ai manifesté pour l'égalité entre les hommes et les femmes.

Aussitôt après, elle se troubla car, tout naturellement, elle se souvenait de Génin, venu lui aussi à cette manifestation.

Se méprit-il sur la nature de son trouble ?

— Il n'y a pas de honte à être suffragette, déclara-t-il.

Elle se mit à rire, pour ne pas pleurer. Sa phrase ne montrait-elle pas qu'il n'avait rien compris ?

Être ou ne pas être suffragette importait peu à Flora. Seule comptait pour elle son indépendance. D'ailleurs, Coralie ne lui avait-elle pas raconté que sa mère avait choisi son prénom en mémoire de Flora Tristan, auteure de *L'Émancipation de la femme* ?

Elle rompit les chiens.

— Si vous voulez bien m'excuser, capitaine Scott. Ma permission est courte et je tiens à profiter du plus de temps possible avec mes proches.

Il se leva, s'inclina avec un soupçon de raideur.

— Naturellement. Je ne voudrais à aucun prix vous importuner. Bonsoir, mesdames.

— Un séducteur, commenta Coralie alors qu'il retournait s'asseoir à une table éloignée de la leur.

Flora se pencha vers son amie.

— Séducteur et sans surprise. Pour lui, la femme idéale doit certainement tenir sa maison et élever une demi-douzaine d'enfants !

Coralie pouffa.

— Cela dit, plutôt bel homme, avec ses yeux bleus et sa mâchoire carrée. L'Américain débordant de santé. Rien à voir avec nos pauvres poilus !

— Cessons de parler du capitaine Scott. Raconte-moi plutôt ce que tu fais de tes journées.

Le visage de Coralie se ferma.

— J'attends. La paix, ton retour. Les jours heureux. Cette existence d'angoisses et de lassitude n'est pas faite pour moi. J'ai besoin d'avoir de la lumière et de vivre comme avant. Quand je vois

Lucile… Seigneur ! Scipion doit se battre pour ne pas laisser la petite sombrer dans la mélancolie !

— Je vais la sortir un peu. À condition que sa mère soit d'accord.

— Ne lui demande rien ! Et fais attention à toi : cette pauvre Lucile ferait culpabiliser une bonne sœur confite en bondieuseries et portant le cilice !

— Tu exagères !

— Même pas ! La mort de sa mère risque de la faire basculer à nouveau dans ses excès. Scipion et la petite Juliette ont besoin de toi.

Flora opina du chef, tandis qu'une petite voix lui soufflait à l'oreille : « Mais moi… qui prendra soin de moi ? »

Elle n'avait personne, excepté Coralie. Et cette certitude accentuait son sentiment de solitude.

52

La permission de Flora s'achevait. Bientôt, elle monterait à bord du train la ramenant à leur campement et à l'autochir, toujours basée dans la Marne.

Elle avait tenté de distraire Lucile de son marasme, emmené Juliette au jardin du Luxembourg, juré à Coralie et Scipion de se ménager… alors qu'ils savaient tous trois que c'était impossible. La petite fille lui posait une foule de questions. Elle s'inquiétait de l'apathie de sa mère, avait besoin de rire et de jouer, comme n'importe quelle enfant de son âge. Par chance, sa gouvernante, jeune femme dynamique, avait promis à Flora de tout mettre en œuvre pour égayer la fillette.

Scipion, le visage creusé de nouvelles rides, était soucieux, lui aussi.

« Tout ira mieux quand la guerre sera finie », avait-il affirmé, et Flora avait hoché la tête, comme si elle partageait son avis alors que les doutes la taraudaient.

La paix reviendrait-elle un jour ? Ils avaient espéré, follement, que l'été verrait la fin des combats ; il n'en était plus question, et ce malgré le sang neuf apporté par les Américains.

Scipion et Flora avaient longuement devisé. Lucile, épuisée, était allée prendre un peu de repos. Son oncle ne lui avait pas caché que les Allemands pouvaient encore gagner. Il savait de source sûre qu'une nouvelle offensive allemande se préparait près de l'Aisne, du côté du Chemin des Dames qui avait laissé un fort mauvais souvenir à Flora l'année précédente.

« De toute manière, avait-il conclu, il ne sortira rien de bon de ces années de barbarie. Un nouveau monde émergera, et bousculera nos certitudes. »

Devant elle, il fendait l'armure et osait confier ses inquiétudes. Ce qui lui était impossible en présence de Lucile, incapable de garder son sang-froid.

Scipion et Flora connaissaient la face cachée de la guerre, celle qu'on ne pouvait montrer aux civils.

« Ils ne supporteraient pas la vérité », lui avait dit un jour Génin, et c'était tout à fait ça.

Avant le départ de Flora, Coralie et elle se rendirent au cimetière du Père-Lachaise. Flora tenait à se recueillir sur la tombe de ses parents. La mort de son aïeule l'avait bouleversée plus qu'elle ne voulait bien l'admettre. Cependant, Edmée n'avait jamais répondu à ses questions et, désormais, il était trop tard.

Cet après-midi-là, Coralie avait le regard mélancolique.

— C'est ainsi chaque fois que je viens ici, lui confia-t-elle.

Le dédale d'allées évoquait plus un immense jardin qu'un champ de repos, avec ses arbres remarquables lui offrant une dimension romantique.

Flora détestait fréquenter les cimetières, certainement parce qu'elle n'en avait pas eu l'habitude. Personne n'avait jamais évoqué devant elle le lieu où ses parents avaient été inhumés, et elle n'avait pas posé de questions. Elle se le reprochait, à présent, tout en sachant combien sa jeunesse avait été marginalisée. Elle avait bénéficié du confort de vie de la famille Sénéchal, avec le sentiment au fond d'elle de n'en avoir jamais fait réellement partie.

Comme sa mère, comme Coralie, elle était une enfant naturelle, et ce même si son père lui avait donné son nom.

Coralie parlait, parlait, et Flora devinait que c'était pour elle le moyen de surmonter son mal-être. Elle l'emmena devant le mur des Fédérés, évoqua les ultimes combats, au corps à corps et à l'arme blanche, les cent quarante-sept communards fusillés, et lui apprit que Camille et elle avaient été arrêtées à quelques mètres de là.

Flora se mit à trembler. Il lui semblait entendre les ordres des officiers, les tirs sporadiques, les cris de douleur, puis plus rien. Un silence insupportable.

Coralie la saisit par le bras, l'entraîna vers le chemin Denon.

Au bout d'une allée ombragée d'un gigantesque érable, Flora découvrit une stèle de marbre gris clair surmontée de leurs deux noms. *Camille Lenoir. Paul Sénéchal.*

Rien d'autre, hormis un bouquet de violettes.

— Camille adorait les violettes, lui expliqua Coralie d'une voix émue. Elle était aussi fidèle en amitié. Chaque année, au mois de mai, elle allait fleurir de lilas blanc la tombe de Manet.

Flora se mit à pleurer. Ce n'était pas du chagrin, plutôt de la déception de ne pas avoir de souvenirs de ses parents.

Coralie lui pressa la main.

— Il faut avancer, toujours, sans regarder en arrière, affirmait Camille. C'était une sacrée bonne femme, tu peux me croire !

La jeune femme osa demander, alors qu'elles avaient fait demi-tour :

— Leurs affaires, leurs meubles, les souvenirs… que sont-ils devenus ?

Le visage de Coralie se durcit.

— Tout a été vidé dans les plus brefs délais, conformément aux ordres donnés par Madame mère. Parti sur des charrettes, vendu à l'encan… j'en ai pleuré ! Rien, il n'est rien resté, alors qu'il s'agissait de ton héritage. Notamment les tableaux de Camille.

— Les tableaux ? répéta Flora, éberluée.

Coralie affirma avec force.

— Elle avait du talent, crois-moi. Elle s'était battue pour suivre des cours à l'Académie Julian, était amie avec Manet et Renoir. Mais… j'y pense ! Il reste quelqu'un qui l'a bien connue. Alexandrine.

Le visage de sa jeune amie dut refléter sa perplexité car Coralie s'empressa de préciser :

— Madame Émile Zola. Camille et elle étaient amies à l'époque de la bande du Guerbois, et sont restées en contact, même si Alexandrine est devenue au fil des années une bourgeoise très respectable. À près de quatre-vingts ans, elle gère toujours l'héritage de Zola et défend son œuvre. Une grande dame.

— Et… sais-tu où elle habite ?

Coralie referma son éventail d'un coup sec.

— Naturellement. Rue de Rome. Je t'y emmène dès demain si cela te tente.

— Avec plaisir.

Le lendemain, cependant, elle n'en menait pas large quand une jeune domestique leur ouvrit la porte de l'appartement du deuxième étage du 62, rue de Rome.

Une vieille dame, se tenant très droite, vint à leur rencontre et embrassa Coralie. Elle s'immobilisa pendant quelques secondes face à Flora.

— Camille… comme vous lui ressemblez ! s'écria-t-elle, ce qui remplit la jeune femme de confusion.

La maîtresse des lieux était encore belle, majestueuse, vêtue d'un costume noir et d'une blouse de mousseline ivoire à jabot de dentelle, ornée de plusieurs sautoirs.

Elle portait à l'annulaire une énorme améthyste.

Elle les invita à la suivre dans le cabinet de travail de l'écrivain, reconstitué dans cet appartement où il n'avait jamais vécu, et s'assit sur un fauteuil en tapisserie.

Flora remarqua les rideaux de velours, les tapis, les fenêtres ornées de vitraux. L'atmosphère dans cette pièce aurait pu être oppressante mais la vieille dame en face d'elles était si vive, si dynamique, qu'il n'en était rien. Elle admira le portrait d'Alexandrine, accroché au-dessus du divan en peluche, et leur hôtesse sourit, moqueuse.

— On m'appelait alors « la belle Alexandrine », expliqua-t-elle. C'est Manet, notre cher Manet, qui a réalisé ce portrait et… je crois bien qu'il avait aussi effectué celui de Camille.

— Qu'est devenu ce portrait ?

La vieille dame haussa les épaules.

— Je n'en sais rien, mon petit. Les années ont passé. La mort si tragique de vos parents nous a laissés sous le choc.

— L'assassinat, rectifia Flora d'une voix blanche.

Madame Zola inclina la tête.

— C'est juste.

Flora s'approcha du portrait de Manet.

— Il est superbe.

Un sourire teinté de nostalgie adoucit l'expression de leur hôtesse.

— Mon cher époux a toujours gardé ce tableau dans son cabinet de travail. Il prétendait que j'étais sa muse.

Il y eut un silence. Flora était certaine qu'elle songeait à ce qu'il était advenu de leur histoire d'amour, à la deuxième femme, la jeune lingère Jeanne Rozerot, et aux deux enfants, Denise et Jacques, qu'elle avait donnés à l'écrivain.

Mais Alexandrine Zola n'était pas femme à se plaindre.

— Je vais m'enquérir du portrait de Camille auprès de mon petit cercle d'amis, assura-t-elle. Je tiendrai Coralie informée du résultat de ma recherche.

Elles prirent congé. Flora éprouvait un sentiment bizarre en quittant cette vieille dame qui avait bien connu sa mère.

Comme si une nouvelle porte s'était refermée sur le passé.

53

Août 1918

Si je mourais là-bas sur le front de l'armée
Tu pleurerais un jour ô Lou ma bien-aimée
Et puis mon souvenir s'éteindrait comme meurt
Un obus éclatant sur le front de l'armée
Un bel obus semblable aux mimosas en fleur[1]

Les combats s'étaient succédé sans répit depuis l'été 14 dans cette région de la Champagne. Mi-juillet, Ludendorff avait projeté, dans le cadre d'une opération nommée « Friedensturm », « Offensive de la paix », de séparer les armées alliées du Nord de celles de l'Est. Cependant, les avions alliés avaient bombardé et détruit les ponts jetés sur la Marne, provoquant ainsi l'échec de l'offensive en

1. Extrait de « Si je mourais là-bas », *Poèmes à Lou*, Guillaume Apollinaire, 30 janvier 1915.

Champagne. Des combats acharnés avaient eu lieu du côté de Vierzy comme de Fère-en-Tardenois. Par un retournement de situation, Mangin et Degoutte avaient lancé des offensives dans tout le département de l'Aisne.

Debout sur le seuil du bâtiment réservé aux infirmières, Flora prit une longue inspiration. Elle était revenue sur le front depuis plus de deux mois, avec une telle lassitude que chaque matin, elle redoutait la journée qui l'attendait.

On s'était battu une bonne partie de la nuit du côté de la gare de Fère-en-Tardenois et les blessés allaient affluer.

Les claires nuits d'août étaient meurtrières pour les soldats.

À nouveau blessé, à la cuisse cette fois, Scipion était soigné au Val-de-Grâce où il avait été rapatrié. Lucile soufflait, enfin ! Elle aspirait à récupérer son époux et multipliait les messes d'action de grâces.

Cette chère Lucile va bientôt subventionner à elle seule l'église de Saint-Germain-des-Prés ! avait écrit Coralie. L'amie de Flora ne priait pas, elle, mais bravait le couvre-feu pour *ne pas céder face aux Boches.*

— Flora ! Morhange te réclame !

Alix lui faisait de grands signes depuis le seuil du bloc opératoire. Elle ajusta sa coiffe et la rejoignit. Elle aussi paraissait exténuée.

— Blessé au ventre. Jeune. Mal en point, lui résuma-t-elle en ôtant ses gants.

Elle lui adressa un clin d'œil.

— Il n'est pas vraiment de bonne humeur, la prévint-elle.

Flora faillit répondre que c'était récurrent depuis plusieurs semaines, mais s'abstint.

— Essaie de dormir un peu, recommanda-t-elle à son amie.

Elle inspira de nouveau avant de pénétrer dans le bloc. Certains jours, elle supportait moins bien l'odeur de sang et de sanies, accentuée par la chaleur. Le professeur Morhange leva à peine le nez à son apparition.

— Ah ! Sénéchal… vous êtes en forme, j'espère ! Cette pauvre Demoulins a failli s'évanouir.

— Ça ne m'arrivera pas, assura-t-elle.

De toute façon, elle n'avait pas le choix. Il lui fallait tenir.

L'opération se révéla longue et éprouvante. Le blessé gémissait sourdement malgré la dose de chloroforme que Flora lui avait administrée. La balle avait causé des dégâts importants.

Flora redoutait plus que tout les blessures au ventre et les amputations. Le blessé saignait abondamment, et elle devait éponger le sang au fur et à mesure. Elle refusait de songer à la première fois, à la Salpêtrière. Ce jour-là, elle avait manqué s'évanouir. Seule la perspective de devoir renoncer à ses études lui avait permis de surmonter cette faiblesse.

— Saleté de projectile, maudite guerre ! jura Morhange.

Cela lui ressemblait si peu que Flora releva la tête. Elle nota la pâleur du médecin, sa silhouette voûtée, ses yeux las, tandis qu'il soupirait.

— Ne faites pas attention à mes élucubrations, mademoiselle Sénéchal. Un fâcheux moment de relâchement.

De fait, il ne souffla plus mot durant la suite de l'intervention. Bandé avec soin, le blessé d'une trentaine d'années fut dirigé vers un hôpital de campagne et Pralut, un aide-soignant, nettoya la table d'opération pendant que Flora se chargeait des différents instruments.

Un ébranlement sourd les fit sursauter.

— Ça castagne encore, là-bas, du côté de Fismes ! remarqua-t-il, et le cœur de Flora se serra.

Combien de blessés, combien de morts, en cette journée ensoleillée ? Cette idée lui donnait le tournis, et elle aurait voulu fuir la sinistre réalité.

Morhange la rappelait déjà.

— Sénéchal ! Une amputation.

Elle éprouva alors la tentation de tourner les talons et de s'enfuir. Ce simple mot – amputation – la révoltait et lui donnait le sentiment d'être un bourreau.

À cet instant, elle croisa le regard d'un officier américain qui s'avançait vers elle, et se troubla en le reconnaissant.

Le capitaine Scott s'inclina devant elle.

— Je vous cherchais, mademoiselle Sénéchal.

— Vraiment ? Le professeur Morhange m'attend et je ne puis...

D'un geste large de la main, il suggéra qu'il comprenait.

— Dans ce cas, rendez-vous ce soir à sept heures, au village, lui lança-t-il.

Et, comme elle allait émettre une objection, il précisa :

— Je vous enverrai mon chauffeur ici même.

Elle aurait dû, bien sûr, refuser, ne pas céder, ou rappeler que les infirmières ne pouvaient pas fréquenter d'officiers alliés. Pourtant, elle ne trouva pas ses mots et opina du chef.

⋆

La voiture, une Torpédo Richard-Brasier, était dotée d'un confort sommaire mais cela importait peu à Flora. Elle était si exténuée qu'elle faillit s'endormir dès qu'elle fut installée sur le siège passager. Le chauffeur, un Afro-Américain d'environ vingt-cinq ans, la salua avec courtoisie et s'adressa à elle en français. Elle apprit ainsi qu'il s'appelait Peter et venait du Michigan.

— Nous sommes en France pour honorer la mémoire du général La Fayette, annonça-t-il avec un large sourire.

Ce n'était pas le premier à faire cette remarque. Ces jeunes gens qui s'engageaient pour rendre hommage à l'action de quelques aristocrates français venus défendre l'indépendance d'un pays au-delà des mers paraissaient quelque peu romantiques.

Elle en fit part à Peter qui partit d'un grand rire.

— Romantique, moi ? Plutôt fidèle à la parole donnée d'un lointain aïeul. Et puis, découvrir la France est pour moi l'accomplissement d'un vieux rêve.

— On ne peut pas dire que vous ayez choisi le meilleur moment pour le faire.

— Tout s'arrangera, Miss. La guerre va bientôt s'achever. C'est ce que mon capitaine affirme.

— Tant mieux, dit-elle sans en être pour autant convaincue.

Peter freina à hauteur d'un bâtiment aux fenêtres enguirlandées de lierre. Le lieu semblait hors du temps, à l'abri des fracas du monde.

— Je vous attends, Miss, lui assura-t-il.

Flora s'interrogeait encore sur le bien-fondé de sa venue quand le capitaine Scott descendit les degrés du perron à sa rencontre.

Il lui parut encore plus grand, encore plus résolu que dans son souvenir.

— Soyez la bienvenue, fit-il en lui tendant la main.

À cet instant, elle se sentit à la fois perdue et en sécurité.

54

Septembre 1918

Au terme de plusieurs offensives alliées, l'ennemi avait dû reculer sur la ligne Hindenburg, de la Lys au Chemins des Dames, perdant de ce fait tout le terrain gagné en mars. Les chars d'assaut français faisaient la différence face à des troupes exsangues et démoralisées.

Pour sa part, Flora évoluait sur un petit nuage. Elle n'aurait jamais imaginé éprouver une telle plénitude, et ce malgré la situation. Perry Scott et elle s'aimaient et se retrouvaient dès que leurs emplois du temps le leur permettaient. Était-ce à cause de l'omniprésence de la mort tout autour d'eux ? De l'impression, non, plutôt de la certitude que le temps leur était compté ? Ils s'aimaient avec une sorte de frénésie.

Elle parvenait cependant à dissocier son esprit de son corps. Au bloc, elle s'interdisait de penser à lui. Elle accomplissait ses tâches avec concentration et efficacité. Mais, une fois son travail achevé, elle devenait une autre.

Pour Perry, elle détachait ses cheveux dorés qui coulaient le long de son dos. Avec lui, dans ses bras, elle n'avait aucun interdit, aucun tabou. C'était comme s'il l'avait libérée de longues années de sommeil. Elle n'en parlait à personne, pas même à Coralie dans ses lettres, comme si son silence pouvait protéger leur secret.

Il était attentionné, tendre, mais aussi grave et parfois désenchanté.

« Je vous attendais, Flora », lui disait-il, et elle se blottissait dans ses bras.

Coralie, fine mouche, avait deviné la vérité et écrivait : *Profite. Savoure.*

Cela l'avait fait sourire. Perry la mentionnait parfois en l'appelant « la dame de chez Angelina », et cela l'émouvait.

Si Flora se laissait aller à réfléchir, elle considérait que tout était allé trop vite entre eux. Une attirance sexuelle irrépressible, leurs corps qui s'accordaient d'emblée… Sans la guerre, se seraient-ils seulement prêté attention ? Perry prétendait que oui.

« Dès le jour de notre première rencontre, j'ai su que nous étions destinés l'un à l'autre », lui avait-il dit, le plus sérieusement du monde.

Cela lui avait fait presque peur. Comme si elle n'avait pas été prête pour une telle attirance.

Lui, en souriait.

« Flora, dear, c'est ainsi, nous n'y pouvons rien changer. »

Il l'avait fait basculer sur le lit, avait plongé ses yeux – bleu marine, en fait, Coralie avait raison – dans les siens. Une pluie de baisers s'était abattue sur son visage, sur son buste, et elle n'avait eu qu'un désir, que cela ne s'arrête jamais. Cambrée au-dessus de lui, les yeux mi-clos, elle lui offrait ses seins. Plus rien d'autre ne comptait pour elle alors.

Pourtant, dans le lointain, elle entendait toujours les échos de la canonnade. À cet instant précis, des hommes tombaient. Pour quelques mètres de terrain.

L'amour la rendait égoïste mais c'était tout ce dont elle avait besoin.

*

— C'est bientôt fini. Croyez-moi, ce n'est plus qu'une question de semaines.

Blottie contre le torse de Perry, elle désirait accorder foi à ses promesses.

L'offensive franco-américaine de l'Argonne, si elle n'avait pas été à la hauteur des espérances de l'état-major, avait ouvert une brèche dans le front ennemi.

On évoquait de plus en plus souvent une paix séparée. Partout, des voix s'élevaient pour réclamer la fin de cette boucherie. Les grèves se multipliaient en Allemagne.

Scipion n'avait pu retourner se battre. Souffrant d'une pneumonie, il avait été de nouveau hospitalisé au Val-de-Grâce et se remettait lentement. Soulagée de le voir rester à Paris, Lucile avait retrouvé une partie de son allant et organisait des ventes de charité destinées à améliorer l'ordinaire des soldats.

Finalement, la blessure de Scipion était tombée à point nommé pour la tirer de son apathie. Flora avait été tentée de se confier à Perry à propos de sa famille, avant d'y renoncer.

Il lui semblait parfois que leur relation était destinée à demeurer liée à la guerre. Comme s'ils n'avaient pas envie d'évoquer « l'après ».

Perry était natif de Boston, où sa famille possédait des biens immobiliers. Lui-même était diplômé de l'académie de West Point.

Qu'avait-il en commun avec une modeste infirmière ?

Leur histoire était vouée à l'échec à cause de la distance, géographique et sociale, qui les séparait. Elle se le répétait depuis le début. Quand la guerre serait finie, ils se quitteraient, Perry et elle.

Il lui annonça son départ un soir d'octobre. On l'envoyait en mission en Lorraine. Une décision de l'état-major, qui la bouleversa.

Elle éprouva un sentiment de panique. Ils ne pouvaient se dire adieu, elle était de garde toute la nuit à l'autochir et Perry devait partir dans moins d'une heure. Il lui vola un baiser avant de regagner son quartier.

Elle essuya une larme. Mais elle, qui se croyait forte, perdait tous ses moyens parce que Perry s'éloignait.

Cette distance lui permettrait d'y voir un peu plus clair, se dit-elle.

En fait, de nombreux blessés furent amenés à l'autochir les jours suivants et elle n'eut pas une seconde à elle. Elle s'écroulait sur son lit de camp, recrue de fatigue, les épaules et les jambes douloureuses.

Autour d'elle, on parlait percée, raidissement de l'armée allemande et elle ne réagissait même pas. Un soir, elle s'effondra et ne parvint pas à se lever le lendemain. Elle n'avait plus de forces.

55

Novembre 1918

Flora émergea le 13 novembre. Elle ne risquait pas de l'oublier car elle ne décoléra pas dès qu'elle apprit que l'armistice avait été signé deux jours auparavant. Elle se trouvait chez Coralie, dans la chambre d'amis qui était devenue la sienne, un délicat écrin de velours bleu et ivoire.

Celle-ci se précipita à son chevet.

— Enfin ! Je commençais à désespérer ! s'écria-t-elle.

Flora glissa une main dans ses cheveux.

— Que s'est-il passé ?

Elle se sentait vaguement nauséeuse, un peu perdue.

— Surmenage, annonça Coralie. Tu joues la Belle au Bois dormant depuis près de vingt jours. Tu t'es effondrée au front, on t'a renvoyée à Paris et, plutôt que de te laisser entre les mains de Lucile, j'ai préféré te prendre chez moi. La pauvre chère âme a toujours autant de peine à faire face.

— On ne lui a pas appris.

— Hum… fit Coralie, dubitative. Penses-tu réellement que ta mère était formée pour résister aux tragédies qu'elle a vécues ? Pas plus que moi, mais nous avons dû nous adapter.

Flora réprima une grimace. Sa tête tournait, une horrible migraine martelait sa tempe droite.

— Je suis si fatiguée.

Coralie posa la main sur son front.

— Repose-toi, ma grande. Demain, tu te sentiras déjà mieux.

La jeune femme murmura :

— Perry ? Tu as de ses nouvelles ?

Le sourire de son amie s'accentua.

— Mon salon est transformé en serre. Orchidées, violettes, roses, anthuriums… Il est sérieusement mordu, tu peux me croire !

— Coralie ! Ce n'est pas ce que tu penses…

— Menteuse !

Flora se mit à rire et, brusquement, elle éprouva la sensation que la vie circulait à nouveau dans son corps.

— Vite ! s'écria-t-elle. Il me faut un bain, que je m'arrange un peu…

— Hé ! Il n'est pas à ma porte ! Pas encore, tout au moins.

Elle avait mille et une questions à poser à son amie mais elle tenait d'abord à prendre soin d'elle !

Coralie insista pour lui faire boire un peu de thé et avaler quelques biscuits.

— En règle générale, les fleurs sont livrées en fin de journée, lui indiqua-t-elle, souriant toujours. Tu as le temps de te faire belle.

Apolline, sa domestique, alla préparer un bain chaud et Flora s'y plongea avec délice. Elle avait la sensation de revivre, après ces années passées auprès des blessés. Tout l'émerveillait, la savonnette parfumée au camélia, la crème et le lait pour le corps à la rose, la poudre et sa houppette en duvet de cygne…

Apolline lui apporta une guimpe de soie ivoire, une tunique de jersey marine ainsi qu'une jupe fourreau en drap rayé marine et blanc.

Lorsqu'elle se décida à jeter un coup d'œil à son reflet, elle se trouva certes encore pâle mais ses yeux verts brillaient et ses cheveux dorés avaient retrouvé un bel éclat. Coralie l'invita à la rejoindre et la serra contre elle.

— Je me suis fait tant de souci, souffla-t-elle. C'est bel et bien fini, à présent.

Flora la pressa des questions. Que s'était-il passé durant ce qu'elle nommait son « hibernation » ? Avait-elle eu des nouvelles de ses collègues ?

— C'est surtout le capitaine Scott qui s'est manifesté, s'esclaffa Coralie. Lucile et Scipion, bien sûr. Ton amie Pauline. Et puis le professeur Morhange, et tes amies Alix et Rosemonde, sans oublier un certain James Scott, que tu aurais sauvé !

— Oh, James…

Les larmes nouèrent la gorge de Flora. Elle avait le sentiment de les avoir tous abandonnés. Coralie fronça les sourcils.

— Pas question de culpabiliser ! Tu étais parvenue à un tel état d'épuisement que, de toute manière, tu n'aurais plus été utile sur le front. C'est le professeur Morhange qui m'a chargée de te le dire.

Flora soupira.

— Il n'empêche…

— Taratata ! Tu te remets sur pied et tu profites un peu de la vie. Tu ne l'as pas volé.

À cet instant, Flora songea à sa mère et se dit qu'elle aurait pu lui tenir le même discours que Coralie. Flora avait travaillé jusqu'à l'épuisement, même s'il lui était difficile de le reconnaître.

La guerre était finie, se répéta-t-elle. Elle aurait dû sauter de joie, exulter. Au lieu de quoi, elle ressentait une immense lassitude.

— Tu vas te remettre, enchaîna Coralie. Je te le promets.

La sonnette la fit sursauter.

— C'est notre livreur de fleurs, assurément, déclara Coralie d'une voix flûtée.

Les jambes coupées, Flora se laissa tomber sur le sofa pendant qu'Apolline allait ouvrir la porte.

Elle reconnut alors la voix de Perry et replaça une mèche de cheveux derrière son oreille. Son cœur battait à grands coups. Ils s'étaient aimés par temps de guerre. Qu'allait-il advenir d'eux en temps de paix ?

56

Il lui fallut deux semaines pour se rétablir mais, de façon indéniable, la présence du capitaine Scott à Paris y contribuait grandement.

Il venait la chercher en milieu d'après-midi. Ils flânaient du côté de l'île Saint-Louis puis dînaient en ville, un soir dans un « bouillon » typique de Montparnasse, un autre à la Tour d'Argent. Avec Perry, la vie était une fête. Ils avaient tous deux le besoin de revivre, enfin, après les interminables années de tourmente. Partout, on avait soif de distraction. Ils assistèrent à une représentation de *Phi-Phi* qui enthousiasma Perry. Tout Paris, d'ailleurs, applaudissait cette opérette.

Flora se laissait entraîner sans parvenir pour autant à oublier tout ce qu'ils avaient traversé. Mais la joie était là, intense, mêlée de tristesse lorsqu'on songeait à ceux qui ne reviendraient pas.

Génin, Bleuet, et tant d'autres…

Lucile et Scipion l'avaient accueillie avec force transports. Cependant, dès que son épouse fut partie donner ses ordres à leur domestique, Scipion ne lui cacha pas ses inquiétudes.

« Il nous faut veiller à ne pas trop humilier les Allemands, recommandait-il. Tout reste à faire. »

La France était exsangue, à genoux. Une partie importante du patrimoine industriel était détruite. Les départements occupés comme les Ardennes ou le Nord avaient été pillés. La ville de Reims avait été détruite à plus de quatre-vingts pour cent.

Juliette, surgie dans le salon, lui sauta au cou. Elle avait la grâce d'un jeune faon.

« Je suis si heureuse de te revoir, Flora ! » s'écria-t-elle.

Lucile, revenant de l'office, les trouva enlacées devant la fenêtre ouvrant sur le parc Monceau.

— Les jours heureux sont de retour ! lança-t-elle, joyeuse.

Elle ne remarqua pas le soupir étouffé de son époux.

Lorsqu'elle prit congé, Scipion serra affectueusement Flora dans ses bras.

« Profite bien de l'embellie, mon petit, lui conseilla-t-il. J'ignore combien de temps elle durera. »

Coralie partageait cette opinion. Pourtant, là où Perry l'emmenait, la vie paraissait facile et gaie. Flora appréciait le jazz et le blues ; elle avait entendu pour la première fois ces rythmes originaux, joués par une fanfare afro-américaine, tout près de Saint-Mihiel. Elle se rappelait avoir tapé du pied pour suivre la mesure, entraînée par leur dynamisme et leur sens du tempo. Tout le monde, lui semblait-il, avait alors envie de danser et d'oublier l'enfer.

Perry, bon cavalier, paraissait infatigable. Il lui apprit le charleston et le shimmy, popularisé par la chanson à succès *Everybody Shimmies Now*. Ils dansaient jusqu'au bout de la nuit et buvaient du champagne. C'était une existence qui ne pouvait s'éterniser, mais ils avaient un besoin effréné de se sentir vivants.

Elle rentrait avec lui à son hôtel, situé rue Vivienne. Ils n'étaient pas mariés, mais personne à la réception ne posait de questions. Les officiers américains faisaient l'objet d'une sorte de vénération. Lucile avait renoncé à s'enquérir de son mode de vie ; elle la pensait installée chez Coralie et personne ne songeait à la détromper. Il y avait une sorte de conspiration du silence autour de Perry et de Flora. Scipion, qui les avait rencontrés rue de Rivoli car ils étaient restés fidèles à Angelina, s'était contenté de lui conseiller la prudence.

« Ta tante ne supporterait pas une naissance hors mariage », lui avait-il glissé avant le déjeuner du dimanche suivant, et elle avait éclaté de rire.

« Scipion ! N'oublie pas que je suis infirmière ! »

Comme Henri, Perry utilisait des préservatifs.

Et puis, il y eut ce jour, le 13 décembre exactement, où le président Wilson débarqua à Brest.

Flora ne se doutait de rien. Aussi tomba-t-elle de haut quand Perry lui annonça qu'il devait rejoindre l'état-major au plus vite. Le président souhaitait le voir. Quand elle ironisa gentiment : « Le président du plus grand pays du monde désire rencontrer un simple capitaine ? », il lui répondit : « C'est un ami de ma famille », comme si cela allait de soi.

Elle réalisa alors qu'elle ignorait presque tout de lui, hormis le fait qu'il était très attaché à son neveu James et qu'il était un merveilleux amant.

À cet instant, elle fut saisie d'une angoisse. Qu'avait-il à faire d'une petite infirmière ? Il l'attira à lui, lui planta un baiser insolent sur les lèvres.

— Je reviens très vite, lui promit-il.

Ils avaient vécu à peine trois semaines de bonheur. Ce n'était pas assez.

Elle avait quitté son appartement depuis le début de son engagement. À quoi bon, en effet, continuer de payer un loyer alors qu'elle bénéficiait de peu de permissions et qu'elle les passait chez Lucile et Scipion ou chez Coralie ? Tout naturellement, elle retourna chez son amie.

Même si elle se sentait perdue sans Perry à ses côtés, elle devait reprendre le travail, dès que possible !

Elle se présenta à l'accueil de deux cliniques privées, s'entendit répondre qu'on préférait employer des hommes comme infirmiers.

« Vous comprenez, nous avons vu trop peu de ces messieurs durant la guerre… »

De quoi rire, ou pleurer.

Cette attitude la déroutait. Pourtant, Coralie et Scipion lui avaient tenu le même discours.

« Tu verras, lui avaient-ils dit. On va très vite renvoyer les femmes à leurs casseroles. »

Elle avait refusé d'y croire. Elle était encore candide !

Son inactivité lui pesait. Elle était sans nouvelles de Perry. Et puis, dix jours après son départ, elle reçut sept lettres. Elle courut s'enfermer dans sa chambre sous le regard moqueur de Coralie.

« Ah ! L'amour ! » chantonna celle-ci.

Peu importait à Flora. Elle revivait en lisant les mots d'amour de Perry.

57

Avril 1919

Accoudée au bastingage du *Savoie*, Flora s'interrogeait encore sur le bien-fondé de sa décision. Comme souvent chez elle, il s'agissait d'un coup de tête.

Depuis que Perry avait dû regagner les États-Unis en tant que conseiller spécial, elle ne supportait plus son absence. Certes, il lui écrivait, lui répétait qu'il l'aimait, mais cela ne lui suffisait pas. Elle approchait de la trentaine et connaissait désormais trop bien la fragilité de l'existence pour accepter de perdre un temps précieux.

Elle avait eu la surprise d'apprendre qu'elle héritait de sa grand-mère en tant que représentante de son père. C'était si inattendu qu'elle avait désiré refuser. Scipion l'en avait dissuadée.

« C'est ton droit, ton héritage, lui avait-il répété. C'est important, crois-moi. Une façon de te rattacher à la lignée des Sénéchal. » Et il avait ajouté :

« Si tu le désires, gaspille donc une partie de tout cet argent. Après les années que nous venons de vivre c'est la meilleure façon de faire : ne pas y accorder trop d'importance. »

Lucile avait renchéri : « Je n'ai qu'une envie, vendre l'hôtel de la rue Saint-André-des-Arts et aller vivre à la campagne. Scipion et moi avons bien assez. Ne laisse pas passer cette chance. »

Elle se retrouvait donc à la tête d'une fortune importante, ce qui lui faisait presque peur. Quelle attitude devait-elle adopter face à ces biens ? Sa grand-mère possédait non seulement un patrimoine immobilier mais aussi des actions et des parts sociales. Flora caressait le projet d'effectuer des dons sans savoir sous quelle forme. Elle devait prendre du recul, réfléchir.

Heureusement, Scipion la guidait et elle avait toute confiance en lui. Il s'était remis peu à peu, et avait repris le chemin du Palais-Bourbon.

Lucile et Flora étaient allées un après-midi écouter la séance. La virulence des débats les avait surprises, Lucile en avait même été effrayée. Depuis le décès de sa mère, elle vivait sur les nerfs. La signature de l'armistice l'avait apaisée un temps, mais ses vieux démons avaient vite repris le dessus.

Flora aurait bien conseillé à sa tante d'aller consulter un psychanalyste.

Elle s'intéressait pour sa part au travail de Sigmund Freud. Henri avait été le premier à lui parler de lui et elle avait lu ses ouvrages, notamment *Totem et tabou* et *Deuil et mélancolie*.

Malgré ses préoccupations familiales, elle appréciait la traversée. Parisienne dans l'âme, elle n'avait jamais quitté la France. Son embarquement au Havre constituait déjà une grande aventure ! D'autant qu'elle partait de sa propre initiative, sans en avoir informé Perry.

Consultée par ses soins, Coralie avait esquissé un demi-sourire.

« Que désires-tu exactement, ma jolie ? Que je te donne mon opinion sincère ou que je conforte ton choix ? »

Elle avait ajouté, le regard pétillant : « Parce que tu feras le voyage, n'est-ce pas ? »

Avant de préciser : « Il faut toujours aller jusqu'au bout de ses rêves. »

Flora pressentait que Coralie se défiait de Perry. Elle pouvait le comprendre mais elle aurait voulu lui prouver qu'il était un homme fiable et qu'il l'aimait.

Pour son premier voyage transatlantique depuis la fin de la guerre, le *Savoie* avait bien fait les choses et offrait le meilleur confort. Par exemple, les hublots de la salle à manger étaient opaques, afin de ne pas favoriser le mal de mer.

Flora bénéficiait d'une cabine pour elle seule, un véritable luxe ! Lit confortable, en alcôve, protégé par des rideaux de chintz assortis au papier peint, table de toilette surmontée d'un grand miroir, chevet et commode en bois de citronnier, table à écrire munie de tout le nécessaire, papier à en-tête, enveloppes, stylo à plume... Le linge de toilette, en épaisse éponge blanche, renforçait le sentiment d'évoluer dans un cocon.

Flora avait longuement hésité avant de choisir ses bagages. Des tenues pratiques, deux tailleurs plus élégants, des corsages en soie, des bottines vernies noires et deux chapeaux achetés sur une impulsion rue de Sèvres. Comme Coralie, elle estimait que le chapeau conférait aux femmes charme et élégance.

Perry ne les avait jamais vus. Or, elle avait envie d'être belle pour lui.

Il était reparti si brutalement aux États-Unis qu'ils avaient à peine eu le temps de s'embrasser. Un drame terrible avait frappé sa ville natale. Le 15 janvier, s'était produite une grande inondation à Boston à la suite de la rupture d'une citerne pleine de mélasse, ce qui avait provoqué un véritable raz-de-marée de liquide sirupeux brunâtre, tuant et blessant de nombreuses personnes. Un cauchemar...

Perry ne supportait pas l'idée qu'il y ait des victimes parmi ses proches. Il était persuadé que les autorités dissimulaient l'ampleur du drame.

Depuis, malgré les courriers qu'elle lui avait adressés, elle n'avait pas reçu de ses nouvelles, ce qui l'angoissait de plus en plus.

Qu'avait-il bien pu se passer en l'espace de trois mois ?

Souhaitant de tout son cœur que sa famille n'ait pas été touchée par la tragédie, Flora ne comprenait pas son silence.

« Te rends-tu compte que tu te lances dans l'inconnu, sans aucun garde-fou ? » lui avait répété Lucile, et ses mises en garde avaient eu pour conséquence de renforcer sa décision.

Flora voulait croire en l'amour de Perry. C'était pour cette raison qu'elle traversait l'Atlantique au son d'un orchestre de ragtime qui jouait le soir.

Sur le pont supérieur, en contemplant le ciel étoilé, elle aspirait à une vie nouvelle. Elle avait eu l'impression, en quittant Le Havre, de laisser derrière elle les mauvais souvenirs de son enfance.

Perry et l'Amérique symbolisaient une renaissance.

Elle disposait d'une adresse à Boston, et avait en elle tous les courages.

Elle ne doutait pas de réussir à le retrouver.

58

Avril 1919

New York, rêve ou cauchemar ? Elle hésitait entre ces deux options, à la fois fascinée et effrayée par la vitalité et l'effervescence de la ville. Grâce au visa obtenu par Scipion, elle n'avait pas eu de difficultés à franchir les étapes de l'entrée aux États-Unis. Il lui semblait que son oncle jouait pour elle le rôle d'ange gardien. Nantie de plusieurs adresses, dont celle du consulat, elle avait déniché sans problème une chambre dans un hôtel situé au cœur de Greenwich Village, l'hôtel Earle.

C'était un lieu commun mais tout lui paraissait gigantesque, depuis le Woolworth Building, la « cathédrale du commerce », l'immeuble le plus haut au monde, jusqu'au « Commodore Hotel ».

Elle découvrit les délis, ces restaurants de type Delicatessen offrant sandwiches et bagels, et la quantité de nourriture qui y était servie l'effraya après des années de privation. Elle expédia des câbles à Coralie, Lucile et Scipion, attendant d'être arrivée à Boston pour leur écrire plus longuement. Elle acheta un billet pour le Massachusetts et prit le train le dernier jour d'avril après avoir passé une merveilleuse journée au Met, l'incroyable musée. La peur le disputait en elle à l'excitation.

Elle brûlait du désir de revoir Perry, malgré le doute et l'incertitude quant à son accueil.

En se rapprochant du but, elle prenait conscience de sa témérité. N'était-ce pas pure folie d'avoir traversé l'Atlantique pour rejoindre son amant ? À chacune de leurs retrouvailles, leurs corps parlaient pour eux. C'était entre eux une question d'épidermes, d'attirance sexuelle, un désir d'assouvissement. Dans les bras de Perry, sous ses caresses, elle était une autre femme, sensuelle et audacieuse. Cependant, ils ne savaient pratiquement rien l'un de l'autre.

Le train partant de Penn Station était particulièrement confortable. Tout lui paraissait différent dans cette Amérique prospère. L'Europe était vraiment le Vieux Continent, Flora en prenait conscience.

Lorsqu'elle posa le pied sur le quai de South Station à Boston avec sa valise, elle regretta brutalement d'être venue. Ce fut un sentiment fugace, qu'elle s'efforça de surmonter. Un taxi la conduisit à l'hôtel où elle avait réservé, le Fairmont Copley Plaza.

Une fois installée dans sa chambre, douillette, entièrement tapissée de tissu jaune et blanc, elle sut qu'elle n'avait plus le choix. Il lui fallait trouver la demeure de Perry.

*

La maison Scott, tout en briques rouges et bow-windows fleuris, était située dans le quartier chic de Beacon Hill, là où vivaient les familles fortunées de Boston.

Flora aurait voulu appeler Coralie, lui confier qu'elle avait peur, horriblement peur, de sonner à la porte peinte d'un vert foncé majestueux et de solliciter une entrevue avec monsieur Perry Scott.

Serait-il heureux de la revoir ? Pourquoi ne lui avait-il pas écrit ? Autant de questions qui tourbillonnaient dans sa tête et lui ôtaient une bonne partie de son courage.

Elle finit cependant par appuyer sur un bouton de sonnette en laiton parfaitement astiqué et attendit quelques longues secondes sur le perron avant de voir apparaître une jeune fille portant uniforme sombre et tablier blanc.

Elle demanda à être reçue par monsieur Perry Scott et la domestique secoua la tête en signe de dénégation.

— Monsieur est actuellement à son travail, au journal, lui dit-elle. Vous connaissez ? *The Observer*, près du Haymarket.

Perry travaillait pour un journal ? Il n'avait jamais mentionné ce fait. Perplexe, déroutée, Flora salua son interlocutrice et fit demi-tour. Dieu merci, elle avait laissé sa valise dans sa chambre d'hôtel. Rien ne l'empêchait de se rendre tout de suite aux locaux de l'*Observer*.

Ce qu'elle fit, tout en sentant l'angoisse l'envahir. Connaissait-elle réellement Perry ? Qu'est-ce que cela signifiait ? Il fallait qu'elle le voie, très vite.

Elle réprima un frisson. Malgré la douceur de l'air, elle avait froid et l'impression qu'elle ne parviendrait pas à se réchauffer. Elle avait déjà éprouvé cette sensation dans le train venant de New York, et celle-ci s'accentuait. À son hôtel également, mais elle avait pensé qu'il s'agissait d'un coup de fatigue.

Lorsqu'elle arriva à hauteur des locaux du journal – immeuble en briques rouges, à la façade néoclassique –, elle était épuisée, et en sueur.

À l'accueil, une secrétaire aux cheveux un peu trop blonds et à la manucure parfaite la soumit à un feu roulant de questions. Pourquoi désirait-elle rencontrer monsieur Scott ? Elle n'avait pas rendez-vous, n'est-ce pas, et monsieur Scott était très occupé. Elle lui communiquerait le nom et l'adresse de Flora, c'était tout ce qu'elle pouvait faire pour elle.

La jeune femme ouvrit la bouche pour protester avec force mais aucun son n'en sortit. Sa gorge était en feu. Elle griffonna ses coordonnées sur la feuille de papier qui lui avait été tendue, la salua d'un bref signe de tête avant d'amorcer un demi-tour.

Le sang battait à ses tempes. Elle se sentit tout à coup très faible. Ses oreilles tintaient. Elle s'effondra.

59

Mai 1919

Tout son corps était douloureux. Sa tête résonnait et lui faisait atrocement mal, comme si elle avait hébergé un tambour. Elle avait soif, très soif et, si elle se rappelait vaguement son identité – Flora Sénéchal –, elle n'avait aucune idée de l'endroit où elle était.

Elle voulait boire et dormir. Elle tenta de parler, n'émit qu'une sorte de faible croassement.

Une silhouette vêtue de blanc se pencha au-dessus de son lit.

— Ne bougez pas, ne cherchez pas à parler, lui recommanda-t-on en anglais.

Elle balbutia dans la même langue :

— Où suis-je ? Je n'ai aucun souvenir.

— À Boston. Vous vous êtes évanouie sous l'effet de la fièvre. Vous vous trouvez sous une grande tente aménagée en hôpital de campagne vu l'ampleur de l'épidémie. Vous avez la grippe espagnole.

Le silence tomba alors que Flora s'efforçait de rassembler ses esprits. Boston... pourquoi Boston ? Et la grippe espagnole, ce fléau qui frappait le monde entier depuis l'automne 18 et avait déjà provoqué des millions de morts... Avant l'armistice, le professeur Morhange recommandait déjà de veiller au respect des mesures barrières.

Pourquoi se rappelait-elle ce nom ? Le professeur Morhange. Quel rôle avait-il tenu dans sa vie ? Elle s'efforçait de rassembler des éléments épars du passé, sans y parvenir. Elle était si faible...

Flora se souleva sur un coude. Une nausée, suivie de vertiges, lui arracha un petit cri d'exaspération. Épuisée, elle retomba sur l'oreiller. Sa gorge la brûlait.

— J'ai soif, murmura-t-elle.

— Vous allez boire un peu d'eau sucrée. Pas trop, il faut y aller progressivement.

Elle aurait pu lui répondre qu'étant infirmière, elle savait comment procéder. Mais elle était si faible qu'elle n'en avait pas la force. Pas la force non plus de demander depuis combien de temps elle était là. Lentement, les souvenirs lui revenaient. Elle était venue aux États-Unis pour retrouver son amant dont le nom lui échappait encore. Elle était seule à Boston. Elle interrogea à nouveau l'infirmière qui semblait la considérer avec bienveillance.

— Personne ne m'a cherchée ?

La jeune femme secoua la tête.

— Ici, c'est le chaos. Les malades se multiplient, il n'y a plus de place dans les hôpitaux.

Mais lui… pourquoi n'avait-il pas tenté de la rechercher ? À moins qu'il n'ait tout ignoré de sa venue ? Une fois encore, la peur la submergea.

*

Le lendemain, Flora claquait des dents à faire trembler son lit de fer. Elle frissonnait sans pouvoir se calmer et sa tête la faisait toujours autant souffrir.

Autour d'elle, on tirait des rideaux, et elle connaissait la signification de ce geste. Des malades étaient en train de mourir. La grippe espagnole était mortelle dans la plupart des cas. De plus, Flora savait que son organisme était affaibli par la charge de travail qu'elle s'était imposée durant les dernières années et son amaigrissement.

Brusquement, elle prit conscience de la précarité de sa situation. Allait-elle mourir, elle aussi, comme ces patients qui gémissaient sourdement ?

Même sur le front, durant les combats, elle avait pensé qu'elle était immortelle. N'était-ce pas stupide ? Henri était mort en l'espace de quelques secondes, cela aurait pu lui arriver cent fois.

Elle ferma les yeux. Elle ne parvenait plus à penser. Elle dérivait.

*

Lorsqu'elle reprit conscience, elle était aussi fragile qu'un nouveau-né. Sa respiration était difficile. Un médecin, portant chapeau et masque, prenait son pouls.

Elle remarqua le paravent placé au bout de son lit et d'un coup l'angoisse la submergea.

Était-elle perdue ? Sa respiration était de plus en plus sifflante et douloureuse.

— Je voudrais savoir, docteur, articula-t-elle avec peine. On m'a dit que j'avais la grippe espagnole.

Il lui sourit avec bienveillance.

— Vous êtes française, même si vous parlez un très bon anglais. Oui, il s'agit bien de la grippe espagnole. Votre fièvre dépasse les 104 °F[1], ce qui explique votre faiblesse. Vos poumons sont encombrés et…

— S'il vous plaît, pas d'aspirine, murmura-t-elle.

Elle se rappelait une conversation avec Henri, plus de trois ans auparavant. Il lui avait expliqué que l'acide salicylique, composant principal de l'aspirine, favorisait l'apparition d'une surinfection pulmonaire hémorragique.

Cela l'avait suffisamment marquée pour qu'elle s'en souvienne.

— Pas d'aspirine, promis, répéta le médecin.

Elle attrapa la manche de sa blouse et, ce faisant, elle se remémorait ce même geste effectué par des centaines de blessés, alors qu'elle était désormais de

1. 104 °Fahrenheit est l'équivalent de 40 °Celsius.

l'autre côté de la barrière. La vie pouvait basculer si vite…

— Donnez-moi votre nom, pria-t-elle. C'est important pour moi.

Ses yeux brillèrent.

— Je m'appelle Benjamin Sutton, répondit-il. Et je vous promets de tout mettre en œuvre pour vous tirer d'affaire. D'ici là, reposez-vous et buvez le plus possible.

Elle balbutia un merci et ferma les yeux. Elle n'avait plus de forces.

Mais elle se raccrochait à cet espoir : le docteur Sutton allait la sauver.

60

Mai 1919

Flora garda peu de souvenirs des jours suivants. Il lui semblait évoluer sur un radeau ; elle avait froid, puis chaud, alternant tremblements et sueurs. Une soif persistante lui brûlait la gorge. Elle toussait, aussi, une toux sèche, irritante, qui lui arrachait des gémissements de douleur à chaque accès. Elle ne s'alimentait plus, elle avait perdu le goût.

Elle avait fini par se dire que Perry ne l'avait jamais aimée. Cette certitude, bien que cruelle, lui permettait de ne plus se bercer d'illusions. Comment expliquer, sinon, qu'il ne l'ait pas cherchée ? La secrétaire trop blonde avait forcément mentionné sa visite au journal.

Et à Paris… Coralie, Lucile et Scipion devaient être très inquiets. Il fallait que quelqu'un les prévienne. Elle ne voyait qu'une seule personne : le docteur Sutton. Flora avait confiance en lui. Il passait deux fois par jour et sa présence la réconfortait.

Il s'asseyait à son chevet, l'interrogeait sur sa vie passée et, comme elle avait souvent procédé ainsi au temps de l'autochir, elle savait qu'il voulait vérifier le bon fonctionnement de son cerveau.

Il lui disait qu'il rêvait de connaître la France, et elle lui répondait qu'une bonne partie de son pays avait été détruite. Lorsqu'elle lui demanda s'il voulait bien écrire à sa famille, il accepta aussitôt.

— À condition que vous m'expliquiez ce que vous êtes venue faire à Boston.

Elle hésita. Elle avait honte de raconter qu'elle s'était lancée à la poursuite d'un Bostonien qui l'avait très vite oubliée. Et puis, elle se risqua. Après tout, elle était libre et n'avait commis aucun délit. Elle avait seulement eu tort d'être trop confiante. Bien entendu, elle ne précisa pas de qui il s'agissait.

Sa confidence était comme une parenthèse, ils l'avaient bien compris tous les deux.

Elle l'avait assez observé pour remarquer sa haute stature, son visage ouvert, ses yeux gris, et son nez assez fort.

Il lui adressa un large sourire.

— Tout cela est derrière vous, à présent, déclara-t-il. Il est grand temps de songer à vous.

Et, curieusement, elle sut qu'il avait raison.

⋆

Ce fut pour Flora une victoire lorsqu'on la transféra dans une chambre, certes petite, mais qui lui parut extrêmement confortable après avoir déliré durant des jours et des jours sous une tente. C'était le docteur Sutton qui lui avait obtenu ce lit, ce dont elle lui était reconnaissante. Cependant, lorsqu'elle tenta de se lever et retomba en arrière comme une poupée de chiffon, elle mesura avec effroi son état de faiblesse.

— C'est normal, lui expliqua le docteur Sutton. Vous avez été si mal qu'il vous faudra du temps et beaucoup de repos pour vous remettre. Tout votre organisme est affaibli à la suite de votre pneumonie, conséquence fréquente de cette grippe.

Une semaine auparavant, il avait accepté d'écrire deux lettres de sa part. Elle attendait impatiemment les réponses de Coralie, Lucile et Scipion. Elle avait hâte, aussi, de rentrer en France et de revoir les siens. Si New York l'avait séduite, elle garderait un souvenir plus que mitigé de Boston.

Au fil des jours, le docteur Sutton lui apporta des livres, des oranges, des douceurs.

« Vous avez beaucoup maigri », constatait-il, ce que lui confirmait son reflet dans le miroir. Ses pommettes étaient creusées, ses yeux cernés, ses cheveux ternes. Ce terrible virus avait fait d'elle une autre femme.

Le jour où elle parvint à effectuer quelques pas, elle réalisa qu'elle était, enfin, sur la voie de la guérison.

Ce que lui confirma le docteur Sutton le soir même.

— Nous allons songer à un autre cadre, lui annonça-t-il, l'air satisfait.

— Je vais rentrer en France ?

Il leva les mains en signe de protestation.

— Doucement ! Ne cherchez pas à brûler les étapes ! Vous êtes encore trop fragile pour entreprendre un si long voyage. Non, je pensais plutôt à l'air de la mer. Ma famille possède une maison à Nantucket. Ce serait pour vous l'idéal.

Elle répondit : « Nantucket ? » d'un air perplexe, et il lui apporta quelques précisions.

— Imaginez une île au sud-est de Boston. Nantucket, pour les Algonquins, peut se traduire par « pays lointain ». Elle était peuplée à l'origine par des Amérindiens Wanpanoags, jusqu'à ce que des colons anglais commencent à s'y installer, dans la deuxième partie du XVIIe siècle. Nantucket devint vite le principal port de pêche à la baleine de toute la côte Est.

« Mon grand-père, Edward Sutton, a fait bâtir une maison à l'époque de la guerre de Sécession et ses enfants comme ses petits-enfants y ont passé toutes leurs vacances. Nous la possédons en indivision. Il me suffit d'appeler Gracie, notre gouvernante, pour la prévenir de votre arrivée. Vous verrez, c'est l'endroit idéal pour reprendre des forces après l'épreuve que vous avez subie.

— Auriez-vous déjà tout prévu ?

Flora était tentée, c'était indéniable, mais elle ne pouvait accepter cette invitation sans une raison valable.

Le sourire du médecin s'accentua.

— J'avoue : j'aimerais vous faire découvrir cet endroit qui ne ressemble à aucun autre. De plus, mon pays ne vous a guère gâtée jusqu'à présent. Arriver à Boston pour attraper la grippe espagnole... Par ailleurs, vous êtes seule et sans famille ici, je veux vous aider.

— J'ignore si je puis accepter, dit-elle d'une voix hésitante.

— Bien sûr que vous le pouvez !

Elle aurait souhaité lui poser de nombreuses autres questions. Par exemple : pourquoi lui proposer l'hospitalité dans sa maison de famille alors qu'ils étaient encore de parfaits inconnus un mois auparavant ? Pourquoi elle et pas un autre malade ?

Il la considéra, gravement, et déclara, comme s'il avait suivi le cours de sa réflexion :

— Parce que c'est ainsi, voilà tout ! On a des affinités dans la vie, le phénomène est bien connu.

— Merci, dit-elle simplement.

Peut-être y avait-il autre chose. Peut-être connaissait-il Perry ? Non, c'était impossible ! Elle était encore trop lasse pour s'interroger plus avant.

Elle allait partir pour l'île de Nantucket !

Elle se le répéta avec délectation. Une île, c'était tout ce dont elle avait besoin !

61

Depuis le pont du ferry, le docteur Sutton lui désigna la silhouette d'un phare rouge et blanc en précisant :

— Regardez ! Nous approchons.

Flora eut tout de suite envie de découvrir Nantucket, son île, dont il parlait avec tant de passion. Elle huma avec délice l'air saturé d'embruns. Elle était une citadine dans l'âme mais, depuis les années de guerre et les semaines d'isolement sous la tente, elle recherchait de plus en plus d'espace et de liberté.

Elle se laissait porter, sans trop se poser de questions au sujet de l'accueil de Gracie. Elle pensait toujours à Perry, en éprouvant comme un trou dans le cœur. Sans cesse, les mêmes questions l'assaillaient. Pourquoi ce silence ? Elle aurait voulu retourner à Beacon Hill mais cela lui avait été impossible. De plus, elle avait peur, désormais, de sa réaction. Elle se rappelait les mises en garde de Coralie.

« C'est un séducteur, un homme à femmes. »

Son amie savait juger les hommes. Elle l'avait laissée aller jusqu'au bout de son rêve, certainement parce qu'elle ne voulait pas l'influencer et tenait à ce qu'elle garde son libre arbitre. Avec le recul, Flora mesurait qu'elle avait essayé de la mettre en garde à deux reprises avant d'y renoncer.

— Pas trop fatiguée ? s'enquit le docteur Sutton.

Elle avait été émue lorsqu'elle l'avait entendu prétexter une obligation familiale urgente pour l'emmener sur son île.

Elle secoua la tête. Même si elle était épuisée par le voyage, elle n'avait pas la moindre envie de l'admettre. Il fallait qu'elle se remette, le plus vite possible, afin de pouvoir rentrer en France.

— Suis-je sot ! reprit le médecin. Vous ne me le direz pas, naturellement.

Son sourire était un aveu.

— Votre combativité me plaît, ajouta-t-il. Vous avez lutté, sous la tente, lutté tant et plus, et j'ai admiré votre obstination. À présent, il convient de mettre toutes les chances de votre côté en respectant un temps de repos. Croyez-moi, c'est indispensable.

Elle garda le silence. Il avait raison. Cette maudite grippe l'avait anéantie.

Le ferry accosta en douceur. Un vol de mouettes survola le port en criaillant. À cet instant, elle éprouva un curieux sentiment, inquiétude et excitation mêlées.

Comme si quelque chose l'attendait sur cette île.

⋆

— Entrez, entrez, je vous ai préparé des pancakes.

Gracie, une vieille dame aux joues rebondies et aux cheveux blancs tirés en chignon, leur ouvrit grande la porte d'une demeure imposante en bardeaux de cèdre. Une galerie couverte était surmontée d'un étage. Au second, des fenêtres de toit. Tout autour de la maison, une profusion de roses.

Flora tomba aussitôt sous le charme.

La cuisine, vaste et chaleureuse avec sa cheminée, son fourneau, sa table en bois brut patiné et ses chaises à haut dossier, était accueillante.

Tout naturellement, ils prirent place près de la cheminée et leur hôtesse posa sur la table un plat de pancakes, un pot de gelée de mûres et un autre de sirop d'érable.

— Vous verrez, vous serez bien ici, Miss Sénéchal, lui dit-elle.

— Buvez, ajouta le docteur Sutton, lui tendant une tasse de chocolat chaud.

Elle le remercia d'un sourire, trempa ses lèvres dans le breuvage épicé.

— Merci, madame, dit-elle. Merci infiniment pour votre accueil.

Leur hôtesse fit claquer sa langue.

— C'est un plaisir pour moi, voyons ! Cette maison est si grande, et si solitaire… Je suis ravie d'avoir un peu de compagnie.

Le docteur Sutton se leva après avoir jeté un coup d'œil rapide à l'horloge de parquet.

— Je dois filer, désolé, si je ne veux pas rater le ferry du retour. Je téléphonerai demain. Miss Sénéchal, pas d'imprudence, surtout !

Flora jeta sa veste sur ses épaules et l'accompagna sur le seuil. Il se pencha vers elle, lui caressa la joue, d'un geste à peine perceptible.

— Prenez soin de vous, Flora, souffla-t-il.

Et il s'en alla.

Elle resta immobile durant quelques instants avant de retourner à l'intérieur. Gracie l'y attendait.

— La fraîcheur tombe vite le soir, l'avertit-elle. Venez découvrir votre chambre.

Flora ne chercha pas à réprimer un petit cri admiratif. Vaste, claire, un beau parquet blond, recouvert en partie d'un tapis bleu et ivoire, un lit réchauffé d'un patchwork dans un camaïeu de bleu, une bibliothèque d'angle, une cheminée en bois de noyer, un fauteuil à bascule.

— C'est magnifique ! s'écria-t-elle, sincère.

Elle n'avait jamais rien connu de tel. Entre l'hôtel particulier de la rue Saint-André-des-Arts, le dortoir de la pension ou sa chambre chez Coralie, elle avait vécu dans des lieux totalement différents de celui-ci.

— Installez-vous, l'invita Gracie. Benjamin m'a dit que vous aviez peu de bagages.

C'était un euphémisme ! Le docteur Sutton était allé chercher son sac de voyage à son hôtel et le lui avait rapporté mais elle manquait de beaucoup d'effets personnels.

Elle tenta de l'expliquer à Gracie qui lui sourit.

— Je vous indiquerai deux ou trois commerces sur l'île où vous pourrez acheter tout ce dont vous avez besoin.

— Je crois que je vais me reposer un peu, dit Flora.

Le balcon ouvrait sur l'océan. Elle admira le panorama durant quelques instants avant d'aller se blottir sous le couvre-lit.

Le docteur Sutton avait raison, elle devait veiller à son repos. Elle sombra dans un sommeil sans rêves.

*

Elle se plia vite à une sorte de routine. Chaque matin, après un copieux petit déjeuner, Gracie et elle se rendaient dans le centre-ville, distant de quelques centaines de mètres. Elles faisaient leurs emplettes avant d'acheter le journal et de rentrer par le port. Elle aimait son animation, tout comme l'histoire de la « Grey Lady », comme ses habitants appelaient l'île.

« Si vous aviez connu notre île au temps des baleiniers… avait confié Gracie d'une voix rêveuse. La prospérité était incroyable, l'huile de baleine assurait l'éclairage des grandes villes, américaines comme européennes. Imaginez-vous… plus de cent vingt baleiniers avaient choisi Nantucket comme port d'attache. Nombreux étaient les capitaines qui avaient fait bâtir leur maison du côté de Main Street. Et puis, l'apparition du pétrole, bien moins coûteux, a provoqué la chute de l'activité baleinière. Il ne reste que les souvenirs… »

Gracie préparait le déjeuner, vaquait aux soins du ménage pendant que Flora lisait dans sa chambre ou se promenait dans le jardin. Elle écrivait aussi, beaucoup, à ses proches en guettant l'arrivée de leurs courriers.

Gracie appliquait à la lettre les consignes du docteur Sutton. Déjeuner léger, composé de poisson et de légumes frais, puis sieste. Flora n'avait jamais autant dormi !

Et, lentement, elle reprenait des forces.

Benjamin Sutton le constata lorsqu'il revint à Nantucket le samedi matin.

Flora, installée sous le porche, était plongée dans la lecture de *Moby Dick,* découvert dans la bibliothèque de la maison.

— Ma parole ! Vous avez bien meilleure mine ! s'écria-t-il d'un air réjoui.

Elle acquiesça, sous son regard attentif.

— Oui, je me sens mieux, docteur Sutton.

— Appelez-moi Benjamin, je vous en prie.

Elle se raidit instinctivement. Elle souffrait trop de la trahison de Perry pour se rapprocher du médecin, même s'il l'avait sauvée.

Il lui jeta un coup d'œil impénétrable, la suivit à l'intérieur de la maison. Elle ne savait plus où elle en était et avait presque hâte de le voir repartir alors qu'elle avait attendu son retour avec impatience.

Et puis, il lui sourit, et elle chassa toutes les pensées qui l'avaient assaillie.

Elle avait besoin de sa présence pour se sentir vivante.

62

Le docteur Sutton et Flora marchaient en bord de plage. Un vent léger s'amusait à défaire le chignon de la jeune femme. Tenant d'une main le chapeau de paille acheté dans une boutique de Nantucket, elle offrit son visage au soleil de juin, heureuse d'en ressentir la chaleur.

La mer, tout autour d'eux, déclinait une gamme chromatique de bleus. Une jetée conduisait à un phare gris et blanc.

Ils étaient seuls sur la plage, et appréciaient tous deux, sans avoir besoin de parler, la sérénité étonnante du site.

— Vous avez de la chance : Gracie m'a dit que vous n'aviez pas eu de brouillard depuis votre arrivée.

Flora émit un drôle de petit rire.

— De la chance, vraiment ? Je ne m'en étais pas rendu compte !

Il opina du chef.

— Il faut y croire. Lorsque j'étais enfant, ma grand-mère me racontait des histoires de marins terrifiantes. Il y avait à Nantucket tout un contexte favorisant les légendes. La chasse à la baleine, une vie très dangereuse entre tempêtes, brouillard à couper au couteau et forts courants. Cela m'a marqué.

— Cette maison est fantastique !

— N'est-ce pas ? J'avoue un faible pour les balcons du premier qui donnent sur l'océan. Jadis, j'imaginais jouer à la vigie.

— Vous y revenez souvent ?

— Dès que cela m'est possible. Notre famille n'est plus aussi nombreuse que jadis. J'ai perdu mon grand-père durant la guerre de Sécession, à la bataille de Chickamauga, en 1863. C'était un farouche partisan de l'abolitionnisme, et il avait participé à des actions de sauvetage d'esclaves par le « chemin de fer clandestin ».

— Le « chemin de fer clandestin » ? répéta Flora, perplexe.

— Oh, j'oublie que vous êtes française ! Il s'agissait d'un réseau secret qui sillonnait le nord-est du pays, de l'Illinois au Massachusetts. Celui-ci favorisait la fuite des esclaves qui tentaient de gagner les États du Nord et le Canada. En route, des abolitionnistes les dissimulaient dans des caches secrètes. Il y avait une règle d'or : chaque personne accueillant un fugitif l'emmenait ensuite vers la ville suivante où un autre membre du réseau pourrait l'aider. Comme sur des rails invisibles,

les esclaves progressaient vers le nord. Mon père, mon oncle et moi-même avons toujours été fiers de cette… implication familiale. Nous avons continué à nous battre pour les valeurs transmises par mon aïeul.

— Ce qui explique votre engagement lors de la pandémie.

Il fronça les sourcils.

— Il s'agit de mon métier.

Flora secoua la tête.

— Nous savons vous et moi qu'il s'agit d'autre chose. Dans la Marne ou dans l'Aisne, lorsqu'il fallait décider de procéder ou non à une amputation, les chirurgiens avec qui je travaillais s'investissaient à fond. Quand nous avons tenté de sauver le neveu de Perry Scott…

Elle s'interrompit, et sentit ses joues s'empourprer. Elle n'avait pas eu l'intention de prononcer le nom de Perry, et elle venait de se trahir. Dieu merci, le docteur Sutton ne semblait pas y avoir prêté attention.

Elle enchaîna avec une banalité à propos du temps, et il lui proposa de retourner au port.

Soulagée, elle accepta. Mais le visage du journaliste accapara alors son esprit. Et toutes les questions sans réponse revinrent. Avait-il des obligations familiales à Boston ? Avait-il eu l'intention de revenir à Paris… ?

— Vous êtes bien loin de moi, remarqua le docteur Sutton.

Ils marchaient dans les vieilles rues pavées de galets. Comme Benjamin venait de le lui expliquer, on avait utilisé les galets qui servaient de lest dans les bateaux pour empêcher les roues des chariots chargés de barils de graisse de baleine de s'enfoncer dans le sol.

Flora prit sur elle pour chasser Perry de ses pensées.

— Je songeais à mon retour en France. Il me tarde de revoir les miens.

Il fit peser sur elle un regard intrigué.

— C'est quelque peu paradoxal, non ? Vous les avez quittés pour venir à Boston.

Elle ne chercha pas à dissimuler sa tristesse.

— J'ai cherché à poursuivre un rêve. Mais ce n'était qu'une chimère, je l'ai compris très vite. À présent, je dois m'accommoder de la réalité.

— Vraiment ?

— Vraiment, dit-elle gravement.

Les larmes nouaient sa voix. Il fallait qu'elle se reprenne, sous peine de s'effondrer en pleurs. Il ralentit, se tourna vers elle, le visage attentif, le regard empreint de bienveillance.

— Vous pouvez tout me dire, Flora. Vous et moi sommes revenus de l'enfer.

Il aurait fallu qu'elle garde un silence prudent mais c'était au-dessus de ses forces. Elle était à bout. Elle s'arrêta face à l'océan et raconta tout.

Les combats, l'autochir, James, Perry, et cette impression de braver la mort dans ses bras. À aucun moment il ne l'interrompit. Il l'écouta avec attention, et elle ne se sentit pas gênée sous son regard. De toute manière, il l'avait vue faible, trempée de sueur, grelottante ou encore livide… Leurs relations dépassaient, et de loin, celles de personnes de bonne compagnie.

Elle relata encore sa décision de se rendre à Boston, ses vaines tentatives pour joindre Perry, et il secoua la tête.

— Perry Scott est l'époux d'une riche héritière, Margaret Sherwood, depuis 1913, déclara-t-il d'une voix hésitante comme s'il redoutait de la blesser. Le couple fait partie de la bonne société de la ville. Tous deux riches et puissants.

Il ne le précisa pas mais elle comprit : « Vous n'aviez aucune chance. »

La colère le disputait en elle au chagrin et à l'humiliation. Comment Perry avait-il pu se comporter ainsi ? Consternée, elle ne parvint pas à réprimer ses larmes et se sentit misérable.

Elle murmura :

— Au fond de moi, je le pressentais mais me trouver ainsi confrontée à la réalité… c'est difficile à accepter !

Elle ne devait pas pleurer, ni gémir sur son sort. Elle imaginait déjà Coralie la taquinant : « Tsst, tsst… dans la vie, on ne tombe pas sur le gros lot du premier coup ! »

Elle se mordit les lèvres. C'était une belle histoire, peut-être trop belle, à laquelle elle avait voulu croire.

— Je suis désolé, fit le docteur Sutton.

Elle secoua la tête pour lui signifier que cela n'avait pas d'importance mais, naturellement, ce n'était pas vrai. Elle avait beau se répéter qu'elle s'était préparée à cette cruelle déception, c'était plus fort qu'elle, elle souffrait atrocement. Elle avait cru à cette histoire d'amour entre Perry et elle. Des souvenirs, des images, s'imposaient à elle.

Elle se raidit. Ne pas pleurer.

Le docteur Sutton lui offrit son bras.

— Venez. Rentrons, le soleil a disparu.

De gros nuages sombres couraient vers l'océan. L'air avait fraîchi d'un coup.

Elle frissonna. Il lui semblait qu'elle aurait toujours froid, désormais.

Quelle que soit la saison.

63

C'est ça, la vie, ma petite Flora. On avance, on tombe, on se relève. En étant à chaque fois un peu plus forte. Un jour, tu verras, tu seras guérie, quand tu pourras y penser sans pincement au cœur ni regrets. Juste… comme à une parenthèse.

Continue de te remettre, ma belle enfant.

Et reviens-nous vite.

Je t'embrasse.

Une parenthèse, répéta Flora, amusée à son cœur défendant.

Benjamin Sutton lui avait donné le même conseil quelques jours auparavant et elle avait esquissé une moue cynique. Or, à présent, elle commençait à se dire que Coralie et Benjamin n'avaient peut-être pas tort, en définitive.

Ce qui ne l'empêchait pas de retourner les mêmes questions dans sa tête. Perry avait-il toujours triché avec elle ? N'avait-il jamais rien éprouvé pour elle ? Qu'avait-elle représenté pour lui ? Une petite Française facile à séduire ?

Cette idée la rendait folle.

Dieu merci, elle avait repris un peu de force et de confiance en elle. Elle effectuait de longues promenades sur la plage de Nobadeer. Le sable lumineux, l'eau turquoise constituaient un décor de rêve qui l'apaisait.

Elle avait besoin de se vider l'esprit. Gracie l'avait incitée à emmener Cookie, le cocker de la maison, qui appréciait beaucoup ces sorties. Ils s'entendaient si bien qu'elle était tentée d'adopter un chien à son retour en France. À moins qu'un chat ne soit plus compatible avec son emploi du temps ? En tout cas, elle faisait des projets désormais. Elle se remettait, tout en planifiant son départ, quand elle rencontra Lewis Sutton, l'oncle de Benjamin.

Le médecin lui en avait déjà parlé, affirmant qu'ils devraient bien s'entendre.

« Mon oncle a vécu un certain temps en France », lui avait-il dit.

Lewis Sutton arriva par un bel après-midi d'été. Élégant, légèrement voûté, il portait un superbe panama qu'il ôta pour saluer Flora. Après s'être présenté dans un français impeccable, il la considéra d'un air stupéfait.

— Vous me rappelez une personne de ma jeunesse, lui dit-il.

Elle fronça les sourcils.

— Comment cela ?

Son regard se fit lointain.

— Elle s'appelait Camille, Camille Lenoir, et elle était une artiste. Je ne l'ai jamais oubliée.

Abasourdie, Flora saisit le bras de Benjamin, tout près d'elle, pour tenter de surmonter son vertige.

— Camille Lenoir… Mais… il s'agit de ma mère !

Tout tournait autour de Flora. Camille, sa mère, dont elle n'avait pas même une photo…

Benjamin l'entraîna vers un fauteuil en osier.

— Asseyez-vous, Flora. Vous êtes toute pâle… Je vais vous chercher du whisky.

— J'ai horreur du whisky, dit-elle, se cramponnant aux accoudoirs. N'avez-vous pas plutôt du cognac ?

Les deux hommes échangèrent un coup d'œil surpris.

— C'est si… typiquement français ! dit Lewis Sutton.

Benjamin s'exécuta.

Cookie vint glisser sa tête sur son genou comme pour la réconforter. Elle caressa son pelage soyeux. Lentement, elle commençait à reprendre ses esprits et interrogea Lewis.

— Quelle coïncidence extraordinaire ! Je ne parviens pas à le croire ! Comment était-elle ? Et mon père ? Paul Sénéchal. Vous les avez connus à Paris ?

Il leva la main en signe de protestation.

— Doucement, mademoiselle ! Une seule question à la fois. J'ai connu Camille à Giverny. Nous étions elle et moi les invités de Claude Monet, le maître de l'impressionnisme. Elle avait un talent fou, et peindre la passionnait. Son mari et elle habitaient une petite maison entourée d'un jardin exubérant. Ils m'ont invité à plusieurs reprises. Je me souviens même de vous, une délicieuse petite fille. Vous étiez très proche de Camille. Souvent, une amie de Camille vous gardait. Une vraie Parisienne, qui n'avait pas froid aux yeux.

— Coralie, murmura-t-elle.

Il hocha la tête.

— Peut-être, je ne me rappelle plus son prénom. En revanche, l'aisance de Camille me fascinait. J'ai d'ailleurs gardé un souvenir…

Refusant d'en dire plus, il sauta sur ses pieds.

— Je ne veux pas rater le ferry, lança-t-il à l'adresse de Benjamin. Je reviens au plus vite.

Interloqués, ils le regardèrent filer par la porte-fenêtre. Il courait presque.

— Un personnage… surprenant, dit Flora à Benjamin.

Il sourit.

— Mon oncle a toujours été un peu original. Le cœur sur la main, au demeurant. Il a gardé un souvenir ébloui de sa jeunesse à Paris.

— Il habite loin ?

— Pas vraiment. Il réside à Cape Cod, avec ses toiles et ses livres. Une vie rangée. Il rêvait d'être artiste ; son père a fini par lui couper les vivres pour le contraindre à rentrer au pays. Fin du rêve de Lewis. Il avait du talent, pourtant.

— C'est incroyable ! Vous imaginez… Je dois ressembler à Camille.

— Je l'avoue, j'ai un peu de peine à vous suivre.

— L'histoire est compliquée. Mais je vous la raconterai, promis.

Troublée, elle soupira. Sa rencontre avec Lewis Sutton lui laissait un arrière-goût d'inachevé.

Elle était impatiente de découvrir ce qu'il était parti chercher. Impatiente, surtout, qu'il lui parle de sa mère.

— Je n'aurais jamais pensé… murmura Benjamin. Pouvez-vous… désirez-vous me raconter l'histoire de votre famille ?

Et il ne chercha pas à dissimuler son étonnement quand elle révéla :

— Votre oncle Lewis la connaît certainement mieux que moi. Je n'ai pratiquement pas de souvenirs de mes parents.

Elle refusait de pleurer à nouveau. Elle se l'interdisait, même.

Pourtant, elle ne parvint pas à retenir une larme qui glissa le long de sa joue.

Soucieuse de masquer son trouble, elle se pencha pour caresser Cookie.

— Je ne pleure pas, dit-elle d'une drôle de voix enrouée.

Benjamin posa la main sur son épaule.

— « Il faut tant et tant de larmes. Pour avoir le droit d'aimer. » Ma grand-mère me répétait souvent cette phrase.

Elle aurait pu lui répondre que sa propre grand-mère n'avait jamais cherché à la réconforter. Mais elle ne voulait pas se montrer amère. Aussi fit-elle comme si de rien n'était. Elle était devenue assez forte à ce petit jeu.

Grâce à l'habitude…

64

Juin 1919

Dès le lendemain, l'oncle de Benjamin se présenta à la porte de la maison familiale.

— Vous avez dû penser que j'avais perdu l'esprit.

Lewis Sutton, les cheveux gris en bataille, la cravate nouée de guingois, adressa à Flora un large sourire. Il tenait à la main un paquet enveloppé de papier kraft et le lui tendit.

— Regardez ! C'est un tableau que Camille a peint il y a plus de trente ans, à la Chaumière, sa maison normande, là où nous nous réunissions tous.

Il évoqua alors ces jeunes Américains qui se passionnaient pour l'impressionnisme et étaient venus s'installer à Giverny ou à Vernon.

Elle l'écoutait d'une oreille distraite tout en ouvrant le paquet.

Ses mains tremblaient, son cœur battait la chamade. Toutes ces années, Seigneur !

Elle aperçut d'abord un champ en pente douce, puis une silhouette féminine vêtue de blanc et tomba aussitôt sous le charme des couleurs, un camaïeu de verts, sous un ciel laiteux. Elle effleura d'un doigt prudent la signature – *Camille Lenoir* –, nette, dénuée de fioritures.

— Monsieur Sutton... si vous saviez le plaisir que vous me procurez, s'écria-t-elle, bouleversée.

Il hocha la tête.

— J'en suis heureux, mademoiselle Sénéchal. Il doit me rester quelques photographies de cette époque. Je les chercherai, bien sûr. Mon neveu m'a appris que vous restiez encore quelque temps à Nantucket.

— Je ne sais pas encore, dit-elle d'une voix hésitante.

Elle n'attendait plus un signe de la part de Perry, non, elle avait dépassé cette phase. Cependant, elle ne pouvait s'empêcher d'être mélancolique à la perspective de quitter les États-Unis.

— De toute manière, nous restons en contact par l'intermédiaire de Benjamin, conclut Lewis Sutton.

Elle acquiesça, amorça le geste de lui rendre le tableau. Il secoua la tête.

— Non, je vous l'offre. Il vous revient naturellement. En mémoire de Camille.

Flora ne put dissimuler son émoi. Ce tableau, les paroles de Lewis Sutton... c'était brusquement comme si Camille s'était trouvée elle aussi de l'autre côté de l'Atlantique.

— Je file, reprit l'oncle de Benjamin, comme s'il avait été gêné de constater son trouble. Je reviens dès que possible avec les photos.

Elle le salua.

Gracie la rejoignit dans le petit salon.

— Monsieur Sutton est si gentil, déclara-t-elle. Un peu distrait aussi mais, n'est-ce pas, c'est un artiste, et il ne faut pas exiger trop de rigueur de sa part.

Flora, toujours bouleversée, gardait les yeux rivés sur le tableau de Camille.

— Ma mère elle aussi était une artiste, lui confia-t-elle tout à trac.

Et ce fut comme si elle lui redonnait vie.

★

Flora avait installé le tableau de Camille sur la cheminée, en face de son lit, et elle éprouvait une sensation de mieux-être chaque fois qu'elle le contemplait. Elle voyait sa mère sous un jour nouveau, tout en attendant avec impatience de la découvrir sur les photographies promises par Lewis Sutton.

Ils se trouvaient au fond du jardin, près des massifs d'hortensias bleus et roses quand elle raconta toute l'histoire à Benjamin. Il l'écouta avec attention, sans se livrer au moindre commentaire.

— Vous êtes choqué ? lui demanda-t-elle lorsqu'elle eut terminé.

Il secoua la tête.

— En quoi le serais-je ? Votre mère me paraît plutôt être une femme des plus intéressantes.

Flora acquiesça.

— Je suis fière d'elle. J'ai cependant peiné à obtenir des informations à son sujet. On a voulu l'effacer, et on y est presque parvenu.

— On ?

— Ma grand-mère, Edmée Sénéchal. Je lui ai été confiée après l'attentat qui a coûté la vie à mes parents, et elle m'a élevée en me laissant dans l'ignorance totale quant à ma mère. Elle n'était guère plus prolixe à propos de mon père, d'ailleurs.

— Dommage, souffla-t-il. Un enfant a besoin de ses racines pour avancer dans la vie.

— J'ai réussi à m'en sortir.

Il l'enveloppa d'un regard indéfinissable.

— Je l'espère, laissa-t-il enfin tomber.

Les joues de Flora s'empourprèrent. Depuis qu'elle avait découvert la trahison de Perry, elle doutait d'elle.

Elle détourna la tête. Cookie vint se frotter contre elle. La gêne entre Benjamin et elle était palpable.

— Je vous en prie, ne prenez pas mal ce que je vous ai dit, poursuivit-il alors. Je me soucie de vous.

Elle releva vivement la tête.

— Cela n'a pas lieu d'être.

Sa remarque l'avait blessée. Subitement elle éprouva l'envie irrésistible de fuir, de retourner en France.

— Il est plus que temps de rentrer chez moi, dit-elle alors d'une voix étranglée.

Il tressaillit.

— Surtout, ne vous décidez pas à la hâte. Certes, vous vous êtes bien remise mais la traversée risque de vous fatiguer. De plus…

Il s'interrompit. Elle se crispa.

— Oui ? dit-elle.

Pour la première fois, perdant son calme, il lança d'un trait :

— Je… j'espérais que vous resteriez définitivement de ce côté de l'Atlantique. Voyez-vous, Flora, je crois bien que je vous aime.

Elle resta sans voix. Certes, leurs relations avaient évolué depuis son arrivée sur l'île mais elle n'imaginait pas qu'il lui tiendrait ce genre de discours.

— Il ne faut pas ! lança-t-elle.

La peur s'empara d'elle. Elle ne voulait plus entendre parler d'amour, Perry l'avait trop blessée. Elle tenta de le lui expliquer, avec une certaine maladresse.

Il secoua la tête.

— Je puis vous comprendre, Flora, mais je ne suis pas Perry Scott. Tous les Bostoniens ne se ressemblent pas.

— Peut-être, mais je me défie de l'amour, répéta Flora, butée. Je n'ai plus rien à faire ici. Ma famille m'attend ; je dois retravailler…

Il parut soudain très las.

— Pardonnez-moi, j'espérais que mes sentiments étaient partagés. Loin de moi l'idée d'insister, j'ai toujours respecté votre liberté.

C'était vrai, et elle se sentit coupable. De quoi, exactement ? De le décevoir.

— Je dois rentrer, insista-t-elle, supportant mal de voir son visage se creuser.

Il s'inclina légèrement avant de suggérer :

— Vous voulez bien que je m'occupe de tout ?

Elle acquiesça. Elle se détesta alors. Pourtant, c'était vrai, l'amour lui faisait peur, désormais.

Parce qu'elle avait la certitude de ne pas être faite pour lui.

65

Juillet 1919

Il avait fallu qu'elle retourne à Beacon Hill. Si elle ne l'avait pas fait, son périple aurait été dénué de sens. Elle n'avait pas cherché à l'expliquer à Benjamin Sutton, étant persuadée qu'il n'aurait pas compris. À moins qu'il n'ait tout deviné ? Sa personnalité l'intriguait. Elle avait laissé ses bagages dans sa chambre d'hôtel, et s'était habillée avec soin.

Robe en soie charmeuse d'une couleur gris tourterelle particulièrement seyante, long cardigan marine et chaussures Salomé avec la bride en T. Sur ses cheveux blonds, un béret marine déniché à Nantucket, coquettement incliné sur le côté, cassait l'élégance de sa tenue.

Gracie avait retouché ses vêtements à Nantucket et, même si elle avait repris un peu de poids, Flora était encore très mince.

« Cela vous va fort bien », avait commenté Lewis Sutton.

Elle aimait beaucoup Lewis, et pas seulement parce qu'il avait connu Camille. Flora était convaincue qu'il avait été amoureux d'elle. Elle n'avait pas osé en parler avec Benjamin. Leurs relations étaient contraintes depuis qu'il lui avait fait sa déclaration. Flora éprouvait de la gêne vis-à-vis de lui, de la gêne mêlée de cette culpabilité qui ne la quittait pas. Pourtant, elle refusait de lui mentir par reconnaissance. Son cœur était vide.

Elle prit une longue inspiration avant de gravir les marches de la maison Scott. Il y en avait six, elle les avait comptées.

Elle appuya sur la sonnette, s'attendant à voir une domestique à l'entrée.

Alentour, la rue était paisible. Il y régnait une atmosphère de bon ton, comme si chaque arbre, chaque barrière, avait une place bien assignée.

Sauf elle, pensa-t-elle.

La porte s'ouvrit. Et Flora tressaillit en reconnaissant la haute silhouette de Perry Scott.

Elle se raidit pour ne pas s'effondrer. Le fait de le revoir ravivait les souvenirs de leur passion. Lui, en revanche, était impassible.

— Je vous attendais, déclara-t-il.

Il l'invita à pénétrer dans un hall puis un salon douillet, meublé de fauteuils recouverts de chintz fleuri et de petites tables volantes.

Perdue, ne sachant comment interpréter sa phrase d'accueil, Flora s'assit sur le canapé et accepta la tasse de thé proposée.

Une jeune femme apporta un plateau d'argent supportant théière, tasses en porcelaine anglaise et canapés au saumon et crevettes.

L'ensemble aurait tout à fait trouvé sa place chez sa grand-mère, se dit Flora, amusée presque à son cœur défendant. Elle croisa les mains pour les empêcher de trembler.

— Je crois avoir quelques excuses à vous présenter.

La voix de Perry, grave, fidèle au souvenir qu'elle en avait gardé. Son regard soutenant le sien.

C'était Perry, le Perry qu'elle avait follement aimé et, en même temps, ce n'était plus le même homme.

Son costume clair choquait ses souvenirs. En uniforme, il paraissait plus grand, plus imposant.

La première, Flora attaqua :

— Je suppose que votre secrétaire vous a bien fait part de ma venue.

Il inclina la tête – lentement –, avec une certaine gravité.

— Me croirez-vous si je vous dis vous avoir longtemps cherchée ? Boston en avril était prise de folie. Nous nous remettions à peine de la grande inondation de mélasse, qui avait projeté environ huit millions de litres d'une substance brune et visqueuse sur la ville, provoquant la mort de vingt et une personnes et en blessant plusieurs centaines. Cette vague de mélasse rasa les immeubles proches du North End, allant jusqu'à balayer un train de marchandises chargé. Trois mois après, Boston n'était pas encore nettoyé. Ajoutez à cela l'épidémie de grippe espagnole qui nous a pris de court…

— Cela ne vous empêchait pas de répondre à mes lettres, intervint Flora d'une voix douce.

Elle ne voulait rien laisser voir, de son chagrin comme de sa déception. Elle écoutait ce qu'il avait à lui dire.

Il se troubla sous son regard qui ne cillait pas.

— En effet, et j'en suis désolé. À mon retour, les… enfin, certaines choses avaient changé.

Elle ne broncha pas. Il lui semblait que la maladie puis son séjour à Nantucket l'avaient dotée d'une force nouvelle.

— Je… reprit-il avec effort. J'avais omis de vous dire que j'étais marié. Notre union battait de l'aile lorsque je suis parti pour l'Europe mais il n'y avait là rien de bien nouveau. Ma femme et moi avons peu de points communs.

— Madame Scott est absente ce soir ? glissa Flora de sa voix la plus suave. J'aurais aimé faire sa connaissance et…

— Ne persiflez pas, Flora, coupa-t-il. La situation est déjà assez difficile.

— Pour qui ? Pour vous ou pour moi ?

La migraine martelait sa tempe droite. Elle avait brusquement hâte de partir.

— Je lui ai parlé de vous dès mon retour, se justifia-t-il. Elle aurait aimé vous rencontrer. Cependant, nous avons jugé l'un et l'autre qu'il valait mieux s'abstenir, les commérages…

Était-ce bien le même homme qui savait se montrer autoritaire et décidé ? Le Perry qu'elle avait en face d'elle était différent du capitaine Scott. Que s'était-il donc passé ?

Il soupira avant de poursuivre :

— Les biens immobiliers de ma famille ont été rasés après l'inondation de mélasse, en janvier dernier. Il ne me reste plus que cette maison et le journal, qui n'est pas vraiment rentable.

Flora éprouvait une curieuse sensation d'irréalité en écoutant Perry évoquer sa situation financière.

S'agissait-il du même homme qui l'avait fait gémir de plaisir ? Qui était le véritable Perry ? Elle le regardait, s'étonnant de ne pas être réellement troublée. Était-ce parce qu'il ne portait plus l'uniforme ? Il était différent. Un autre homme, corseté par les usages. Et cette étrange union…

Il avait parlé d'elle à son épouse. Elle perdait pied.

— Je ne sais que penser, réfléchit-elle à voix haute.

Il haussa un sourcil.

— Nous avons connu une parenthèse, ma chère. J'ai cru, vraiment, que nous pourrions vivre ensemble mais j'ai dû très vite comprendre que ce n'était pas réaliste.

— Attendez ! Qu'entendez-vous par « vivre ensemble » ? s'enquit-elle.

Il se troubla.

— Il m'est impossible de divorcer. Dans notre monde, c'est une sorte de mort sociale.

— Si je ne m'abuse, vous l'avez toujours su.

Il soutint son regard.

— C'est bien pour cette raison que je me sens si coupable.

Elle l'avait aimé. Elle avait pensé qu'il l'aimait lui aussi, bien qu'il ne le lui ait jamais dit. Elle s'en était souvenue, à Nantucket. Pas de projets, pas de promesses. Seulement l'instant présent.

« *Carpe diem* », aurait professé Coralie. Mais Flora ne lui ressemblait pas sur ce point. Elle avait besoin d'un ancrage, de racines profondes.

Flora reposa sa tasse, à laquelle elle n'avait pas touché. Elle était très calme.

— Merci pour votre franchise, déclara-t-elle en se levant.

Elle resserra son cardigan. Elle avait froid, malgré la chaleur estivale. Elle l'enveloppa d'un regard indéfinissable. Sa haute taille, son visage aux traits marqués, ses yeux qui ne cillaient pas.

Ses mains avaient caressé, fait vibrer son corps. Pourtant, à présent, elles étaient impuissantes à la faire revenir sur sa décision.

Elle détourna la tête. Elle refusait de se laisser aller à pleurer ou à dramatiser comme Lucile aurait pu le faire. Mais Lucile ne se serait jamais retrouvée dans ce genre de situation car elle n'avait jamais eu d'amant.

Cette idée l'aida à surmonter son trouble.

— Adieu, Perry.

Il n'esquissa pas un geste vers elle. C'était mieux ainsi. Pas de regrets stériles, aurait dit Coralie.

Mue par une impulsion, Flora se retourna vers lui avant de franchir le seuil.

— Une dernière question : James va bien, j'espère ? Et... aussi, j'ai eu l'impression que vous attendiez ma visite. Je me trompe ?

Il se rapprocha d'elle. Elle reconnut son eau de toilette, *Mouchoir de Monsieur*, de Guerlain, un mélange excitant de bergamote, d'absinthe, de mousse de chêne et de cannelle.

Elle se raidit.

— Vous savez bien vous entourer, répondit-il – et sa phrase sonnait comme une critique. Le docteur Benjamin Sutton m'a téléphoné pour m'informer de vos intentions et s'assurer que je serais en mesure de vous recevoir.

Elle reconnaissait bien là la sollicitude de Benjamin. Mais un point la chiffonnait.

— Si Benjamin ne vous avait pas appelé, m'auriez-vous reçue ?

C'était pour elle une question d'importance. Avait-elle réellement compté pour lui ?

Il soutint son regard avant de baisser les yeux, l'air las.

— Je ne sais pas, avoua-t-il d'une voix blanche.

Et, cette fois, elle partit sans un regret.

66

Elle éprouva une impression étrange le jour de son départ. Comme si elle abandonnait son port d'attache et qu'elle devait désormais se frotter à une réalité difficile.

Elle avait vécu une parenthèse protégée à Nantucket, Gracie et Benjamin s'ingéniant à l'entourer. Elle avait tiré un trait sur Perry Scott. Leur rencontre à Boston l'avait profondément blessée et elle en avait conclu que l'amour n'était pas fait pour elle.

Benjamin l'avait accompagnée jusqu'à l'embarquement. Il s'était montré prévenant et attentif, n'avait plus fait allusion à sa déclaration, mais il y avait désormais comme une gêne entre eux. Flora lui était extrêmement reconnaissante, sans éprouver pour autant de l'amour pour lui. Plus jamais… s'était-elle promis. Gracie et elle s'étaient embrassées et elle avait failli fondre en larmes en caressant Cookie. Failli seulement.

Pour se réconforter, elle emportait dans son sac les photos que Lewis Sutton lui avait confiées ainsi que le petit tableau. Sur les clichés au grain passé, Camille lui souriait. Leur ressemblance avait frappé Flora. Camille portait une robe claire, avait les cheveux fous. Elle était à la fois belle et épanouie, comme si elle avait trouvé sa voie, enfin. Un autre cliché la montrait debout devant son chevalet. Cette petite fille, qui jouait dans l'herbe à ses pieds, ce devait être Flora. Bouleversée, elle s'était efforcée de maîtriser le tremblement de ses mains. Lewis lui avait décoché un coup d'œil ému.

« Vous étiez tout pour elle », lui avait-il confié.

Elle lui avait alors demandé l'adresse de la Chaumière, près de Vernon.

Elle devait s'y rendre. Elle avait tenté de l'expliquer à Benjamin, et il lui avait souri.

« Je vous comprends, Flora. »

Sa main effleurant sa joue l'avait émue. Elle avait même pensé, l'espace d'un instant, que ce serait bon de se laisser aller contre son épaule. Mais ne s'était-elle pas juré de ne plus croire en l'amour ?

Pourtant, à bord du transatlantique, elle refusa de céder au désespoir. Benjamin l'avait sauvée de la grippe espagnole, elle avait rencontré à Nantucket des personnes merveilleuses et appris des détails passionnants quant à la vie de sa mère. Elle emportait dans sa valise un tableau de sa main et deux photos la représentant. Ce butin justifiait largement son voyage.

Elle revenait plus sereine, parce qu'elle savait désormais quelle était sa priorité.

Retrouver une trace de sa famille.

*

Flora eut quelques satisfactions d'amour-propre durant la traversée.

Plusieurs passagers recherchèrent sa compagnie et l'invitèrent à leur table. Elle était l'une des rares jeunes femmes célibataires et éprouva un plaisir très agréable à se distraire. Elle dansa même lors de la soirée du commandant. Il lui semblait qu'elle avait des années à rattraper ! Elle avait décidé de s'amuser le temps de la traversée. À Paris, elle chercherait un travail. Pour le moment, il lui restait assez d'argent pour voir venir. Elle désirait découvrir la Chaumière, marcher dans les pas de Camille. Ensuite, elle aviserait.

Personne ne l'attendait au Havre. Elle s'était bien gardée d'indiquer le jour et l'heure de son arrivée. Elle se refusait en effet à être accueillie par sa famille. Telle qu'elle la connaissait, Lucile les gratifierait d'une scène d'anthologie digne de la célèbre Sarah Bernhardt. Or, Flora tenait à être seule pour se réapproprier son pays après ces mois passés aux États-Unis.

Elle éprouva un sentiment étrange en grimpant dans le train pour Paris. Tout lui paraissait comme… étriqué. Elle réprima un sourire. Elle n'allait tout de même pas snober son pays !

Elle souriait toujours lorsqu'elle descendit sur le quai de la gare Saint-Lazare. Au buffet, une odeur de café et de croissants lui chatouilla les narines. Elle était bel et bien rentrée chez elle ! Elle héla un taxi, lui donna l'adresse de Coralie.

Une larme roula sur sa joue alors qu'elle laissait aller sa tête contre le haut du dossier.

Elle avait bien failli ne pas revenir en France.

*

— Tu es si mince et tellement jolie, ma Flora.

Coralie l'étreignit avec force.

— Raconte ! s'écria-t-elle après l'avoir entraînée dans son petit salon et lui avoir offert un porto. Tu as peut-être pris goût à des alcools plus forts, lança-t-elle, moqueuse. Du whisky, par exemple ?

Flora secoua la tête.

— Je n'aime pas ça. À commencer par l'odeur. Non, Coralie, ton porto me convient tout à fait.

Son amie n'avait pas changé. Les cheveux un peu plus blancs, coiffés avec soin, légèrement fardée, élégante dans son tailleur de tussor bleu lavande. Elle sourit largement à Flora.

— Tu peux dire que nous nous sommes fait un sang d'encre à ton sujet !

— C'est terminé maintenant. Et ce fut… une expérience intéressante.

— Invitée chez le médecin qui t'a sauvée ! Un bel homme, au moins ?

— Je ne sais pas. Je dirais plutôt : rassurant. Une personne sur qui l'on peut s'appuyer.

Ce disant, Flora le revoyait sur la plage, lui faisant découvrir les roses froissées, d'un délicat rose indien, qui y poussaient. Elle marchait avec lui vers le phare de Brant Point, en bois et pierre, pour admirer encore une fois le coucher de soleil sublime. Elle se blottissait dans la bibliothèque avec la tête de Cookie posée sur son genou.

— De bons souvenirs, apparemment ? poursuivit son amie.

— Ne va pas te mettre des idées en tête ! J'ai tiré un trait sur les histoires d'amour.

Coralie haussa les épaules.

— Taratata ! Tirer un trait… à moins de trente ans ! Quel gâchis… tout ça à cause de ton capitaine journaliste ! Dis-toi qu'il t'a rendu un fier service en te permettant de surmonter les années de cauchemar. Ensuite, qu'il soit marié… c'est une autre affaire, mais tu l'ignorais, n'est-ce pas ? Pourquoi ris-tu ?

— Parce que j'imagine la tête de ma grand-mère si elle t'avait entendue me tenir ce genre de discours !

— Basta ! Ne gâche pas nos retrouvailles en parlant de ta grand-mère !

Cette phrase suffit pour que Flora ait envie de lui raconter sa rencontre avec Lewis Sutton et ce qu'il lui avait confié à propos de Camille.

Coralie fronça les sourcils tout en s'étonnant du caractère extraordinaire, incroyable, de la rencontre.

— Sutton… un gars à l'allure dégingandée, passionné par les impressionnistes. Il avait un faible pour Camille, ses regards le trahissaient. Elle avait le don, ma belle Camille, pour rendre les hommes fous amoureux d'elle. Sans rien leur accorder, en plus. Elle avait quelque chose… le charme.

— Si seulement je pouvais me la rappeler ! J'ai parfois comme une image un peu floue, de la lumière, et un sourire tendre. Ah ! et un parfum, aussi. Une senteur d'iris.

— Camille portait toujours le même parfum. *Héliotrope blanc* de L.T. Piver. Elle disait qu'il l'enveloppait de tendresse et d'amour.

Les yeux de Coralie brillaient. Et elle, Flora, éprouvait la sensation étrange de humer à nouveau ce parfum.

Demain, elle se le procurerait.

67

Rien, semblait-il, n'avait changé dans l'appartement des Damiens, rue de Courcelles. Miroirs dorés, lampes Tiffany, tables volantes, canapés et tentures de velours couleur cognac composaient un décor chaleureux, bien différent de l'atmosphère de la rue Saint-André-des-Arts.

Pourtant, Lucile lui parut plus forte, comme si la présence de Scipion à ses côtés lui permettait de ne plus se laisser aller.

Juliette, adorable fillette de dix ans, faisait plus mûre que son âge et se passionnait pour l'Antiquité.

« Elle passerait tout son temps libre au Louvre ! » soupirait sa mère.

Scipion et Lucile tenaient à organiser un dîner pour Flora.

« Tu dois trouver ta place dans le monde », répétait sa tante, sans remarquer que son époux levait les yeux au ciel.

Sa place… cela importait si peu à Flora. Elle n'était pas mondaine. Elle était une simple infirmière sur la trace de ses parents.

Ce fameux dîner lui laissa un goût doux-amer. À la table, un rassemblement quelque peu hétéroclite : un militaire, un médecin, une femme de lettres. Flora, ayant une fâcheuse tendance à se refermer dès qu'elle n'était pas à l'aise, se montra une bien piètre convive malgré les coups d'œil encourageants de Scipion. Lucile bavardait, virevoltait, elle était dans son élément tandis que sa nièce faisait tapisserie. À la fin de ce pensum, Scipion s'esclaffa.

— Ma pauvre Flora, toi, à la beauté solaire, tu avais l'air si malheureuse !

Les invités à peine partis, Flora se laissa tomber sur la méridienne du salon, ôta ses escarpins d'un coup de talon.

— Ne recommence plus, Lucile ! Tu sais comme je déteste ce genre de réunion !

— N'aie crainte, soupira sa tante, j'y renonce.

— Parole de Gascon ! releva Flora.

— Passons aux choses sérieuses, enchaîna Scipion. Que penses-tu de ce traité de Versailles ?

Flora aimait qu'il disserte avec elle et lui demande son avis. Lucile, elle, constituait l'archétype de la femme de la Belle Époque. Belle, languissante, délicate… une ravissante porcelaine… que Scipion s'efforçait de protéger.

Scipion et elle se lancèrent dans une analyse de ce fameux traité de Versailles qui ne les enthousiasmait guère. Comme son oncle, Flora redoutait que l'Allemagne, profondément humiliée, ne cherche à prendre sa revanche.

Il soupira.

— Nous vivons l'époque du « trop ». Trop d'enthousiasme à l'armistice, trop de haine à l'égard des vaincus, trop d'insouciance face à une situation économique et politique instable. Mesure-t-on réellement l'état du nord et de l'est de la France, complètement dévastés ? A-t-on conscience de l'humiliation infligée aux Allemands ? De l'incertitude du sort de la Russie ? Un monstre aux pieds d'argile… Et la Chine ?

Lucile se couvrit les oreilles de ses mains.

— Scipion ! se récria-t-elle. Tu m'affoles ! Nous avons tout de même gagné la guerre, non ?

Scipion et Flora avaient de la peine à réprimer leur hilarité face à ce « nous » qui ne correspondait pas vraiment à la réalité.

Le premier, Scipion se ressaisit. Il se pencha vers Lucile, lui caressa la main d'un geste empreint de tendresse.

— Bien sûr, ma chérie, tu as raison, acquiesça-t-il. Il n'empêche… tout ne va pas se régler en un clin d'œil, et tant de questions demeurent en suspens.

— Tiens, à propos, ajouta-t-il en se tournant vers Flora, as-tu entendu parler du studio d'Anna Ladd, situé rue Notre-Dame-des-Champs ?

Et, comme elle avouait son ignorance, il enchaîna :

— Il s'agit d'une jeune Américaine, sculptrice à l'origine. Elle était responsable de l'atelier de fabrication de masques de la Croix-Rouge à Paris pendant la guerre, et elle s'est ensuite inspirée du Tin Noses Shop, le « magasin de nez en étain » londonien, pour les mutilés britanniques. Tu devrais peut-être passer la voir. Je crois que ses travaux te plairaient. Cette femme se dévoue pour les « gueules cassées ».

— Les… s'offusqua Lucile. Comme tu y vas, Scipion ! C'est si… grossier comme expression.

— Ce qui est grossier, c'est la façon dont on les traite ! répliqua vivement son époux. Ces jeunes gens se sont battus durant des années dans des conditions épouvantables, ont été blessés, des blessures horribles, qui les ont défigurés, et, à présent que la guerre est finie, ils s'entendent dire qu'il vaut mieux pour eux se terrer dans un coin sombre pour ne pas traumatiser leurs compatriotes. Bon sang ! Nous leur devons bien plus que cela !

Flora souffla :

— C'est terrible !

Elle se rappelait, bien entendu, les grands blessés qu'ils avaient soignés à l'autochir. Mais elle n'avait pas vraiment connu de « gueules cassées », comme il convenait de dire dorénavant.

Elle s'en ouvrit auprès de Scipion qui exhala un nouveau soupir.

— Je sais, ma grande. Dis-toi bien qu'on les cache, ces pauvres diables. Pas question pour eux de « faire tache », de déranger le portrait officiel du vainqueur à qui tout sourit. Il n'y a plus de place pour nos infortunées « gueules cassées » qui dégoûtent leurs épouses et terrorisent leurs enfants. Certains, beaucoup trop à mon avis, se suicident. D'autres se retranchent à la campagne ou ne mettent plus le nez dehors. Quelques-uns, enfin, se battent dans l'espoir de retrouver une apparence « presque » normale. Ce simple mot – « presque » – suscite une folle espérance. Anna Ladd se démène pour leur rendre leur dignité. Et, crois-moi, elle se débrouille drôlement bien !

— Ça m'intéresse, déclara Flora.

Dès le lendemain, elle franchit le seuil de l'atelier de l'Américaine Anna Ladd, dans le VIe arrondissement.

Une jeune femme blonde leva la tête à son arrivée et la salua gaiement. Flora reconnut tout de suite l'accent bostonien de Benjamin Sutton et lui en fit la remarque. Son visage s'illumina.

— Oh, vous connaissez Boston ?

Elles échangèrent à propos des États-Unis avant que Flora ne lui explique s'intéresser à ses travaux en tant qu'infirmière.

— Je ne dispose que de peu de temps, lui dit Anna, mais venez jeter un coup d'œil à mon studio.

Flora fut surprise et ravie de découvrir une décoration chaleureuse à l'intérieur de la pièce. Des drapeaux français et américain, des fleurs, créaient une atmosphère conviviale. Des assistants au nombre de quatre s'affairaient autour de photographies, de moulages et de masques à peindre.

— Mon action est financée par la Croix-Rouge américaine, expliqua la sculptrice et, même si mon travail est difficile, je sais que j'aide ces pauvres garçons à renouer avec une vie presque normale.

Presque... La même expression que celle employée par Scipion... Quel avenir attendait ces mutilés de la face ? Flora réprima un frisson.

Anna Ladd lui décocha un regard indéfinissable. Comme si elle se demandait ce qu'elle était capable de supporter.

Elle lui sourit en retour.

— L'aspect humain de vos travaux me passionne. Ces masques sont extraordinaires.

— Ils exigent de très nombreux ajustements. J'apprends à étudier les expressions faciales du blessé, afin de rendre mon masque le plus proche possible de la réalité. Je réalise ensuite un moulage de son visage avant de galvaniser le résultat dans le cuivre. Il me faut alors de longs essais, transformations, ajustements, avant de positionner le masque sur le visage du mutilé pour le peindre de la même couleur que sa peau. Le résultat les séduit en règle générale. Ils retrouvent une apparence humaine mais aussi leur dignité. Revenez après-demain, déclara-t-elle sans transition, vous pourrez rencontrer Suzanne Noël, qui s'est spécialisée en chirurgie esthétique. Elle accomplit des merveilles.

— Je viendrai, assura Flora.

Elle savait déjà qu'elle allait se consacrer aux « gueules cassées ». Pour se sentir utile.

68

14 juillet 1919

Flora avait déjà brocardé sa chère Coralie au sujet de son côté « badaud ». Ce à quoi celle-ci répondait, superbe : « Badaud, moi ? Pas du tout, je suis parisienne ! »

Ce matin-là, cependant, elle ne s'était pas fait prier pour se lever à deux heures du matin afin de se poster sur les Champs-Élysées dès trois heures.

Elles avaient apporté leurs pliants, une thermos de café et étaient parées pour assister au défilé du 14 juillet.

Coralie arborait une capeline de couleur bise, un tailleur bleu roi et une grande écharpe rouge. Elle était belle, et agitait un drapeau tricolore. Elles patientaient en admirant le lever du soleil.

Flora songeait à Henri Génin qui, chaque jour, disait « Encore un matin ! » comme s'il s'était agi d'une victoire, et c'était tout à fait ça.

L'atmosphère était à la liesse, sans qu'elle parvienne à se sentir à l'unisson. Trop de morts, trop de souvenirs…

Autour d'elles, on riait, on plaisantait, on échangeait du pain et du saucisson.

Elle était en décalage, comme une étrangère, alors qu'elle avait combattu elle aussi durant les quatre années de guerre.

Elle croisa à ce moment-là le regard d'une jeune femme entièrement vêtue de noir et, l'espace d'un instant, ce fut comme si elles étaient sœurs. Elle était veuve, ou orpheline, elle souffrait toujours, malgré la joie et les chants de victoire.

Coralie lui tapota la main.

— Ça va, ma belle ?

Flora acquiesça d'un léger signe de tête. Sa gorge était trop serrée, elle ne pouvait parler. De plus, la foule massée autour d'elles l'étouffait. Elle n'aurait pas dû venir, se répétait-elle, mais il était trop tard, désormais, pour reculer ou fuir. Ils étaient si serrés qu'à intervalles réguliers, une personne s'évanouissait. Flora surveillait Coralie du coin de l'œil mais son amie ironisa.

— Tu ne crois tout de même pas que je vais tomber dans les pommes ? lui lança-t-elle, gouailleuse. Je l'ai assez attendu, ce défilé !

Elle ne craignait rien ni personne, et Flora imaginait que Camille lui ressemblait sur ce point.

Tout le monde se redressa quand sonnèrent les premières musiques militaires. On joua des coudes,

des « Chut ! » impérieux se firent entendre. Devant elles, un homme d'une trentaine d'années portait son petit garçon sur les épaules. Elle aurait aimé lui demander à quelle bataille il avait participé, dans quelle arme il servait, mais, bien sûr, elle n'en fit rien.

— Regarde ! s'écria Coralie.

De sous l'Arc de Triomphe s'avançaient une centaine de mutilés de guerre. Certains en petites voitures, d'autres clopinant sur leurs béquilles, d'autres encore marchant fièrement, la manche vide de leur veste s'agitant, chiffon dérisoire.

Le cœur serré, elle observa chacun de ces malheureux en s'efforçant de prier pour eux.

Derrière eux, les maréchaux Joffre et Foch à cheval, puis les différentes armées alliées, se présentant par ordre alphabétique.

D'abord les Américains, si rayonnants qu'elle en eut les larmes aux yeux. Elle se rappelait James Scott, sa gentillesse, sa gratitude, comme elle se rappelait Peter, qui avait été un temps son chauffeur. En revanche, elle se refusait à évoquer le capitaine Perry Scott. Elle avait cadenassé ses souvenirs pour ce qui le concernait.

Elle vit alors passer les Belges, les Britanniques avec les Anglais et à leur tête sir Douglas Haig, les Écossais en kilt, les Grecs, mais aussi les Italiens, les Japonais, les Polonais, les Portugais, les Roumains, les Serbes, les Siamois et les Tchécoslovaques.

La parade se termina avec les troupes françaises, le maréchal Pétain et les généraux de Castelnau et

Berdoulat à leur tête. Les corps d'armée défilèrent avec leurs emblèmes sous une formidable acclamation.

Les automitrailleuses et les chars d'assaut, symboles de la victoire, fermèrent la marche.

Il y eut alors un long silence. La main de Coralie pressa à nouveau celle de Flora.

— Je n'aurais voulu manquer ce spectacle pour rien au monde, lui confia-t-elle.

Ils étaient des centaines de milliers, à respecter le plus grand silence, pour assister au défilé de la Victoire.

Et, brutalement, quand retentit *La Marseillaise*, Flora éclata en sanglots. Elle songeait à Henri, et à Bleuet, qui ne pouvaient pas partager cette joie indicible.

— Pleure, chuchota Coralie à son oreille. Ça va passer. Tu verras… tout passe.

Flora lui adressa un regard embué. Elle aurait dû être au comble du bonheur et elle se retrouvait lasse, presque… déçue.

Comment aurait dit Benjamin ? Elle accusait le contrecoup de toutes les déceptions, de tous les drames encaissés ces dernières années.

Tous ceux qui étaient tombés… elle avait le sentiment de les porter dans son cœur.

À jamais.

69

Août 1919

— Camille Lenoir, dites-vous ? Non, ce nom m'est inconnu.

Le marchand de tableaux, la cinquantaine chic, ayant pignon sur la rue Laffitte, la rue des galeries d'art, secoua la tête.

— Vous savez, reprit-il, de nombreuses œuvres d'art ont été détruites durant les années de guerre.

— Je pense plutôt que les tableaux de Camille Lenoir ont disparu avant la guerre ! répliqua Flora.

Coralie et Lucile le lui avaient dit. Sa grand-mère avait fait disparaître les œuvres de sa mère. Cette idée la rendait folle. Comment avait-elle pu agir ainsi ? Et, surtout, pourquoi Camille lui inspirait-elle une telle détestation ?

Coralie chercha ses mots avant de répondre à sa question.

— C'est… difficile à expliquer. Ta grand-mère était confite en dévotion, et tout sauf tolérante.

Camille, pour elle, représentait le diable. Enfant naturelle, ayant donné naissance à une enfant hors mariage, communarde… Pour elle, il fallait faire disparaître toute trace des tableaux peints par Camille. Pour effacer la honte, le scandale.

— Quelle absurdité !

Coralie sourit.

— Je suis bien d'accord. Cependant, Camille, moi, et des centaines d'idéalistes, nous avons essayé de changer la société mais, crois-moi, nous l'avons payé cher ! Près de cinquante ans après, je n'ai rien oublié de la répression qui s'est abattue sur nous. Or, je suis prête à parier tout ce que je possède que ta grand-mère faisait partie du camp des anti-communards. Ceux qui approuvaient les exactions des versaillais, nous jetaient des ordures et nous condamnaient à mort.

Sa voix recelait une telle amertume que Flora lui jeta un coup d'œil interloqué.

Coralie hocha la tête.

— Je n'ai rien oublié, répéta-t-elle.

Flora posa sa main sur la sienne.

— Heureusement que tu es là ! Tu es une véritable mémoire pour moi. Déjà, lorsque tu m'as emmenée au Père-Lachaise…

— Je joue la passeuse de mémoire. N'oublie jamais que je le fais pour Camille.

Flora opina du chef.

— Je sais, Coralie, et t'en remercie.

L'émotion entre les deux femmes était palpable. Soucieuse de la dissiper, Coralie se mit à rire.

— Dire que je n'ai jamais voulu m'encombrer d'un enfant et que je me retrouve nantie d'une gamine presque trentenaire !

— Et tu t'en sors fort bien.

Flora enchaîna alors :

— Un prochain dimanche, si tu veux bien, nous irons à Giverny.

— Un pèlerinage à la Chaumière ? Je suis partante !

Il fallait que Flora s'y rende. Pour tenter de retrouver des souvenirs trop longtemps enfouis.

⋆

— Voyez, Flora. Il convient de procéder par petites touches, pour avoir moins de sutures.

Suzanne Noël avait dessiné elle-même les instruments qu'elle utilisait. Et, si sa dextérité était étonnante, son parcours ne l'était pas moins. Ayant épousé un médecin, le docteur Pertat, en 1897, elle avait travaillé d'arrache-pied pour pouvoir à son tour prononcer le serment d'Hippocrate. Elle avait pratiqué un lifting sur Sarah Bernhardt avant la guerre, et opérait chez elle, rue Marbeuf, à un rythme soutenu, jusqu'à ce qu'elle comprenne qu'elle pouvait « faire autre chose » de sa vie.

Même s'il était parfois difficile de rester imperturbable en présence d'abominables mutilations de la face, Flora tenait à dissimuler son effroi aux blessés. Leur regard reflétait une souffrance insondable. Certains, pourtant, trouvaient encore le courage de sourire, même s'il s'agissait le plus souvent d'autodérision.

« Je me tranche la gorge ou j'essaie de m'adapter », lui avait confié José, un viticulteur occitan. Il refusait de rentrer chez lui tant qu'il n'était pas « réparé », et Flora aimait la force de ce mot.

Chaque jour, elle mesurait sa chance de travailler avec le docteur Noël. Les deux femmes s'étaient tout de suite entendues, dès leur rencontre chez Anna Ladd. Elles partageaient en effet l'empathie et le désir d'offrir une nouvelle chance à chaque patient.

Ce n'était pas vraiment un travail, plutôt une passion, mais cela lui plaisait. Elle avait d'ailleurs éprouvé une certaine fierté à l'annoncer à Benjamin Sutton.

Depuis son retour en France, ils échangeaient régulièrement des missives. Ils évoquaient la maison de Nantucket, Cookie, Gracie et Lewis Sutton. Benjamin s'intéressait à son travail auprès du docteur Noël, lui racontait que les cas de grippe espagnole avaient grandement diminué.

Chacune de ses lettres ravivait en elle des souvenirs des États-Unis et, surtout, de l'île où elle avait retrouvé une certaine paix. Si elle ne regrettait pas Boston, l'atmosphère de Nantucket lui manquait. À moins que ce ne soit la présence de Benjamin ?

Il lui parlait aussi de la politique américaine, et notamment des représailles de l'État fédéral exercées contre les mouvements anarcho-communistes après l'attentat contre le domicile du procureur général des États-Unis.

Elle se rappelait que Perry connaissait bien le président Wilson, et ce souvenir lui était doux-amer. À l'époque elle ne se posait pas de questions à son sujet. Elle l'aimait et croyait qu'il l'aimait lui aussi.

Au fil des semaines, elle appréciait de plus en plus son courrier qui constituait parfois de véritables petites chroniques. Et elle aimait beaucoup les photos de Cookie que son correspondant glissait dans ses enveloppes ! Si son travail l'avait moins accaparée, elle aurait eu un chien, mais cela aurait été un comportement égoïste. Elle se contentait donc de garder précieusement les photographies du petit cocker.

De son côté, elle lui expliquait les prouesses réalisées par le docteur Noël et il l'encourageait à poursuivre son action.

Réparer… quel merveilleux programme ! lui avait-il écrit.

L'espace d'un instant, elle les imagina, Benjamin et elle, réunis à Paris et savourant une douce quiétude.

Quand la guerre et ses séquelles seraient loin derrière eux.

70

Août 1919

Tout autour d'elles, du vert, à perte de vue. Une impression de sérénité presque palpable émanait du paysage, d'une douce langueur sous le soleil normand.

— Ça te change de Paris, pas vrai ?

Coralie décocha à Flora un coup d'œil moqueur. Assise sur une couverture, sa jupe étalée en corolle, elle avait adopté la pose du tableau de Monet, *Femmes au jardin*, et la fille de Camille éprouva un sentiment d'irréalité.

Elles étaient parties très tôt le matin pour se rendre à Giverny.

Toujours organisée, Coralie avait préparé un panier pique-nique bien rempli. Pain bis, jambon, terrine de pâté, tomates, brie de Meaux, vin de bordeaux, abricots, une grappe de raisin… un véritable festin à l'ombre d'un pommier.

— Il y a si longtemps… murmura Coralie pour elle-même.

Elle compta sur ses doigts.

— Voyons… c'était en 92, je crois. Vingt-sept ans. Une génération !

Son regard se voila.

— Camille pensait que nous avions encore une longue route devant nous. Après tout ce que nous avions déjà traversé… Paul et toi, vous lui donniez des ailes. Elle voulait continuer à peindre. Elle rêvait d'être de nouveau exposée. Et il a fallu que ce fou avec sa bombe fasse tout exploser…

Soudain, Flora eut envie de plaquer ses mains sur ses oreilles et de faire le vide dans sa tête. Le vide… c'était ce qu'elle ressentait depuis tant d'années.

Elle secoua la tête pour chasser les larmes qui la submergeaient mais, naturellement, elle n'y parvint pas.

Coralie lui sourit, avec beaucoup de douceur.

— J'aurais dû t'emmener ici depuis un long moment. Il n'est jamais bon de vouloir enfouir le passé.

— Et pourtant… certes, je suis émue, mais je ne parviens pas à imaginer mes parents vivant dans ce cadre.

Coralie soupira.

— Le temps, toujours, est passé. Si seulement nous retrouvions la Chaumière !

Elles avaient cherché, dans un périmètre autour du village de Giverny. Coralie esquissa une moue.

— Je n'ai aucun sens de l'orientation. Ça m'a déjà joué des tours…

— Il y a une ferme, là-bas. Nous pourrions aller demander…

— Je m'accorde une petite sieste, coupa Coralie, s'allongeant sur la couverture. Si le cœur te dit de marcher sous le soleil…

Flora sauta sur ses pieds.

— J'y vais. Tu ne bouges pas ?

— Ça ne risque pas !

Le soleil tapait fort en ce début d'après-midi. Flora marcha sur le chemin poussiéreux entre deux haies d'épineux. Il lui fallut une dizaine de minutes pour atteindre la ferme située sur une éminence. Un chien aboya. Marron et blanc, il avait un œil cerné de brun foncé et une queue en panache.

Une femme sortit sur le seuil. Visiblement enceinte, elle paraissait lasse.

— Bonjour, dit Flora. Je cherche un logis nommé la Chaumière. Mes parents y ont vécu vers 1890.

— Vos parents ? Vous êtes la fille de Camille ?

Le cœur de Flora s'arrêta. Elle touchait au but.

⋆

Imaginez, Benjamin, que j'ai enfin retrouvé la Chaumière, tout près de Giverny. Là où, je l'ai découvert hier, on se souvient encore de Camille et de Paul, mes parents. Je ne puis exprimer ce que j'ai ressenti. Comme si, enfin, l'horizon s'éclairait et que j'entrevoyais le bout du tunnel.

Il fallait que je vous l'écrive tout de suite.
Avec toute mon amitié.
Si vous le pouvez, merci d'informer votre oncle Lewis.

Flora ne relut pas sa lettre avant de la porter à la poste de la rue du Louvre. Il fallait qu'elle l'envoie, le plus rapidement possible, afin de prévenir Benjamin de sa trouvaille. N'était-ce pas normal ? C'était grâce à lui et à son oncle qu'elle était venue à Giverny.

Camille… on se souvenait encore d'elle. Étiennette, la fermière, lui avait confié quelques anecdotes. La passion de Camille pour la lumière, sa façon de peindre, comme si elle était habitée d'une mission, cette habitude qu'elle avait de garder Flora auprès d'elle quand elle peignait, sans qu'elle la dérange.

« Vous étiez inséparables », lui avait dit Étiennette, et elle avait éprouvé comme un choc au cœur. Pourquoi n'en gardait-elle pas le moindre souvenir ? Ce constat lui faisait mal.

Comme si elle avait voulu tout effacer alors que, désespérément, elle cherchait, encore et toujours, des traces. Cette histoire la rendait folle.

Camille l'obsédait. Sa mère.

*

— Regardez, Flora.

Les mains du docteur Noël avaient quelque chose de magique.

Pourtant, ce jour-là, Flora ne parvint pas à s'intéresser vraiment au sort du patient. Elle songeait sans cesse à la Chaumière, à ce rendez-vous avec le propriétaire, le samedi suivant. Elle avait tellement hâte de découvrir la maison choisie par ses parents !

Lucile, à qui elle avait fini par se confier, lui avait rappelé que plus de vingt-cinq ans s'étaient écoulés.

« Flora, ma chérie, il faut bien grandir, lui avait-elle dit. La mort de tes parents a été un drame atroce ; il m'arrive encore de faire des cauchemars à propos de Paul, mais tu dois aller de l'avant. »

Quand sa tante s'essayait à la conseiller, Flora avait de la peine à garder son sérieux. Tout en constatant l'instant d'après qu'elle avait fait preuve elle-même d'une grande candeur dans sa relation avec Perry. Côté flair, Lucile n'avait rien à lui envier.

Heureusement, Scipion et Coralie lui apportaient leur soutien. Scipion poussa même la gentillesse jusqu'à lui expliquer l'attrait des peintres américains pour Giverny.

— Figure-toi que quand Monet s'est installé dans le Vexin, en 83, le village a attiré des peintres du monde entier, notamment de nombreux Américains avec à leur tête John Singer Sargent. L'un des pionniers fut Metcalf, venu de l'atelier Julian, qui tomba sous le charme de Giverny. Par la suite, il y revint avec quelques amis… le processus était lancé ! Tous ces jeunes gens gais, pleins d'enthousiasme, ont logé chez madame Baudy. Monet a plutôt bien accueilli ses admirateurs américains, dont Theodore Butler. Il a été beaucoup moins enthousiaste quand Butler lui a demandé la main de sa belle-fille, Suzanne Hoschedé, qui était son modèle préféré.

— Comment sais-tu tout cela ?

Il plissa les yeux.

— N'oublie pas que Clemenceau, que je connais et apprécie, est un ami et aussi un grand admirateur de Monet. Grâce à lui, je dispose de quelques informations de première main.

— Tu as déjà rencontré Monet ?

Il leva la main en guise de protestation.

— Doucement, Flora ! Je suis politicien, pas artiste, et Monet préserve avec soin son intimité familiale et professionnelle.

Cette simple expression – « peintres américains » – avait suffi à intriguer Flora.

Combien d'entre eux étaient restés à Giverny ou à Vernon ?

Elle était impatiente de le découvrir, d'autant qu'elle en connaissait déjà un. Lewis Sutton.

71

Septembre 1919

Je serai en Normandie à partir du 15 septembre. Amitiés. Lewis.

Le télégramme de Lewis lui parvint juste avant son départ pour Giverny. C'était pure folie de sa part d'avoir traversé l'Atlantique mais Flora était si heureuse à la perspective de le revoir qu'elle ne lui adresserait aucun reproche.

Elle vérifia son reflet dans le miroir. Tailleur bleu paon, chemisier ivoire à jabot, bottines lacées, petit chapeau ivoire... Elle avait longuement hésité avant de choisir sa tenue puis s'était écriée : « Basta ! » Il ne s'agissait pas d'un concours d'élégance mais d'un rendez-vous avec un pan de la vie de ses parents.

Elle était à la fois impatiente et inquiète. Il lui semblait que le train n'avançait pas. Elle consulta sa montre à plusieurs reprises, son pied tapotant nerveusement le plancher du wagon.

La chaleur était étouffante, bien que le mois de septembre soit déjà bien avancé. Elle s'essuya discrètement le front. Le ciel, d'un bleu minéral, faisait mentir les préjugés sur le ciel normand.

Vernon, enfin !

Elle descendit du train, chercha des yeux un taxi pour se rendre à Giverny.

— Mademoiselle Sénéchal !

Cette voix teintée d'accent, cette haute silhouette qui agitait la main dans sa direction… oui, il s'agissait bien de Lewis Sutton ! Il s'avança vers elle à grandes enjambées, s'empara de son sac avant même de la saluer.

— Quel plaisir ! s'exclama-t-il.

Ils se mirent à bavarder en anglais, comme de vieux amis. Elle lui demanda des nouvelles de Benjamin, il soupira.

— Il souhaitait venir avec moi, bien sûr, mais l'une de ses proches a été victime d'un accident et il a dû rester auprès d'elle.

Flora tiqua. Benjamin serait-il fiancé ? Elle se retint pour ne pas poser de questions. Ne lui avait-elle pas fait comprendre qu'elle n'était pas prête à aimer de nouveau ?

Pourquoi, alors, était-elle aussi contrariée que Benjamin n'ait pas pu venir ?

— Je suis si heureux de revenir en France ! lui confia Lewis.

— Vous vous êtes décidé vite !

Il lui adressa un coup d'œil étonnamment juvénile.

— Je crois bien que j'étais amoureux de Camille. Sans espoir, d'ailleurs, car Paul Sénéchal et elle formaient un couple très uni. Mais la perspective de vous retrouver, d'avoir une chance de découvrir des toiles de Camille… Comment dire ? Cela va me donner une nouvelle jeunesse.

Sa spontanéité la toucha.

Il héla un taxi, demanda de les conduire chez Baudy avant d'expliquer à Flora :

— Vous verrez… l'auberge d'Angélina Baudy est une institution à Giverny. Face à l'afflux de jeunes peintres américains, elle a réorganisé son établissement, revu ses menus. Elle a même commandé des fournitures à Paris, des châssis, des toiles, des couleurs et des pinceaux. Elle a aussi fait construire un atelier dans le jardin de l'auberge pour « ses » peintres. On a goûté chez Baudy du sirop d'érable, de la marmelade d'orange et de la dinde. Il y avait une ambiance fantastique ! On dansait le soir à la lumière des lampions accrochés aux branches des saules.

— Ce devait être une époque merveilleuse. Je me sens si éloignée de votre univers artistique avec mon métier d'infirmière, mon côté cartésien…

— Cela ne vous empêche pas d'apprécier l'art, je présume ?

Elle rougit.

— Non, bien sûr. Mais c'est parfois assez compliqué… Mes parents… on m'a tout caché d'eux. Je découvre seulement maintenant cet aspect de leur vie.

— Je comprends que ce puisse être déstabilisant, déclara Lewis.

Il lui sourit gentiment.

— C'est une nouvelle vie pour vous, Flora.

Elle ne sut que répondre. Quelque part au fond d'elle, la peur ne la quittait pas. Peur de quoi exactement ? Tant qu'elle travaillait sous les obus, elle n'avait pas le temps de se poser des questions. À présent, c'était différent. Son séjour aux États-Unis, sa convalescence l'avaient profondément changée. À moins que ce ne soit la blessure causée par Perry ? Comment savoir ?

— J'ai hâte de retrouver quelques vieux amis, reprit Lewis.

Son enthousiasme était contagieux.

— Regardez ! fit-il en désignant une rue à flanc de colline, bordée de maisons basses couvertes d'un crépi peint en rose ou vert, chapeautées d'ardoises. N'est-ce pas superbe ?

Elle acquiesça tout en regrettant de ne pas savoir peindre ou, à défaut, jouer du piano. Pourquoi n'avait-elle aucun talent artistique ?

Elle rectifia aussitôt après : elle n'était pas en compétition avec Camille. Elle était elle, Flora.

Leur taxi s'arrêta devant une ravissante auberge à l'appareillage de briques de deux couleurs, disposées en losange au-dessus des portes et autour des fenêtres. Elle ne put retenir une exclamation admirative.

— Cette madame Baudy… a-t-elle connu ma mère ?

— Bien sûr. Elles s'entendaient bien, toutes les deux. D'ailleurs, je ne connais personne qui n'apprécie pas notre chère madame Baudy !

À peine eurent-ils franchi le seuil de l'auberge que Flora découvrit des dizaines de tableaux accrochés au mur. Il semblait y en avoir partout !

Lewis sourit de son étonnement.

— Je ne me rappelais pas qu'il y en avait autant. Madame Baudy a toujours eu l'habitude d'accepter des tableaux en paiement. « Ne vous inquiétez pas, vous me paierez plus tard », disait-elle aux infortunés démunis. Venez, vous allez faire la connaissance de notre hôtesse.

C'était un autre monde, dont elle ignorait tout. Lewis Sutton la présenta à madame Baudy comme la fille de Camille Lenoir et elle l'accueillit avec chaleur.

— Vous ressemblez tant à Camille ! s'écria-t-elle, et les larmes nouèrent la gorge de la jeune femme.

Pourquoi n'était-elle pas venue ici plus tôt ?

Cette question, elle le pressentait, n'avait pas fini de l'obséder.

72

— Il y a plus de vingt-cinq ans… déclara monsieur Morelles, le propriétaire de la Chaumière, comme s'il cherchait à s'excuser. Pourtant, je pense que peu de choses ont changé à l'intérieur. J'ai hérité cette maison de mon père en 1905. C'était lui qui l'avait louée à vos parents. Entrez, je vous prie.

De taille moyenne, bien bâti, les cheveux grisonnants, il « portait beau », comme aurait dit Coralie. D'après madame Baudy, qui savait tout sur tout le monde, il « s'intéressait à l'art » et vivait de ses rentes.

Pour le moment, il détaillait Flora, de façon assez peu discrète. Il n'avait pas connu Camille, donc il ne pouvait chercher de ressemblance.

À sa suite, elle découvrit une salle au sol en terre cuite. Les murs chaulés de blanc, comme les poutres, conféraient de la luminosité à la grande pièce. Les bancs, la table en bois patiné, étaient chaleureux ainsi que le vieux fourneau et le billot.

À l'étage, deux chambres nichées sous le toit de chaume, auxquelles on accédait par un escalier de meunier. Elle s'approcha de la fenêtre, ouverte au ras du plancher. La vue sur le verger était sublime. Elle prit une longue inspiration, se retourna vers monsieur Morelles.

— Vous avez beaucoup de chance de vivre ici.

Il secoua la tête.

— Vivre ici ? Très peu pour moi, je m'y ennuierais à périr ! Non, j'habite Sceaux.

Sa gorge se noua. Sceaux, c'était pour elle les souvenirs de ses jeunes années, Pauline et ses parents. Ils avaient succombé à l'épidémie de grippe espagnole. Flora souffrait toujours de ne pas les avoir revus.

Ils redescendirent au rez-de-chaussée. Elle caressa d'une main hésitante le manteau de la cheminée, comme si elle y avait cherché l'empreinte de la main de Camille, se troubla.

Il sourit.

— Je crois deviner ce que vous allez me demander. Oui, la Chaumière est libre. Mon dernier locataire est retourné aux États-Unis le mois dernier.

Le cœur de Flora fit un bond dans sa poitrine. Libre ! Elle allait s'apprêter à commettre une folie mais c'était plus fort qu'elle, elle ne pouvait résister.

— J'aimerais la louer.

Il voulut tout savoir. Si elle avait des revenus suffisants, un garant…

— Vous comprenez, une jeune femme seule, c'est assez peu fréquent…

Elle lui donna en pâture le nom de Scipion, député de l'Assemblée nationale, tout en pestant intérieurement contre le fait qu'en 1919 une femme soit encore une éternelle mineure. Son côté « suffragette », aurait dit Henri, son premier amant.

Monsieur Morelles l'observa d'un air intrigué.

— Ne craignez-vous pas de vous décider trop vite ?

— Pas le moins du monde.

Si elle tergiversait, elle était perdue. Or, elle souhaitait revenir à Giverny, passer quelque temps à la Chaumière pour se rapprocher de ses parents. C'était sa seule chance.

★

Le docteur Noël comprenait beaucoup de choses et devinait le reste.

Lorsque Flora voulut lui expliquer qu'elle devait s'absenter quelque temps, elle lui sourit.

— Si vous me le demandez, Flora, c'est que vous ne pouvez pas faire autrement. Revenez dès que cela vous sera possible.

Elle l'aurait volontiers embrassée ! Mais elle n'allait tout de même pas se permettre cette familiarité.

Avant de retourner à Giverny, elle passa chez Coralie.

— Je t'attendais, lança son amie. Ou, plutôt, j'espérais ta visite. Tu me manques.

Cet aveu ne ressemblait pas à Coralie. Flora la considéra avec inquiétude. Son amie secoua la tête.

— Ne me regarde pas comme ça ! Je ne suis pas encore à l'article de la mort ! Non, c'est simplement que je te considère comme la fille que je n'ai pas eue.

— Cela me touche, balbutia Flora.

Elles échangèrent un sourire ému. Flora pressentait que son amie ne lui avait pas encore tout raconté du passé de Camille. Elle n'était pas pressée.

— Crois-tu que je pourrais rendre visite à Monet ?

Coralie esquissa une moue dubitative.

— Monet a la réputation d'être un vieil ours. Son isolement s'est accentué depuis le décès de son épouse. Seules quelques personnes triées sur le volet ont le privilège d'être reçues à Giverny. Clemenceau, bien sûr, Gustave Geffroy, journaliste et biographe, Octave Mirbeau… Peu de monde en vérité, mais le vieil homme souffre d'une cataracte évolutive et a un réel sentiment d'urgence. Il a encore tant de sujets à peindre !

— Ne peut-il se faire opérer ?

Coralie se récria.

— Le mot à ne pas prononcer ! Daumier est devenu aveugle après son opération de la cataracte, et ce ne fut guère mieux pour Mary Cassatt. C'est devenu pour lui une véritable hantise.

— J'imagine, en effet. Quel drame, pour cet amoureux de la couleur ! Mais… comment connais-tu tous ces détails ?

Les joues de Coralie s'empourprèrent. Stupéfaite, Flora l'observa avec attention.

— Toi… tu me caches quelque chose !

— C'est Scipion, avoua Coralie. C'est lui qui m'a tenue informée des ennuis de Monet car il sait combien je l'admire.

— Toi et… Scipion ?

Coralie protesta avec vigueur.

— Ce n'est pas ce que tu crois ! Scipion et moi sommes amis, rien de plus. D'ailleurs… imagines-tu que je vais avoir bientôt soixante-dix ans ? Je suis une vieille dame.

Flora s'esclaffa.

— Toi, une vieille dame ? C'est impossible, contre nature, même. Tu as tant de charme…

— Mais je ne suis pas la maîtresse de Scipion. Il est toujours très amoureux de Lucile.

— Et c'est tant mieux ! conclut fermement Flora.

Elle avait besoin de repères stables dans sa vie. Pour ne pas sombrer.

73

Flora aurait dû éprouver des difficultés dans cette maison qui avait été celle de ses parents. Elle avait redouté un sentiment de malaise, une gêne, des insomnies, elle qui avait un sommeil fragile. Or, il n'en était rien. Sa première nuit à la Chaumière, dans la chambre blottie sous le toit, fut douce et réconfortante. Elle eut l'impression d'être chez elle.

Depuis qu'elle avait séjourné à Nantucket et rencontré Lewis, elle voyait Camille d'un autre œil. Elle brûlait du désir de mieux connaître l'artiste.

Lewis et elle se retrouvaient pour déjeuner et dîner à l'auberge Baudy où l'hôtelière était désormais secondée par Clarisse, sa belle-fille.

Flora aurait pu écouter Lewis durant des heures lui raconter ses souvenirs de jeunesse ! Elle le devinait si ému qu'elle finit par lui demander pour quelle raison il n'était pas resté en France.

« C'est la question que je me pose ! lui répondit-il avec humour. Plus sérieusement, mon père était décidé à me couper les vivres si je ne rentrais pas à Boston. »

Il lui parlait de temps à autre de Benjamin, et elle se retenait pour ne pas l'interroger à son sujet. À vrai dire, Benjamin lui manquait. Sa sollicitude, son sens de l'humour, sa discrétion l'avaient grandement aidée durant sa convalescence. Il ne répondait pas assez vite à ses lettres à son goût et elle aurait voulu savoir s'il avait quelqu'un dans sa vie.

Décidément, la trahison de Perry l'avait marquée.

Lorsqu'elle avait raconté à Coralie leur entretien à Boston, son amie avait eu ce commentaire : « À mes yeux, c'était un séducteur. Mais tu étais si éprise que tu es allée jusqu'au bout de ton histoire. Sur ce point, tu ressembles à Camille. »

C'était la vérité, hélas, et Flora en aurait été presque vexée. Décidément, elle manquait de jugement !

« Ne fais pas cette tête ! lui avait enjoint Coralie. C'était la guerre, tu étais épuisée, moralement et physiquement, comment aurais-tu pu te défier ? »

Elles avaient fini par en rire, en brocardant allègrement le comportement de l'Américain. N'était-ce pas la meilleure attitude à adopter ?

Il n'y avait qu'avec Coralie qu'elle pouvait avoir ce genre de conversation !

Lucile, pourtant, faisait de louables efforts pour se mettre à la page. Elle avait accompagné Scipion au Bal Tabarin, cabaret en vogue, et avait réussi à ne pas détourner les yeux face aux jeunes femmes à demi nues. Elle appréciait aussi le jazz. À croire qu'elle s'était enfin libérée de la tutelle morale de sa mère.

Flora esquissa un sourire face au paysage que lui offrait le jardin de la Chaumière.

Elle comprenait que Camille ait souvent confié à Lewis qu'elle avait « des démangeaisons au bout des doigts ». Toute cette beauté, comme offerte... Dommage que, pour sa part, elle soit dénuée de tout talent artistique !

Elle but son thé dans le jardin, assise sur le banc de pierre accolé à la maison. Elle aimait à imaginer que ses parents avaient fait de même. Cependant, elle avait eu beau fouiller la Chaumière, elle n'avait pas glané de souvenirs de leur passage entre ces murs.

Le dernier locataire avait repeint le logis, et retapissé, effaçant toutes les traces.

Elle tressaillit en entendant grincer le portillon de bois qui menait à sa maison. Elle aperçut le panama de Lewis et réprima un sourire. Ses visites étaient quotidiennes. Ils devisaient peinture et littérature, leurs deux passions.

Il remonta le chemin, la salua d'un grand geste de son chapeau, geste que Flora qualifia de « très parisien ».

— Ma chère enfant, vous connaissez le vieil adage : « À Rome, vis comme les Romains ! »

— J'ai parfois l'impression que vous aimeriez vous installer définitivement par ici, dit-elle.

Il opina du chef.

— Benjamin et mes autre neveux me retiennent à Nantucket. Sinon, étant célibataire, je suis sans attaches et pourrais en effet finir le reste de mon âge du côté de Vernon. Allez savoir… je n'ai pas encore dit mon dernier mot !

Elle avait appris par Benjamin qu'il avait dépassé les soixante-dix ans. Il ne les paraissait pas, grand, svelte, toujours le sourire au coin des yeux et des lèvres.

Il accepta la tasse de thé qu'elle lui proposa, s'installa sans plus de façons sur le banc à ses côtés et lui confia, avec un léger soupir :

— J'étais vraiment épris de Camille. Oh, rassurez-vous, il s'agissait d'une inclination sans espoir ! Vos parents formaient un couple fusionnel. Dès que votre père arrivait à la Chaumière, ils n'avaient plus d'yeux l'un que pour l'autre.

— Et moi ? osa-t-elle demander. Quelle était ma place ?

Cette question la taraudait depuis longtemps.

Le sourire de Lewis s'accentua.

— N'ayez crainte, ils vous aimaient profondément et passaient beaucoup de temps avec vous.

Elle secoua la tête.

— Pourquoi n'ai-je pas gardé de souvenirs de mes parents ou de cette période ? Tout est si flou… comme si j'essayais de saisir une ombre fugace…

— Vous étiez si petite, vous n'aviez pas quatre ans. Leur disparition a dû causer un tel choc qu'elle a effacé les images de votre prime enfance.

Lewis reposa sa tasse de thé sur la table ronde en pierre.

— Délicieux, apprécia-t-il. Mais j'étais venu pour tout autre chose : vous transmettre une invitation des Butler.

Elle ne put dissimuler sa surprise.

— Theodore Butler, le gendre de Monet ? A-t-il connu Camille ?

— Bien sûr, et c'est en partie pour cette raison qu'il souhaite faire votre connaissance. Acceptez-vous de m'accompagner ce soir chez lui ? Un dîner à sept heures trente, en toute simplicité.

— C'est merveilleux ! s'écria-t-elle.

Et, aussitôt après :

— Que vais-je porter ? Monsieur Butler et son épouse sont-ils mondains ?

— Plutôt très simples, vous dis-je ! Ils sont plus passionnés par la peinture que par les toilettes ! De plus, ils connaissaient Camille. Rien que pour cette raison, vous n'avez pas le droit de refuser leur invitation.

Que pouvait-elle objecter à cet argument ? Elle allait être reçue chez les impressionnistes américains qui avaient rendu célèbres dans leur pays les noms de Monet et de Giverny. Cette perspective suscitait en elle des sentiments mêlés, excitation, impatience, et crainte de ne pas être à la hauteur.

Cependant, elle se devait d'y aller.

74

Flora fut charmée par l'accueil bienveillant de Theodore Butler. Son épouse, née Marthe Hoschedé, plus timide, restait en retrait.

Heureusement, Lewis était à ses côtés ! Un Lewis disert, qui avait su glisser quelques mots à propos de son passé, sans pour autant se montrer indiscret.

Theodore Butler lui proposa d'aller examiner de plus près sa collection, pendant que Lewis tenait compagnie à sa femme.

Elle remarqua un Sisley, un Degas mais aussi d'autres œuvres de la veine de Berthe Morisot ou de Mary Cassatt.

Le regard de Theodore s'était voilé pour évoquer Suzanne Hoschedé, sa première épouse, qui avait été le modèle de Monet pour de nombreuses toiles, comme *Femme à l'ombrelle tournée vers la gauche*.

— Suzanne était si belle, murmura-t-il. Elle possédait tous les talents. Il ne se passe pas un jour sans que je songe à elle. Partie à trente ans, dans la fleur de l'âge...

Il s'arrêta devant un tableau plus petit, représentant une maison que Flora reconnut aussitôt comme la Chaumière.

— Une toile de Camille Lenoir, expliquait-il. Elle me l'avait confiée pour une exposition que je souhaitais lui consacrer. Et puis...

Il haussa les épaules sans terminer sa phrase. Elle le fit à sa place.

— Et puis, il y a eu cet horrible attentat. Camille et Paul ne sont jamais revenus à la Chaumière, l'exposition n'a pas eu lieu...

Il hocha la tête.

— Exactement. Et j'ai gardé cette toile en dépôt.

Il se rapprocha du mur, la décrocha avant de la lui tendre.

— Naturellement, ce tableau vous revient de droit.

Elle toussota afin de dissimuler son émotion.

— Vous ne pouvez pas imaginer...

Il l'interrompit.

— Je crois que j'en ai une petite idée. Camille était si chaleureuse, si enthousiaste. Une personnalité solaire. Nous étions sous le charme.

Décidément ! se dit Flora.

Chaque confidence de ceux qui avaient côtoyé Camille était pour Flora une lueur dans la nuit. Comme si le flou qui l'entourait se dissipait enfin.

— Stephen va vous emballer la toile, proposa-t-il, alors qu'elle la serrait contre elle.

Un grand jeune homme, qu'il avait présenté comme son assistant, s'approcha délicatement, se saisit du tableau. Elle le regarda s'éloigner en éprouvant l'impression d'un arrachement.

Theodore Butler esquissa un sourire.

— N'ayez crainte, vous l'emporterez. Et, grâce à notre ami commun Sutton, j'ai commencé à me renseigner à propos des éventuels propriétaires d'autres toiles signées Camille Lenoir.

— Ma grand-mère a tout dispersé à la mort de mes parents, dit-elle.

Elle ne voulait pas montrer à quel point elle était blessée. Theodore lui donna une chaleureuse accolade.

— Ce sont hélas des choses qui arrivent. Certes, nous sommes en 1919 mais, il y a encore quelques années, le statut d'artiste était fort mal vu.

Il y avait autre chose, naturellement, la haine que sa grand-mère vouait à Camille, mais, bien sûr, elle n'avait pas l'intention de le lui révéler. Sa famille était si compliquée…

— Allons-y, lui enjoignit-il, si nous ne voulons pas contrarier madame Butler.

Lewis tenait compagnie à la maîtresse de maison. Il lui parlait de Nantucket, et elle lui racontait connaître les États-Unis où elle avait accompagné Theodore avant leur mariage.

Flora avait hâte de rentrer à la Chaumière pour observer de plus près le tableau de Camille mais il lui était impossible de s'éclipser avant le dîner.

Lewis lui adressa un clin d'œil complice, l'air de dire : « J'étais certain que les choses se passeraient ainsi. »

Le dîner fut agréable, et madame Butler sympathique, malgré sa timidité. Son époux semblait connaître tout le marché de l'art en France, ce qui l'impressionna.

Quand ils prirent congé de leurs hôtes, Lewis et elle avaient le sentiment d'avoir partagé une excellente soirée mais, de retour chez elle, elle réalisa qu'elle n'avait pas beaucoup progressé.

Certes, Butler lui avait offert le tableau de Camille en sa possession mais combien de temps encore devrait-elle tâtonner, passer par des alternances d'espoir et de désespoir, pour ne peut-être jamais parvenir à remettre la main sur toutes les toiles que sa mère avait peintes ?

Cette idée la tétanisait.

Pourtant, elle avançait. Même si elle avait le sentiment de suivre un jeu de piste dont les règles auraient été truquées.

Il lui aurait fallu un autre regard.

Aussitôt, elle songea à Benjamin. Il lui manquait. Cette idée l'emplit d'effroi.

Elle ne voulait plus s'attacher. Surtout pas.

75

Quel âge pouvait avoir la fermière Étiennette ? s'interrogea Flora en l'observant mener ses vaches vers l'étable avec une autorité que rien ne semblait devoir remettre en question. Elle avait sans doute dépassé la quarantaine. Elle gérait tout à la ferme, de l'élevage au potager, et son mari, un Normand placide, ne se risquait pas à émettre une opinion personnelle.

Elle la héla.

— Quel temps superbe ! Je voulais vous demander… Ma mère vous aurait-elle confié par hasard l'endroit où elle aurait entreposé ses toiles ?

Elle ne parvenait pas à oublier cette confidence de Butler : il avait l'intention d'exposer les œuvres de Camille. Celles-ci devaient bien se trouver quelque part !

Étiennette secoua la tête.

— C'est si loin ! Il faudrait que je demande à ma grand-mère Madeleine. Elle venait faire le ménage à la Chaumière.

Un rapide calcul convainquit Flora que l'aïeule en question avait franchi les quatre-vingt-dix ans. Pouvait-elle encore se fier à sa mémoire ?

Étiennette lança avec enthousiasme :

— Je lui demanderai ce soir. Elle se souvient de tout !

De nouveau, l'image du jeu de piste s'imposa à Flora. Il lui semblait avancer sur des sables mouvants.

« Patience, lui soufflait Lewis à l'oreille. Paris ne s'est pas bâti en un jour ! »

Elle détestait ce genre de phrase toute faite, qu'il était très fier de savoir prononcer sans accent.

Le docteur Noël lui avait écrit pour lui demander à quel moment elle souhaitait revenir la seconder. Elle se sentait écartelée. Le docteur Noël avait-elle plus besoin d'elle qu'elle de chercher les tableaux de sa mère ? Devait-elle tourner le dos au passé pour se préoccuper seulement du présent ? Qu'en serait-il, dans ce cas, de ses racines, qui lui importaient tant ?

Le lendemain matin, après une mauvaise nuit, elle reçut la visite d'Étiennette. Sa réponse la sidéra.

— Selon grand-mère Madeleine, votre mère rangeait quelques toiles dans le grenier.

— Le grenier ? Je ne l'ai jamais remarqué !

Étiennette éclata de rire.

— Pardi ! Il faut être du coin pour savoir ! Venez voir... Grand-mère m'a expliqué.

Elle l'entraîna vers la souillarde, grimpa sur un escabeau et tira sur un anneau. Une trappe s'ouvrit dans le plafond.

Muette, Flora écarquilla les yeux.

— Allez-y voir. Moi, je suis déjà en retard.

— Merci mille fois, Étiennette, ainsi qu'à votre grand-mère.

— C'est rien du tout, ma belle. Et tenez-moi au courant !

Elle était à peine partie que Flora éclata en sanglots. La décharge émotionnelle était trop forte. Elle avait le sentiment de toucher au but, enfin ! Et cela lui faisait presque peur.

*

— Ma chère enfant…

Les mains de Lewis tremblaient et, brusquement, elle mesurait à quel point il s'était impliqué lui aussi dans ses recherches.

— Tout le village parle des toiles de Camille, enchaîna-t-il. Dans le grenier de la Chaumière ! Madeleine raconte partout que c'est grâce à elle.

— C'est vrai. Venez voir…

Elle avait posé les tableaux de Camille sur le manteau de la cheminée. Les rayons du soleil faisaient chanter les couleurs des toiles. L'une d'elles tout particulièrement l'émouvait. Elle représentait un bébé dans son moïse et, d'après la date figurant au dos, ce bébé, c'était elle.

— Regardez ! dit-elle à Lewis. Cette délicatesse, ce toucher du pinceau… Camille avait tant de talent.

— Beaucoup, appuya l'oncle de Benjamin.

Il se rapprocha des tableaux, chaussa ses lorgnons.

— Ils ne sont pas tous là, mais vous avez réalisé un bel exploit. Comment avez-vous deviné que Camille avait gardé quelques toiles ?

— Cela me paraissait logique. J'ai essayé de me mettre à la place de ma mère. Je n'aurais pas voulu me séparer des tableaux les plus récents. Et le fait de les avoir stockés dans le grenier les a protégés des manutentionnaires envoyés par ma grand-mère.

— Fascinant, en vérité, commenta Lewis. Qu'allez-vous faire, à présent ?

Elle n'hésita pas.

— Poursuivre mes recherches, naturellement ! Et parvenir à mettre sur pied l'exposition de ma mère.

Il inclina la tête.

— Et... après ?

Sa question lui donna l'impression d'ouvrir un abîme sous ses pas.

— Après... répéta-t-elle d'une drôle de voix. Pour vous dire la vérité, Lewis, je ne sais pas.

Il y avait eu la guerre, puis la trahison de Perry, la grippe espagnole et, enfin, ses recherches concernant sa mère. Lorsqu'elle aurait mené à bien son projet, il lui semblait qu'elle n'aurait plus de but.

Elle aurait bientôt trente ans, elle n'avait pas d'époux, pas d'enfant. L'époux lui importait peu... n'appartenait-elle pas à une lignée d'enfants naturelles ? Mais elle aspirait à aimer et à être aimée. Or, sa vie lui apparaissait comme une longue plage vide.

La main de Lewis se posa sur son épaule.

— Prenez bien le temps de réfléchir, mon petit. Vous avez subi plusieurs épreuves en un laps de temps assez bref. Si vous vous plaisez à la Chaumière, reposez-vous dans cette maison de famille le temps qu'il faudra.

Elle fit la grimace.

— Me reposer… il me semble que c'est mon activité principale depuis que j'ai contracté la grippe espagnole !

— Vous avez été très souffrante.

— Je suis jeune, Lewis, et suis désormais remise. Je suis infirmière, aussi. Je vais devoir reprendre mon travail.

— Je sais, soupira-t-il. Promettez-moi au moins d'attendre l'exposition de Camille.

L'exposition de Camille… cela ressemblait à un défi.

Et elle avait toujours aimé relever les défis.

Comme sa mère.

76

Novembre 1919

Elle aurait souhaité Giverny. Cependant, Lewis, Butler et même Monet lui avaient répété qu'une exposition à Paris aurait plus de sens.

Oui, Monet ! Grâce à Lewis et à madame Dauby, elle avait été introduite dans le saint des saints, la « maison rose aux volets verts », comme disait Étiennette, appelée la Maison du Pressoir.

Le maître y vivait désormais presque reclus, ne sortant que dans son sublime jardin, qu'il avait créé à partir d'un verger d'environ un hectare. Il avait fait couvrir l'allée centrale d'arceaux servant de tuteurs à des rosiers grimpants. Les massifs de fleurs de différentes hauteurs faisaient naître volumes et perspectives. Pélargoniums, glaïeuls, dahlias, salicaires, colchiques créaient un enchantement de couleurs. Des capucines aux tons chauds tapissaient le sol de la grande allée.

Flora n'en menait pas large le jour où, en compagnie de Lewis, elle avait franchi le seuil de cette maison. Elle n'était pas une artiste, seulement la fille de Camille, qu'il avait connue au temps du café Guerbois.

C'est ce qu'il lui avait raconté, la recevant dans son salon-atelier, une grande pièce aux murs couverts de toiles retraçant les différentes étapes de sa vie. Parquet recouvert d'épais tapis aux tons rouges et bleus, confortable méridienne, fenêtres à petits carreaux laissant largement pénétrer la lumière composaient un cadre à la fois imposant et douillet. Là, autour d'un thé, le vieil artiste s'était laissé aller à quelques confidences.

« Nous étions tous si jeunes, et pleins d'illusions », avait-il déclaré avec une émotion visible.

Il avait évoqué Frédéric Bazille, Renoir et Manet, tous trois proches de Camille, et aussi Alexandrine Zola.

« Nos modèles étaient des femmes de caractère ! » avait-il précisé en souriant dans sa barbe.

À propos de son jardin, il lui avait avoué qu'il se ruinait en bulbes et variétés rares depuis des lustres. Il avait d'ailleurs souvent échangé des plants avec son ami Clemenceau.

« Nous ne mangions pas toujours à notre faim, avait-il poursuivi en faisant allusion à la vie de bohème de ses jeunes années, et j'avais déjà un fils à nourrir. Mais nous étions persuadés que nous finirions par imposer notre propre vision, malgré les embûches. En avons-nous essuyé des critiques ironiques, ou vindicatives, des insultes, même !

— Mais vous avez triomphé, vous et vos amis...

— Oh, rien n'est jamais acquis ! Je l'ai appris à mes dépens, et tant de mes amis aussi. J'appartiens à la race des survivants. Manet est mort depuis longtemps, Bazille a été tué fin 70, et Renoir est installé dans le Midi. Pas question pour moi de devenir le dernier des Mohicans ! Mes priorités : ma peinture, mes fleurs, mon jardin. »

Curieux personnage, en vérité, qui se souciait peu de sa postérité mais piquait une colère si l'éclairage de son sujet lui semblait avoir été modifié.

Lorsque Lewis avait évoqué les œuvres de Camille, Monet avait balayé son intervention d'un geste de la main.

« Voyez ça avec Durand-Ruel. Il me doit quelques services, il a tout intérêt à se charger de cette exposition. »

Flora avait ouvert la bouche pour protester, dire qu'elle ne voulait en aucun cas forcer la main du célèbre marchand d'art. Lewis l'en avait empêchée d'un regard comminatoire. Lorsqu'elle le lui avait reproché après qu'ils eurent pris congé du maître, il lui avait expliqué :

« Durand-Ruel sait reconnaître le talent, rassurez-vous. Monet ne le contraindra jamais à exposer un artiste qui ne lui plairait pas. C'est juste qu'il a encore besoin de se donner de l'importance. Il n'a jamais eu un caractère facile, et celui-ci ne s'arrange pas avec l'âge ! Savez-vous comment le surnomme son ami Clemenceau ? « Mon vieux hérisson sinistre ! »

— Cela veut tout dire…

— Et pourtant, ils s'admirent l'un l'autre énormément. Non, n'ayez pas de scrupules ni de fierté mal placée. Personne ne pourra forcer Monet ou Durand-Ruel à faire quelque chose dont ils n'ont pas envie. Vous pouvez dormir sur vos deux oreilles ! »

Dormir… comme il y allait ! Pour elle, l'exposition de Camille constituait plus qu'un défi. Elle jouait son nom, sa réputation, à quitte ou double. N'était-ce pas pure folie ? Tout aurait été plus simple si elle avait renoncé. Pourtant, elle devait à sa mère d'aller jusqu'au bout.

Lucile et Scipion lui avaient apporté une aide précieuse.

« J'aurais dû mieux défendre mon cher Paul », avait soufflé sa tante, sans pour autant s'appesantir sur le sentiment de culpabilité qu'elle éprouvait. Elle finissait par grandir, sa chère Lucile.

Coralie s'était elle aussi investie dans le projet. Elle leur avait fourni des indications sur les différentes œuvres retrouvées, suivant leurs dates.

Coralie insista pour entraîner sa protégée chez Madeleine Vionnet, une couturière qui montait. Selon elle, Flora se devait d'être élégante pour le vernissage. Elle avait raison, bien sûr.

La couturière lui avait conseillé une robe bâtie comme une épure, en soie ivoire, qui glissait le long de son corps à la manière d'un drapé grec.

Flora s'était découverte une autre face à son reflet dans le grand miroir.

Ce jour-là, entourée de ses amis et de la famille qui lui restait, dans la galerie du 16, rue Laffitte, elle aurait presque savouré son bonheur si elle n'avait pas été submergée par le trac.

De parfaits inconnus passaient devant elle. Durand-Ruel lui indiquait discrètement leur nom et leur métier.

Elle sentit Coralie se raidir lorsque le marchand de tableaux chuchota :

— Antoine Fouque, un peintre qui n'a jamais percé.

— Ce jean-foutre ! marmonna Coralie, ce qui fit tressaillir Flora.

Son amie esquissa un geste de la main, comme pour lui signifier de ne pas lui prêter attention, et détourna la tête.

Le peintre en question avait dû être bel homme et aurait gardé une certaine prestance s'il n'avait pas eu le visage bouffi et le regard vague.

Il s'inclina légèrement vers elle.

— Ainsi donc, vous êtes la fille de Camille ? déclara-t-il d'un ton indéfinissable.

Coralie répliqua vivement :

— Flora ressemble tant à Camille ! Et vous, que devenez-vous ?

Il y eut un silence. Le dénommé Fouque marmonna une phrase confuse, mêlant les mots « exposition » et « rétrospective ».

L'atmosphère s'était chargée d'électricité. Le visage, les yeux de Coralie exprimaient toute la colère qu'elle peinait à contenir. Cependant, elle n'explosa pas. Elle se contenta de glisser :

— Dites-vous bien que je n'ai rien oublié du passé.

Cela suffit pour que l'importun tourne les talons sans insister.

Flora ne put réprimer un sourire.

— Tu ne me diras pas que tu l'apprécies !

— Un sale type, commenta-t-elle. Il aurait pu gâcher l'existence de Camille si elle n'avait pas eu une sacrée force de caractère.

Une ombre voila le regard de Coralie.

— Un barbouilleur raté, qui se prenait pour un génie ! lança-t-elle, revancharde.

Dans sa tête, Flora s'efforçait de renouer les fils de l'histoire de Camille. Ainsi, sa mère avait aimé cet homme.

— Elle était très jeune, alors, précisa Coralie, comme si cela pouvait constituer une excuse.

Flora sourit.

— J'aimerais tout connaître de sa vie.

Coralie secoua la tête.

— Camille avait des zones d'ombre. Comme nous toutes, je pense. Elle ignorait jusqu'au nom de son père, ce qui n'était pas rare à l'époque.

Moi, j'ai grandi sans parents, telle une herbe folle, chez ma grand-mère qui tenait une maison. Je n'en suis pas morte, mais ce n'était pas le départ idéal dans la vie !

Elle rit, mais Flora ne parvint pas à l'imiter.

Son enfance avait été si différente, dans le cocon étouffant de l'hôtel particulier des Sénéchal... C'était à se demander comment Coralie et elle avaient pu devenir si proches.

Par la grâce de Camille...

Tout à coup, elle était là, près d'eux, si près qu'il lui semblait entendre sa voix, humer son parfum. Et Flora était émue, terriblement, parce qu'elle savait qu'elle l'avait trouvée, enfin.

Autour d'elle, on la félicitait, malgré ses protestations. « Je ne suis pas une artiste, j'ai juste tenu à rendre hommage à ma mère. »

Lewis se racla la gorge.

— Une surprise pour vous, Flora.

Une surprise ? Non, pas vraiment, car elle espérait beaucoup le revoir en ce jour de vernissage.

Il s'avança vers elle, grand, solide, rassurant, et elle s'élança à sa rencontre.

— Soyez le bienvenu, Benjamin. Je vous attendais.

Elle le présenta, d'abord à Coralie puis à Lucile et à Scipion.

Il l'entraîna à l'écart pour lui glisser :

— J'ai mis mes affaires en ordre. Lewis prétend qu'une clinique aurait de fortes chances de prospérer en Normandie. Si le cœur vous en dit… nous pourrions travailler ensemble ?

Elle répéta, rieuse :

— Seulement travailler…

Et leurs mains s'unirent.

Remerciements

L'écriture de chaque roman constitue une nouvelle aventure.

Dans cette aventure, je mesure ma chance d'être épaulée par une super-équipe.

Clarisse, ma directrice littéraire, Carole et Isabelle, qui relisent mon manuscrit avec une attention jamais mise en défaut. Toutes trois savent trouver les mots pour m'encourager lors de mes moments de doute, me soutenir quand l'angoisse me paralyse. Je n'oublie pas les services marketing et commerciaux qui défendent les livres avec passion. Un grand, grand merci à vous, les amis !

Merci aussi aux bibliothèques, médiathèques et sociétés de lecture qui suscitent des rencontres toujours intéressantes avec les lecteurs.

Toute ma gratitude pour « mes » chers et irremplaçables libraires dont la fidélité me touche, infiniment. Je pense en particulier à vous, François, Pascale, Cathy, Marc et Isabelle, Pascal et Aline,

Nathalie et Françoise, Maïté, Laurence, Isabelle et Muriel, et tant d'autres…

Mille fois merci aux miens, dont le soutien me fait tant de bien.

Mon mari, notre fille et jusqu'à nos petits-fils qui ornent mes cahiers de dessins parce qu'ils veulent participer eux aussi à mon « cravail ».

J'ai une pensée amicale pour mes lectrices et mes lecteurs, qui m'encouragent à chaque dédicace et m'apportent tant par leur fidèle amitié.

Vous souhaitez en savoir plus sur les livres
et les auteurs de la collection Terres de France ?

Retrouvez toutes les informations sur le site
www.collection-terresdefrance.fr
et abonnez-vous à notre lettre d'information.

Suivez-nous également sur notre page Facebook,
notre compte 𝕏 et Instagram.

Composition : Facompo, Rouen

Pour plus d'information :

#lisez! engagé

www.lisez.com

Imprimé sur du papier issu de forêts gérées durablement.

CET OUVRAGE
A ÉTÉ ACHEVÉ D'IMPRIMER
SUR ROTO-PAGE
PAR L'IMPRIMERIE FLOCH
À MAYENNE EN SEPTEMBRE 2024

N° d'impression : 105478
Imprimé en France